OLIVIER GUEZ

Das Verschwinden des Josef Mengele

ROMAN

Aus dem Französischen
von Nicola Denis

W0299514

aufbau

Die Originalausgabe mit dem Titel
La disparition de Josef Mengele
erschien 2017 bei Editions Grasset & Fasquelle, Paris.

FSC
www.fsc.org
MIX
Papier aus verantwortungsvollen Quellen
FSC® C083411

ISBN 978-3-351-03728-4

Aufbau ist eine Marke der Aufbau Verlag GmbH & Co. KG

4. Auflage 2018
© Aufbau Verlag GmbH & Co. KG, Berlin 2018
© Editions Grasset & Fasquelle, 2017
Einbandgestaltung zero-media.net, München
Satz LVD GmbH, Berlin
Druck und Binden CPI books GmbH, Leck, Germany
Printed in Germany

www.aufbau-verlag.de

Im Andenken an Ada und Giuditta Spizzichino,
Grazia Di Segni und Rossanna Calò

»Ihr, die ihr Leid über den einfachen Mann brachtet,
ihr, die ihr über sein Leid lachtet, fühlt euch nicht sicher.
Der Dichter erinnert sich.«

Czesław Miłosz

ERSTER TEIL

Der Pascha

»Das Glück liegt nur in dem, was bewegt,
und allein das Verbrechen bewegt; die Tugend …
führt nie zum Glück.«

Sade

1.

Die *North King* durchpflügt das schlammige Wasser der Flussmündung. Seit dem Morgengrauen haben die Passagiere auf dem Deck den Horizont abgesucht, und jetzt, da die Kräne der Schiffswerften und die rote Linie der Hafenlager aus dem Nebel auftauchen, stimmen die Deutschen ein Soldatenlied an, die Italiener bekreuzigen sich und die Juden beten, Paare küssen einander trotz des Nieselregens, der Ozeandampfer erreicht Buenos Aires nach dreiwöchiger Überfahrt. Allein an der Reling: Helmut Gregor, in Gedanken versunken.

Er hatte gehofft, dass ihn ein Motorboot der Geheimpolizei abholen und ihm die Schikanen des Zolls ersparen würde. In Genua, wo er an Bord gegangen war, hatte er Kurt um diesen Gefallen angefleht, hatte sich als Wissenschaftler, als erstklassiger Genetiker vorgestellt und ihm Geld angeboten (Gregor hat sehr viel Geld), doch der Schleuser hatte nur ausweichend gelächelt: Solche Freibriefe seien nur den ganz hohen Tieren vorbehalten, den Würdenträgern des früheren Regimes, selten einem Hauptsturmführer der SS. Er würde dennoch nach Buenos Aires telegraphieren, Gregor könne sich auf ihn verlassen.

Kurt hatte die D-Mark einkassiert, aber nun: weit und breit kein Boot in Sicht. Also wartet Gregor zusammen mit den anderen Emigranten in der riesigen Halle des argentinischen Zolls. Fest presst er seine beiden Koffer an sich, einen großen und einen kleinen, und mustert das exilierte Europa ringsherum, die langen Schlangen eleganter oder schlampiger Namenloser, von denen er sich während der Überfahrt ferngehalten hatte. Gregor hatte lieber den Ozean und die Sterne betrachtet oder in seiner Kabine deutsche Gedichte gelesen. Er hatte die letzten vier Jahre seines Lebens Revue passieren lassen, seit er im Januar 1945 Hals über Kopf aus Polen geflohen und in der Wehrmacht untergetaucht war, um den Fängen der Roten Armee zu entgehen: seine mehrwöchige Internierung in einem amerikanischen Gefangenenlager, seine Befreiung, weil er falsche Papiere auf den Namen Fritz Hollmann besaß, sein Unterschlupf auf einem idyllischen Bauernhof in Bayern, unweit von Günzburg, seiner Geburtsstadt, wo er drei Jahre lang als Fritz Hollmann bei der Heuernte und beim Sortieren der Kartoffeln geholfen hatte, dann seine Flucht vor zwei Monaten, an Ostern, die Überquerung der Dolomiten über bewaldete Schmugglerpfade, seine Ankunft in Italien, in Südtirol, wo er Helmut Gregor wurde, und schließlich Genua, wo ihm Kurt, der Bandit, mit den Formalitäten bei den italienischen Behörden und der argentinischen Einwanderungsstelle behilflich gewesen war.

2.

Der Flüchtige hält dem Zöllner ein Reisedokument des Internationalen Komitees vom Roten Kreuz, eine Landegenehmigung und ein Einreisevisum hin: Helmut Gregor, 1,74 m groß, Augen braungrün, geboren am 6. August 1911 in Termeno, auf Deutsch Tramin, einer Gemeinde in Südtirol, deutscher Staatsangehöriger mit italienischer Staatsbürgerschaft, katholisch, von Beruf Mechaniker. Adresse in Buenos Aires: Arenales 2560, im Stadtteil Florida, c/o Gerard Malbranc.

Der Zöllner kontrolliert sein Gepäck, die akkurat gefaltete Kleidung, das Porträt einer grazilen blonden Frau, Bücher und ein paar Opernplatten, verzieht das Gesicht, als er den Inhalt des kleineren Koffers entdeckt: Injektionsspritzen, Hefte mit Notizen und anatomischen Zeichnungen, Blutproben und Zellplättchen, seltsam für einen Mechaniker. Er ruft den Hafenarzt an.

Gregor erschaudert. Er ist unsinnige Risiken eingegangen, um diesen kompromittierenden Aktenkoffer zu behalten, den kostbaren Ertrag jahrelanger Forschungen, sein ganzes Leben, das er mitgenommen hatte, als er damals überstürzt seine polnische Stelle verlassen musste. Hätten ihn die Sowjets damit erwischt, wäre er auf der Stelle hingerichtet worden. Auf dem Weg Richtung Westen im Frühjahr 1945 des großen deutschen Zusammenbruchs hatte er ihn einer mitfühlenden Krankenschwester anvertraut, die er später im Osten Deutschlands, in der sowjetischen Zone, wiedertraf – ein aberwitziges Unterfangen, nach seiner Befreiung aus dem amerikanischen Lager und einer dreiwöchigen Reise. Anschließend hatte er ihn Hans Sedlmeier übergeben, ein Kindheitsfreund und enger Vertrauter seines Industriellenvaters; Sedlmeier, den er regelmäßig in den Wäldern rings um den Bauernhof traf, auf dem er sich drei Jahre lang verkrochen hatte. Ohne seinen Aktenkoffer hätte Gregor Europa nicht verlassen: Sedlmeier hatte ihn ihm vor seiner Abreise aus Italien mit einem dicken Umschlag Bargeld garniert ausgehändigt, und nun ist ein Idiot mit schmutzigen Fingernägeln drauf und dran alles zu vermasseln, denkt Gregor, während der Hafenarzt die Proben und die in steiler gotischer Schrift verfassten Aufzeichnungen inspiziert. Weil er nichts versteht, stellt er ihm auf Spanisch ein paar Fragen und der Mechaniker erläutert auf Deutsch seine Berufung als Liebhaberbiologe. Die beiden Männer taxieren einander, und der Arzt, der gern seine Mittagspause machen würde, bedeutet dem Zöllner, ihn durchzulassen.

An jenem 22. Juni 1949 hat Helmut Gregor sein argentinisches Refugium erreicht.

3.

In Genua hatte Kurt ihm zugesichert, dass ihn am Hafen ein deutscher Arzt erwarten und zu Malbranc bringen würde, offenbar wieder falsche Versprechungen des Schleusers.

Gregor geht im Regen auf und ab, womöglich steckt sein Kontakt noch im Stau. Er beobachtet die Kais, das Ballett der Hafenarbeiter, die wiedervereinten Familien, die sich lächelnd auf den Weg machen, die Stapel mit Leder und die Wollballen auf den Ladeflächen der Frachtschiffe. Kein deutscher Arzt weit und breit. Gregor sieht auf die Uhr, das Horn eines Kühlschiffes tutet, beunruhigt überlegt er, ob er zu Malbranc fahren soll, beschließt dann aber, vorsichtshalber noch zu warten. Bald ist er einer der letzten verbliebenen Passagiere der *North King*.

Zwei wie Maulesel bepackte Kalabrier schlagen ihm vor, mit ihnen ein Taxi zu teilen. Zu seiner eigenen Überraschung folgt Gregor dem Lumpenpack, an diesem ersten Tag auf südamerikanischem Boden will er nicht allein sein, und überhaupt weiß er nicht, wohin.

4.

Im Hotel Palermo teilt er ein Zimmer ohne Waschbecken und Toilette mit seinen Reisegefährten, die sich über ihn lustig machen: Gregor, der Südtiroler, spricht kein Wort Italienisch. Er verflucht seine Entscheidung, reißt sich jedoch zusammen, nimmt ein paar Rädchen von der Knoblauchwurst und schläft völlig zerschlagen ein, seinen Aktenkoffer, vor den Begehrlichkeiten der beiden Männer geschützt, gut zwischen sich und der Wand verstaut.

Am nächsten Morgen ist er sofort auf den Beinen. Bei Malbranc geht niemand ans Telefon: Er springt in ein Taxi und verstaut den kleinen Koffer in einem Schließfach am Bahnhof, bevor er eine ruhige Straße im Stadtviertel Florida erreicht. Gregor klingelt an der Tür einer großzügigen Villa im Neokolonialstil. Nach einer Stunde kommt er wieder, klingelt erneut und ruft zwei, drei Mal vergeblich aus dem Café, in dem er Zuflucht gesucht hatte, an.

Noch in Genua hatte Kurt ihm einen zweiten Kontakt in Buenos Aires gegeben: Friederich Schlottmann, ein deutscher Geschäftsmann, Eigentümer eines florierenden Textilunternehmens. 1947 hatte Schlottmann die Ausschleusung von Flugzeugherstellern und Ingenieuren der Luftwaffe via Skandinavien finanziert. »Der Mann ist sehr einflussreich, er wird dir helfen können, eine Anstellung und neue Freunde zu finden«, hatte Kurt gesagt.

In der Textilfabrik Sedalana verlangt Gregor nach Schlottmann, der jedoch die ganze Woche im Urlaub ist. Da er nicht lockerlässt, führt eine Sekretärin ihn zu einem Verantwortlichen der Personalabteilung, ein Deutsch-Argentinier im Zweireiher, dessen Erscheinung ihm sofort unsympathisch ist. Gregor bewirbt sich um einen Managerposten, der junge

Mann mit dem geölten Haar bietet ihm stattdessen einen »sehr ehrenvollen« Arbeiterjob an: die täglich aus Patagonien eintreffende Wolle kämmen, das machten alle frisch angekommenen Kameraden. Gregor traut seinen Ohren nicht, würde dem kleinen Kläffer am liebsten an die Gurgel springen. Er, der Sohn aus gutem Hause, zweifach promoviert in Anthropologie und Medizin, soll zehn Stunden täglich in einem Vorort von Buenos Aires zusammen mit Indianern und Kanaken in toxischen Ausdünstungen Schafstonsuren bürsten und aufrauen? Gregor knallt die Bürotür hinter sich zu und schwört, Kurt abzumurksen, wenn er eines Tages wieder in Europa wäre.

5.

Gregor nippt an einer Orangeade und überdenkt seine Lage. Einen Job ergattern, jeden Tag hundert spanische Wörter lernen und Malbranc auftreiben, einen ehemaligen Agenten des Bolivar-Netzwerks der Abwehr, dem Geheimdienst der Nazis; sich in Geduld üben und bei den beiden Kalabriern ausharren, obwohl er sich ein bequemes Hotel leisten könnte. Er hat kein Wort von ihrem südländischen Dialekt verstanden, gerade einmal, dass sie faschistische Veteranen des Abessinienkriegs waren. Als Soldaten würden sie ihn nicht verraten, und so war es besser, diskret und vorerst noch im Besitz der kostbaren Devisen zu bleiben, denn die Zukunft ist ungewiss, Gregor ist noch nie sonderlich waghalsig gewesen.

Avellaneda, La Boca, Monserrat, Congreso … anhand einer aufgefalteten Karte macht er sich mit der Topographie von Buenos Aires vertraut und fühlt sich winzig vor dem schachbrettartigen Raster, ein unbedeutender Floh, er, der unlängst noch ein ganzes Reich tyrannisiert hatte. Gregor denkt an eine andere Planstadt – Baracken, Gaskammern, Krematorien, Schienen –, wo er seine besten Jahre als Ingenieur der Rasse verbracht hatte, eine verbotene Stadt in dem beißenden Geruch von verbranntem Haar und Fleisch, ringsherum Wachtürme und Stacheldraht. Mit dem Motorrad, Fahrrad oder Auto war er zwischen den gesichtslosen Schatten umhergefahren, unermüdlicher Kannibalen-Dandy, Stiefel, Handschuhe und Uniform blitzblank, die Mütze etwas schief aufgesetzt. Es war verboten, seinen Blick zu suchen oder das Wort an ihn zu richten. Sogar seine Kameraden vom Schwarzen Orden hatten Angst vor ihm. An der Rampe, wo die europäischen Juden selektiert wurden, waren sie betrunken, er aber blieb nüchtern und pfiff lächelnd ein paar Takte aus *Tosca*. Sich nie zu einem menschlichen Gefühl hinreißen lassen. Mitleid ist eine Schwäche: Mit einer leichten Bewegung seiner Reitgerte besiegelte der Allmächtige das Schicksal seiner Opfer, links der sofortige Tod, die Gaskammern, rechts der langsame Tod, die Zwangsarbeit oder sein Labor, das größte der Welt, welches er bei Ankunft der Züge täglich mit »verwendungsfähigem Menschenmaterial« (Kleinwüchsige, Riesen, Krüppel, Zwillinge) fütterte. Injizieren, vermessen, Blut abnehmen; zerstückeln, töten, obduzieren: ihm zu Diensten ein Zoo aus Versuchskindern, um die Geheimnisse der Zwillingsforschung zu ergründen, Übermenschen zu produzieren und die Fruchtbarkeit der deutschen Frauen zu vermehren, eines Tages die den Slawen entrissenen Ostgebiete mit Bauernsoldaten zu bevölkern und die nordische Rasse zu kräftigen. Hüter der Rassenreinheit und Alchemist des neuen Menschen: eine großartige Universitätslaufbahn und die Anerkennung des sieggekrönten Reichs winkten ihm nach dem Krieg.

Blut für den Boden, sein immenser Ehrgeiz, der große Plan seines obersten Chefs, Heinrich Himmler.

Auschwitz, Mai 1943 – Januar 1945.

Gregor ist der Todesengel Doktor Josef Mengele.

6.

Nebel, heftiger Regen, der Südwinter hat Buenos Aires fest im Griff, und Gregor liegt niedergeschlagen auf seinem Bett, er hat sich erkältet. Er beobachtet eine Kakerlake, die aus einem Lüftungsschacht gekrochen ist, und fröstelt unter den Decken. Das letzte Mal war er im Herbst 1944 so übel dran gewesen. Die Sowjets fielen in Mitteleuropa ein: Er wusste, dass der Krieg verloren war, und schlief nicht mehr, war mit den Nerven völlig am Ende. Seine Frau Irene half ihm wieder auf die Beine. Sie war im Sommer nach Auschwitz gekommen, hatte ihm die ersten Fotos von ihrem Sohn Rolf gezeigt, der vor ein paar Monaten zur Welt gekommen war, und sie hatten ein paar idyllische Wochen verbracht. Trotz des Umfangs seiner Aufgabe, das Eintreffen von vierhundertvierzigtausend ungarischen Juden, hatten sie so etwas wie zweite Flitterwochen erlebt. Die Gaskammern liefen auf Hochtouren; Irene und Josef badeten in der Soła. Die SS-Männer verbrannten Männer, Frauen und Kinder bei lebendigem Leib in einer Grube; Irene und Josef sammelten Blaubeeren, aus denen sie Marmelade kochte. Die Flammen schlugen aus den Krematorien; Irene blies ihm einen, und Josef nahm Irene. In nicht einmal acht Wochen wurden dreihundertzwanzigtausend Juden vernichtet.

Als Josef zu Beginn des Herbstes zusammenzubrechen drohte, war Irene bei ihm geblieben. Sie waren in eine neue

Baracke mit Küche und Badewanne gezogen, wo sie sich von Zeugen Jehovas bedienen ließen.

Gregor betrachtet das Porträt von Irene auf seinem Nachttisch, ein Foto aus dem Jahr 1936, als sie sich in Leipzig kennengelernt hatten. Er arbeitete damals an der Kinderklinik der Universität, Irene war nur vorübergehend dort, sie studierte Kunstgeschichte in Florenz. Liebe auf den ersten Blick: Die junge Frau war neunzehn, blond und schlank, der Typ Cranachsche Venus, sein weibliches Ideal.

Gregor hustet und erinnert sich an Irene: wie sie sich in ihrem Sommerkleid im Englischen Garten in München bei ihm eingehakt hatte, wie selig sie am Tag ihrer Hochzeit in dem Opel-Coupé gewesen war, mit dem sie über die Autobahnen des Reichs flitzten. Und Gregor gerät in Rage, als er zum tausendsten Mal die schmalen Lippen seiner Gattin auf dem Foto betrachtet. Sie hat sich geweigert, ihm mit ihrem kleinen Jungen nach Argentinien zu folgen und jenseits des Ozeans das Leben einer Flüchtigen zu führen. Mengele steht auf der amerikanischen Kriegsverbrecherliste, sein Name ist schon bei etlichen Prozessen gefallen.

Tatsächlich hat sie ihn loswerden wollen. Er fühlte, wie sie im Laufe der Jahre in den Wäldern und Gasthäusern im Umkreis seines bayrischen Unterschlupfs immer distanzierter wurde. Sedlmeier, Gregors Vater und seine beiden Brüder, Karl und Alois, hatten ihm gesagt, dass sich die Trauerflor tragende Irene mit anderen Männern tröstete. »Um ihn zu decken«, hatte sie der amerikanischen Militärpolizei erzählt, dass er gefallen sei. »Miststück«, flucht Gregor nun in seinem Dachzimmer im Palermo: Bei ihrer Rückkehr von der Front sind seine Kameraden von ihren Frauen als Helden empfangen worden; seine hat sich in einen Schuhverkäufer aus Freiburg verliebt und ihn dann ins Nirgendwo katapultiert.

7.

Im Badezimmer im ersten Stock bewundert Gregor, ein Handtuch um die Taille geknotet, seinen flachen Bauch, seinen unbehaarten Oberkörper, seine zarte Haut. Er hat seine Haut immer verwöhnt. Seine Brüder und Irene hatten sich über seine Backfischkoketterie lustig gemacht, über all die Stunden des Eincremens und der Nabelschau, nun aber beglückwünscht er sich zu seiner Eitelkeit, die ihm das Leben gerettet hat. Als er 1938 in die SS eintrat, wehrte er sich erfolgreich gegen die im Reglement vorgeschriebene Blutgruppentätowierung unter dem Arm oder auf der Brust: Als die Amerikaner ihn nach dem Krieg festnahmen, hielten sie ihn für einen einfachen Wehrmachtssoldaten und ließen ihn ein paar Wochen später wieder frei.

Gregor nähert sich dem Spiegel und prüft seine Augenbrauen, die leicht vorspringende Stirn, seine Nase, seinen listigen Mund, von vorn und im Profil, rollt mit den Augen, einschmeichelnd, dann plötzlich ernst und beunruhigend. Lange hat sich der Ingenieur der arischen Rasse gefragt, woher wohl sein rätselhafter Name stammen mochte. Mengele, das klingt fast wie ein Weihnachtsgebäck oder ein pelziges Spinnentier. Und weshalb waren Haut und Haar so dunkel? In Günzburg hatten seine Mitschüler ihn Beppo den Zigeuner genannt, und seit er sich in Buenos Aires hinter einem düsteren Schnurrbart versteckt, sieht er aus wie ein Hidalgo, wie ein Italiener, ja, wie ein Argentinier. Gregor besprüht sich mit Kölnisch Wasser und lächelt, wobei die Lücke zwischen seinen oberen Schneidezähnen sichtbar wird. Trotz Niederlage und Flucht, obwohl Malbranc noch immer auf Tauchstation ist, hat er das Fieber besiegt und immer noch einen ansehnlichen Ständer. Für einen Achtunddreißigjährigen, der vom Leben und vom Krieg nicht verschont wurde, ist er, mit Verlaub, nach wie vor attraktiv. Gregor kämmt sein Haar nach hinten wie William Powell in *The Kennel Murder Case*, zieht sich an und geht hinaus. Der Himmel ist klar, die Brise vom Rio de la Plata erfrischend.

Seit ein paar Tagen streift er durch Buenos Aires. Die kolossale Avenida 9 de Julio mit ihrem Obelisken; die Avenida Corrientes mit ihren Kabaretts und Buchhandlungen; der in den Himmel wachsende Palacio Barolo und die Jugendstilcafés in der Avenida di Mayo; die mit fettigen Papieren übersäten Rasenflächen im Parque Tres de Febrero; das Gewimmel auf den Hauptverkehrsadern der Innenstadt, die Konditoreien und luxuriösen Läden in der Calle Florida. Am Tag zuvor hatte er die Wachablösung im Stechschritt vor der Casa Rosada angeschaut, den Präsidentenpalast, die Inbrunst der Schaulustigen um ihn herum, ihren Respekt vor der Welt des Militärs. Die Armee, eine stabilisierende Institution, in Argentinien wie überall. Nur die Deutschen setzen alles daran, mit ihrer Kollektivschuld ihre Traditionen zu zerstören, murmelt er in der Metro, die ihn zurück in seine Kaschemme bringt.

Überall hübsche Frauen, Blumen, streunende Hunde, Platanen und Gummibäume, der Geruch von Zigarren und gegrilltem Fleisch, Läden mit üppigeren Auslagen als in Europa. Fotos von Alfredo di Stéfano im weißen River-Plate-Trikot mit rotem Querstreifen sowie Porträts von Carlos Gardel und Agustín Magaldi zieren die Zeitungskioske neben Stichen der Gottesmutter und den Titelseiten von *Sintonía*, dem Magazin für Stars und Sternchen.

Gregor springt auf eine Straßenbahn, verschmilzt mit dem Gedränge aus Fußgängern und Automobilen, der Metropole, die seit ihrer Gründung mit offenen Armen Deserteure und Scharlatane empfängt. Sobald er einen Juden mit rotem Bart erblickt, Nachfahren der *Rusos*, die vor den zaristischen Pogromen Anfang des Jahrhunderts geflohen waren, wechselt er die Straßenseite. Auf seinem Stadtplan hat er die Viertel Villa Crespo und Once, wo die Juden ihre Schneiderwerkstätten eingerichtet haben, rot eingekreist, er fürchtet die Begegnung mit einem Gespenst aus Auschwitz, das ihn entlarven könnte.

Gregor fühlt sich nicht verloren. Argentinien, noch mitten im Wirtschaftsboom, ist das höchstentwickelte lateinamerikanische Land. Seit Kriegsende kauft ihm das verwüstete Europa Lebensmittel ab. In Buenos Aires gibt es unzählige Kinos und Theater; die Dächer sind grau, die Schüler tragen strenge Uniformen. Und wie in Deutschland zu Zeiten des Reichs wird der *líder* der Nation kultisch verehrt, ein Duo aus einem Bär in Operettenuniform und einem schmuckbehangenen Spatzen. Der Erlöser und die Unterdrückte: Juan und Evita Perón prangen triumphierend auf sämtlichen Mauern der Hauptstadt.

8.

Gregor schlägt die Zeit damit tot, in den Zeitungen ihre Romanze zu entziffern. Sie haben sich im Januar 1944 kennengelernt, bei einer Wohltätigkeitsgala für die Opfer des Erdbebens, das sich wenige Tage zuvor in San Juan ereignet hatte. Die junge Schauspielerin Eva Duarte ist hin und weg von Oberst Perón, einem der starken Männer der Offizierscamarilla, die gerade an der Macht ist, Sprachrohr der Entrechteten, verdienter Sportler, Schönredner, Luchsaugen und indianische Gesichtszüge: Er hat zur Mobilmachung des ganzen Landes aufgerufen, um der zerstörten Stadt zu Hilfe zu eilen.

Nach der Abendveranstaltung kommt Perón in den Radiosender, für den Evita jobbt; Evita erhält ein eigenes Büro im Arbeitsministerium, wo Perón an seinem Schicksal feilt. Ihr Temperament und ihre Großzügigkeit beeindrucken ihn. Er engagiert sie als Sekretärin, bald ziehen sie zusammen. Evita überlässt sich ihrem Steuermann: »Perón, meine Sonne, mein Himmel, mein fliegender Kondor, hoch und fern, unter den Wipfeln in Gottes Nähe. Grund meines Lebens.«

Einmal am Ruder, steigt Perón noch weiter auf. Nun ist er Kriegsminister und Vizepräsident. Er erhöht das Budget für die Truppen, gründet Luftstreitkräfte und verbreitet über die Radiowellen die Mär von einem drohenden Angriff des brasilianischen Nachbarn. Gegen Ende des weltweiten Konflikts drängen die Vereinigten Staaten die Militärjunta zur Organisation freier Wahlen. Im September 1945 treibt ein großer Freiheitsmarsch die Regimegegner auf die Straße. Argentinien brodelt, die Offiziere streiten erbittert, die liberalsten schütteln die Nationalisten ab, verhaften Perón und entheben ihn seiner Ämter. Seine Anhänger machen mobil, auf den Appell der Confederación General del Trabajo (CGT) marschieren Arbeiter, Gewerkschafter und Hungerleider nach Buenos Aires und fordern auf der Plaza de Mayo vor dem Präsidentenpalais seine Befreiung und Wiederaufnahme in die Regierung. Perón heiratet Evita und gewinnt ein paar Monate später die Präsidentschaftswahlen.

Ehrgeizige und revanchistische Provinzler, sind Evita und Perón einander sehr ähnlich. Er ein Kind der einsamen Steppen aus der Provinz Chubut, der Vater ein labiler Taugenichts, die Mutter ein Flittchen; sie die uneheliche Tochter eines bigamischen Provinzhonoratioren. Evita ist noch nicht geboren, als Perón 1911 mit sechzehn Jahren in das Kadettenkorps eintritt. Paraná, die Anden, die Amazonasprovinz Misiones: Der junge Soldat erkundet bei seinen verschiedenen Zuweisungen das Innerste Argentiniens und entdeckt von täglicher Fron geplagte Peons, Arbeiter in den Schlachthöfen von Buenos Aires, die schlechter behandelt werden als die dort abgestochenen Tiere. Die Ungleichheiten eines reichen Landes, wichtigster Rohstofflieferant für England, das seine Bedingungen diktiert: Die Briten kontrollieren das Eisenbahnnetz, die Banken beuten die Schätze der Pampa aus und riesige Wälder mit Quebrachobäumen, aus denen sie Gerbstoffe gewinnen. Die Großgrundbesitzer reißen die Macht an sich, geben rauschende Feste. In Buenos Aires steht der Palast neben der Hütte, das Teatro Colón neben den Bordellen in La Boca.

Die Krise von 1929 verwüstet Argentinien. Es wimmelt von Arbeits- und Obdachlosen, Streiks lähmen das Land, anarchistische Gruppen treiben ihr Unwesen. Perón reißt sich zusammen. Für das Unglück ihrer Mitbürger unempfänglich, organisiert die korrupte politische Führungsriege die Unterversorgung, tritt öffentlich für die Demokratie ein, aber betrügt bei den Wahlen. Die 1930er-Jahre: Opiumrauchen, Finanzskandale, Äther und Kokain, bewaffnete Überfälle. Mitten in jenem berüchtigten Jahrzehnt kommt die junge Evita nach Buenos Aires, um Schauspielerin zu werden.

Naiv und schmächtig, wird sie von skrupellosen Produzenten missbraucht. Evita tobt: Nichts vergisst und verzeiht sie. Sie träumt davon, die Verräter aus ihren widerwärtigen Schlupflöchern zu ziehen und den mit ausländischen Kapitalisten verbandelten Zucker- und Züchterbaronen, die alle Mittellosen wie sie mit Füßen treten, den Kopf abzuschneiden. Evita ist noch fanatischer und leidenschaftlicher als Perón.

1946 sind sie die Herren Argentiniens, unterstützt von Kirche, Militär, Nationalisten und Proletariern: Die Stunde des Schwerts hat geschlagen.

9.

Die Peróns wollen Argentinien emanzipieren und kündigen eine ästhetische und industrielle Revolution an, ein plebejisches Regime. Der Präsident schimpft und wettert im Radio, gestikuliert und prahlt vor den faszinierten Massen, verspricht das Ende von Demütigung und Abhängigkeit, ein herrliches Leben, den großen Umschwung: Er ist der Erlöser, mit dem Justizialismus wird Argentinien in die Geschichtsbücher eingehen.

Perón ist der erste Politiker, der die alte koloniale Agrargesellschaft Argentiniens wachrüttelt. Als Staatssekretär hat er die Arbeiter verwöhnt, als Präsident mit Unterstützung der CGT den öffentlichen Dienst, der dem riesigen Staatsapparat angehört, aufgepäppelt. Wachstum und Selbstversorgung, Stolz und Würde: Perón räumt mit den Privilegien der Oligarchie auf, entwirft seine Ruhmesträume, zentralisiert und verstaatlicht die Eisenbahn, das Telefon, die strategischen Sektoren in ausländischer Hand.

Evita ist das Symbol dieser radikalen Modernisierung. Im Abendkleid empfängt die Madonna der Armen die Gewerkschaftsdelegationen, besucht Krankenhäuser und Fabriken, weiht Straßenabschnitte ein, verteilt Zahnprothesen und Nähmaschinen und wirft bündelweise Pesos aus den Fenstern des Zuges, mit dem sie unermüdlich das Land bereist.

Sie gründet ein Hilfswerk für die Hemdenlosen, für alle Entrechteten, und verkündet unter dem Beifallssturm der Menge die frohe Botschaft der Perónisten im Ausland. 1947 wird sie auf ihrer »Regenbogentour« vom Papst und mehreren Staatschefs empfangen.

Die Peróns, Mittler des Volkes und des göttlichen Willens, riegeln die nationalistische und autoritäre neue Ordnung ab. Sie säubern Universität, Justiz, Presse und Verwaltung; verdreifachen das Personal des Geheimdienstes, Männer in beigefarbenen Gabardinemänteln und braunen Anzügen. Perón brüllt »Hanfschuhe ja, Bücher nein!«. Jorge Luis Borges wird aus der Biblioteca Nacional von Buenos Aires geworfen und zur staatlichen Geflügel- und Haseninspektion abgestellt.

Perón denkt die Welt. Der Mensch ist ein von gegensätzlichen und feindlichen Verlangen getriebener Kentaur, der in einer Staubwolke dem Paradies hinterhergaloppiert. Die Geschichte ist die Erzählung der menschlichen Widersprüche; Kapitalismus und Kommunismus machen das Individuum zu einem Insekt, beuten es, wie Ersterer, aus oder versklaven es. Allein der Perónismus wird Individualismus und Kollektivismus überwinden. Ein schlichter, volksnaher Katechismus, der einen neuen Kompromiss zwischen Körper und Seele, Kloster und Supermarkt vorschlägt. Seinem Volk verspricht Perón die Senkrechte des Uhrenpendels: das Zeitalter des Kentauren zu überwinden – für Argentinien, die sozialistische christliche Nation.

10.

Kentauren und Hemdenlose: Die unmögliche Harmonie der perónistischen Antinomien lässt Gregor kalt. Fürs Erste muss er sich zurechtfinden und seine Haut retten.

Mit dem Südfrühling stellt er seine Stadtbesichtigungen ein. Mitte September 1949 bekommt er eine Aufenthaltsgenehmigung und eine Anstellung als Zimmermann im Stadtteil Vicente López, wo er in ein neues Mauseloch mit dreckigem Fenster zieht, das er mit einem Ingenieur und seiner kleinen Tochter teilt. Eines Nachts wacht Gregor vom Stöhnen des Kindes auf. Die Stirn heiß, leichenblass, wird es von Fieberkrämpfen geschüttelt, der Vater fleht Gregor, mit dem er bisher kaum ein Wort gewechselt hat, panisch an, schnellstmöglich einen Arzt zu holen. Gregor flüstert dem Ingenieur zu, er könne sie selbst behandeln, allerdings unter der Bedingung, dass er niemandem von seinen Fähigkeiten erzähle, sonst solle er sich selbst behelfen, er werde keinen Finger rühren, seine Tochter müsse sterben – und wehe ihm, wenn er ihn später verrät.

Niemand darf wissen, dass er Arzt ist. Er, der während des Studiums verächtlich auf alle Tüftler und manuellen Berufe herabgeschaut hatte, ist nun bereit, Fußböden zu verlegen und Balken zusammenzusetzen, seit Beginn seiner Flucht ist er gezwungen, sich an stumpfe körperliche Arbeit, an ungebührliche Aufgaben zu gewöhnen. Auf seinem bayrischen Gehöft musste Gregor den Pferdestall ausmisten, die Bäume stutzen, die Erde lockern. Hier verrinnen die Wochen, sein Leben ist trist und einsam, seit er in Buenos Aires ist, lebt er in der permanenten Furcht vor einem Fauxpas, einer unguten Begegnung, eckt überall an mit seiner Angst. Gregor ist gefesselt. Jeden Tag nimmt er einen anderen Weg zur Arbeit. Regelmäßig trifft er Menschen, die Deutsch sprechen und an die er kein Wort zu richten wagt. Er träumt von Eisbein und Apfelsaft in einem der deutschen Restaurants, auf die er während seiner winterlichen Gänge gestoßen ist – das ABC in der Innenstadt, die Gaststätte Zur Eiche in der Avenida Crámer oder das Otto im Stadtteil Chacarita –, doch er weigert sich, dort einzukehren, wie er sich weigert, in der Öffentlichkeit seine Sprache zu sprechen. Gregor hat einen starken bayrischen Akzent. Ebenso wenig kommt es infrage, sich *Der Weg* zu kaufen, die Monatsschrift für Freiheit und Ordnung. Gregor tröstet sich mit der Post, die ihm noch ins Hotel Palermo geschickt wird. Dank des guten Sedlmeier ist er mit Irene und ihrer Familie in Kontakt: Über ein Postfach sendet er ihnen wehmütige Briefe, und Sedlmeier adressiert ihm im Gegenzug die Schreiben und Vollmachten seiner Verwandten. In der Heimat ist alles in Ordnung. Das Familienunternehmen für Landmaschinen floriert, seine Schubkarren und Mähdrescher »gehen weg wie warme Semmel«, brüstet sich der Vater. Deutschland hat noch nicht alle Trümmer weggeräumt und beginnt gerade erst, sich wieder aufzurichten. Karl senior erwartet ihn: Sobald die »revanchistischen Freunde uns nicht mehr schikanieren«, wird er in den Schoß der Familie und in den Aufsichtsrat zurückkehren. »Josef, hör auf zu flennen, Du hast an der Ostfront gekämpft, Du bist doch kein Kind mehr. Hab Geduld, immer so misstrauisch, es wird sich schon alles fügen.«

11.

Vorsorglich in seinem Zimmer eingeschlossen, der Ingenieur und seine Tochter sind nicht da, hört Gregor eine Strauss-Oper und verschlingt *Der Weg*. Vor zwei Tagen war ihm plötzlich schwindlig geworden, die Feinsäge war ihm entglitten, fast wäre er von einem mehrstöckigen Holzgerüst gestürzt. Er verdankt sein Leben der Reaktionsschnelle des Baustellenpoliers. Weil er es satthat, ewig dahinzuvegetieren und auf die Rückkehr des schimärischen Malbranc zu hoffen, hat er sich am Kiosk schnell die Zeitschrift der Nostalgiker des Schwarzen Ordens gekauft und unter die Jacke gesteckt.

Gedichte, gestelzte Prosa, rassistische und antisemitische Artikel, als wäre das Dritte Reich niemals zusammengebrochen, Gregor ergötzt sich an dem teutonischen Kitsch der seit Kriegsende von den Alliierten in Deutschland geknebelten Verfasser. Eingehend liest er die Anzeigen auf der letzten Seite, entdeckt Feinkostläden, Gaststätten, Reisebüros, Anwaltskanzleien und Buchhändler, das ganze Ausmaß des deutsch-argentinischen Hauptstadtkosmos, und freut sich, vielleicht kann er nun endlich aus seiner Höhle heraus und ein Leben in Buenos Aires beginnen.

Als Gregor am nächsten Tag von der Baustelle kommt, geht er zum Dürer-Verlag, Avenida Sarmiento 542, und macht die Bekanntschaft von Eberhard Fritsch, Verlagsgründer und Herausgeber von *Der Weg*. Hinter seinem Schreibtisch mustert Fritsch den Hauptsturmführer Gregor, der seine Dienstfunktionen aufzählt, ohne seine wahre Identität preiszugeben: 1937 in die Partei eingetreten, ein Jahr später in die Reichsärztekammer und die SS, Wehrdienst bei den Gebirgsjägern in Tirol, freiwilliger Eintritt in die Waffen-SS,

Zentralstelle für Umsiedlung und Rasse im besetzten Polen, nach Beginn des Unternehmens Barbarossa mit der Division Wiking an die Ostfront, Stationierung in der Ukraine, Offensive im Kaukasus, Schlacht um Rostow am Don, Einnahme von Bataisk, Eisernes Kreuz I. Klasse. Stolz wie ein Pfau setzt Gregor Fritsch auseinander, wie er zwei Panzersoldaten aus ihrem brennenden Fahrzeug geholfen hatte. Er erwähnt seine Abordnung in ein Gefangenenlager in Polen, nicht aber Auschwitz, und lamentiert über sein Schicksal, das Exil, das geliebte Vaterland unter Besatzung, die Unermesslichkeit von Buenos Aires, die Sehnsucht nach der Uniform. Er hat das Bedürfnis, seinem Herzen Luft zu machen.

Fritsch zündet sich eine Zigarette an und zeigt Mitgefühl. Er hat beste Erinnerungen an das Treffen der Hitlerjugend, an dem er 1935 als Vierzehnjähriger bei seinem einzigen Deutschlandbesuch teilgenommen hatte, und glaubt kein Wort von den Gräueltaten, die dem Nationalsozialismus von der alliierten Propaganda angehängt werden, »von den Juden erfundene Lügen«. Er hat den Dürer-Verlag gegründet, um Soldaten wie Gregor zu Hilfe zu kommen. Den in Europa zensierten Blut-und-Boden-Literaten öffnet er seine Rubriken und zahlt ihnen in diesen Zeiten der Knappheit außergewöhnliche Beitragshonorare, Brühwürfel, Fleischkonserven und Kakaopulver; den an den Ufern des Rio de la Plata gestrandeten Kameraden bietet er einen Treffpunkt und die entsprechenden Netzwerke. Der junge Fritsch versichert Gregor, dass er über exzellente Kontakte verfüge, er habe nichts zu befürchten: In Argentinien, Land der Flüchtigen von der Größe Indiens, existiert die Vergangenheit nicht. Niemand wird ihn fragen, woher er kommt und weshalb er hier ist. »Die Argentinier scheren sich einen Dreck um das europäische Gezänk und nehmen es den Juden immer noch übel, dass sie Jesus Christus gekreuzigt haben.«

Gregor hört zu, wie Fritsch ihm strahlend von dem Fest erzählt, das anlässlich des österreichischen Anschlusses im Luna Park in Buenos Aires stattgefunden hatte; wie Argentinien, offiziell neutral, Nazi-Deutschland im Krieg als südamerikanischer Brückenkopf gedient hatte. Die Deutschen hatten hier Millionen und Abermillionen US-Dollar gewaschen und sich Devisen oder Rohstoffe besorgt. Ihre Geheimdienste hatten ihr regionales Hauptquartier in Buenos Aires aufgeschlagen. »Von hier aus wurde Ende 1943 der Umsturz der pro-amerikanischen bolivianischen Regierung organisiert. Perón und die anderen Offiziere, die in diesem Jahr einen Putsch durchführten, strebten eine Allianz mit dem Führer an. Sie haben die Demonstration anlässlich der Befreiung von Paris gewaltsam gesprengt und die Verbreitung von Chaplins *Der große Diktator* verhindert. Nach dem Fall Berlins hat Perón den Radios untersagt, die Nachricht auszustrahlen: Wir wollten einen nazitreuen Block der Nationen gründen, um die Yankees kaltzustellen. Aber sie haben uns gezwungen, die diplomatischen Verbindungen zu Hitler abzubrechen und Deutschland den Krieg zu erklären. Wir haben Widerstand geleistet, solange wir konnten, bis Ende des Winters 1945. Argentinien ist als letzte Nation in den Krieg eingetreten ...« Das Telefon klingelt, Fritsch bricht das Gespräch ab und bedeutet Gregor zu gehen.

12.

Am liebsten würde er dem Jüngelchen mit den graublauen Augen in die Fresse hauen. Oder ihm einen Hammer auf die Finger sausen lassen, peng, auf die Fingerglieder, oder besser noch auf die Nägel, ja, er würde Fritsch gern an beiden Händen alle Nägel einzeln ausreißen und in die Luft jagen. Gregor spielt die Szene im Badezimmer seines Schlupflochs in Vicente López nach und murmelt: »Wie kannst du es wagen, Eberhard, du kleiner Scheißargentinier? Du warst ganze zwei Wochen in Deutschland und willst mir mit deinen achtundzwanzig Jahren eine Lektion erteilen? Ja genau, die ›Gräuel‹, wie du sie nennst, diese Gräuel hat es tatsächlich gegeben, das belagerte Deutschland musste sich verteidigen, mit allen Mitteln die zerstörerischen Kräfte zerschlagen. Der Krieg ist kein Kinderspiel und der Nationalsozialismus, du hirnverbrannter Trottel, beschränkt sich nicht auf die großartigen Choreographien der Hitlerjugend.« Gregor drückt seine Zahnpastatube aus und besinnt sich plötzlich wieder, sonst kommt er noch zu spät auf die Baustelle; die geringste Verspätung ist ihm ein Graus.

Gregor schaut immer häufiger in der Redaktion vorbei, Drehscheibe der Nazis in Buenos Aires. Dort begegnet er einem Grobian, von dem er schon in Auschwitz gehört hatte: In Begleitung eines auf das Zerfleischen von Menschen abgerichteten Schäferhundes hatte Josef Schwammberger in Polen die Zwangsarbeiterlager geleitet und etliche Ghettos liquidiert. Dort lernt er Reinhard Kopps kennen, der bei der Zeitschrift als Spezialist für die jüdisch-freimaurerischen Verschwörungen gilt, ein Ehemaliger aus Himmlers Geheimdiensten auf dem Balkan; und er freundet sich mit demjenigen an, den Fritsch als seinen »besten Schreiber und großen Wegbereiter des wachsenden Erfolgs von *Der Weg*« bezeichnet, ein Autor, der Gregor mit seinen flott verfassten Artikeln schon aufgefallen war: Willem Sassen. Obwohl er es mit dem Whisky übertreibt und Kette raucht (Gregor ist Nichtraucher), macht der mehrsprachige Holländer im gestreiften Anzug einen guten Eindruck auf ihn. Gregor hat stets darauf geachtet, nur mit Alphatieren und führenden Beamten zu verkehren: Sowohl an der Universität als auch in Auschwitz, er hat sich nie mit dem Fußvolk der SS abgegeben, nur mit den Chefärzten und den Lagerkommandanten. Er duldet kein Mittelmaß.

Die beiden Schnauzbärtigen beschnuppern sich. Wie Gregor hatte auch Sassen, der sich freiwillig zu einer holländischen SS-Division gemeldet hatte, an der Ostfront gekämpft und war auf russischem Gebiet bis zum Kaukasus vorgedrungen, wo er schwer verwundet worden war. Wie Gregor war Sassen, Propagandist des Reichs im belgischen Radio und eifriger Kollaborateur, nach dem Krieg in Holland verhaftet und zu einer langen Gefängnisstrafe verurteilt worden, hatte sich aber zwei Mal aus dem Staub gemacht, erst nach Irland, dann, am Steuer eines Schoners von Dublin aus, nach Argentinien.

Sassen schätzt die klassische Bildung und die starken Überzeugungen seines neuen Freundes, des Arztes: Gregor vertraut seiner Verschwiegenheit und hat zum ersten Mal in Buenos Aires seine wahre Identität und Geschichte preisgegeben. Wie alle anderen, an oberster Stelle die Frauen und Fritsch, der ihm ein komfortables Gehalt und seine Miete zahlt, lässt sich Gregor von Sassens Erscheinung und Redegewandtheit um den Finger wickeln: Binnen weniger Monate hat der gewiefte Holländer perfekt Spanisch gelernt und sich in Argentinien eine Stellung verschafft. Sein Adressbuch macht Eindruck auf Gregor. Sobald wie möglich wird Sassen ihm Rudel vorstellen, dem er gelegentlich als Chauffeur und Ghostwriter zu Diensten ist, ja, den berühmten Oberst Hans Ulrich Rudel, das As der Asse der Luftwaffe, den höchstdekorierten Piloten der deutschen Geschichte (2530 Einsätze, 532 zerstörte Panzer), noch ein Flüchtiger in Argentinien, dazu ein paar andere hohe Tiere. Auch den Präsidenten Perón, der »sich immer viel Zeit für die Deutschen nimmt«, wird er kennenlernen können.

13.

Nie hat Perón die Offiziere des Großen Generalstabs vergessen, die ihn einst in der Kunst des Befehlens unterwiesen hatten, als die argentinische Armee noch Pickelhauben trug und mit Mauser-Gewehren oder Krupp-Kanonen ausgestattet war. Federbusch, Autorität, Disziplin: Die deutsche Militärtechnik fasziniert den jungen Perón derartig, dass er seine Doktorarbeit über die Schlacht an den Masurischen Seen schreibt und selten ohne die Lektüre seiner preußischen Lieblingsstrategen einschläft: Clausewitz, Alfred Graf von Schlieffen und Colmar von der Goltz, der Theoretiker des Volks in Waffen, ein Gesellschaftsmodell, das Perón jetzt, wo er an der Macht ist, in Argentinien durchsetzen will.

Deutschland und auch Italien faszinieren ihn, wo Mussolini seit den frühen 1920er-Jahren das Land regiert. Wie alle Lassowerfer seiner Generation steht Perón ganz im Bann der Heldentaten Italo Balbos und Francesco De Pinedos, der fliegenden Faschisten, jenen wagemutigen Piloten, die den besternten Äther durchqueren, um Rom mit Südamerika zu verbinden. Perón hört die Stimme des Duce im argentinischen Radio und schaut sich im Palace den Film *Ein Mann, ein Volk* an. Mussolini beeindruckt ihn: Ein von der Vorsehung berufener Führer kann eine Nation retten und das Kontinuum der Geschichte sprengen.

Er entdeckt Italien 1939, macht eine Ausbildung bei der faschistischen Armee und arbeitet als Militärattaché an der argentinischen Botschaft in Rom. Zwei Jahre lang reist er, informiert sich und macht Aufzeichnungen. Perón ist überzeugt, eine seit der Französischen Revolution nicht da gewesene historische Erfahrung mitzuerleben: die Gründung einer echten Volksdemokratie. Mussolini ist es gelungen, im Hinblick auf das vorgegebene Ziel, den nationalen Sozialismus, die versprengten Kräfte zu bündeln. Am 10. Juni 1940 tritt die italienische Armee in den Krieg ein. Vom Balkon der Piazza Venezia aus versetzt der Duce in seiner Paradeuniform vor den Augen Peróns eine riesige Menge in Ekstase.

Wenige Monate zuvor war Perón nach dem Blitzeinmarsch in Polen nach Berlin und an die Ostfront gereist. Perón, der *Mein Kampf* auf Italienisch und Spanisch gelesen und die Bronzeskulpturen von Breker und Thorak bewundert hat, ist von den aktuellen Veränderungen verblüfft: Deutschland lebt wieder auf, der Nationalsozialismus hat seine Wunden geheilt, nirgends sonst in Europa gibt es eine derart gut geölte Maschine. Die Deutschen arbeiten in schönster Ordnung für einen perfekt organisierten Staat. Der Vulkan Hitler hypnotisiert die Massen: Die Geschichte wird Theater, der Wille triumphiert, und wie in *Stürme über dem Mont Blanc* und *Der weiße Rausch*, die Filme mit Leni Riefenstahl, die Perón auf seiner Pilgerfahrt nach Deutschland entdeckt, verbrüdern sich Tod und Tapferkeit. Die Hitler'sche Lava wird alles zerstören, was ihr in den Weg kommt.

Zurück in Argentinien, entwickelt er eine sehr eigene Vorstellung vom Krieg, mit unheilvollen Auswirkungen. Das faschistische Italien und das nationalsozialistische Deutschland bieten eine Alternative zum Kommunismus und zum Kapitalismus, die Vereinigten Staaten und die UdSSR kämpfen als Verbündete gegen die aufstrebende dritte Kraft, die Achsenmächte, Perón zufolge die erste blockfreie Mächtekonstellation.

Da Deutschland und Italien besiegt sind, wird Argentinien die Ablösung übernehmen, und Perón wird dort reüssieren, wo Mussolini und Hitler gescheitert sind: Die Sowjets und Amerikaner werden sich in absehbarer Zeit mit Atombombenabwürfen gegenseitig vernichten. Der Sieger des Dritten Weltkriegs harrt womöglich auf der anderen Seite der Welt seiner Stunde, Argentinien kann einen phantastischen Trumpf ausspielen. Und so betätigt sich Perón, bis der Kalte Krieg aus dem Ruder läuft, als großer Lumpensammler. Er wühlt in den Mülltonnen Europas, startet eine gigantische Recyclingaktion: Mit den Abfällen der Geschichte wird er die Geschichte regieren. Perón öffnet sein Land Abertausenden von Nazis, Faschisten und Kollaborateuren; Soldaten, Ingenieure, Wissenschaftler, Techniker und Ärzte; Kriegsverbrecher, die eingeladen sind, Argentinien mit Staudämmen, Raketen und Atomkraftwerken auszurüsten und in eine Supermacht zu verwandeln.

14.

Eigenhändig wacht Perón über das reibungslose Gelingen des großen Ausbruchs. In Buenos Aires gründet er einen Sonderdienst, das Informationsbüro unter Rudi Freude, dem Sohn seines wichtigsten Geldgebers für die siegreiche Präsidentschaftswahl 1946, Ludwig Freude, steinreicher Nazi-Banker und Aktionär des Dürer-Verlags; ins franquistische Spanien, in die Schweiz und nach Italien, nach Rom und Genua, wo Gregor an Bord gegangen war, schickt er einen Gauner mit blauen Augen, den ehemaligen SS-Hauptsturmführer Carlos Fuldner. Freude und Fuldner organisieren die *Rattenlinien*, die Fluchtrouten, und koordinieren die Netzwerke zur Ausschleusung, komplizierte Ketten aus korrupten Diplomaten und Beamten, Geheimagenten und Kirchenmännern, die den Kriegsverbrechern die Absolution erteilen, wie etwa durch das Einstellen ihrer Verfahren. Der Endkampf gegen den atheistischen Kommunismus hat begonnen.

Ende der 1940er-Jahre ist Buenos Aires zur Hauptstadt für den Ausschuss des gefallenen Schwarzen Ordens avanciert. Ein Sammelbecken für Nazis, kroatische Ustascha, serbische Ultranationalisten, italienische Faschisten, ungarische Pfeilkreuzer, rumänische Legionäre der Eisernen Garde, französische Vichy-Anhänger, belgische Rexisten, spanische Falangisten, integralistische Katholiken; Mörder, Folterer und Abenteurer, ein gespenstisches Viertes Reich. Perón verwöhnt seine *desperados*. Im Juli 1949 amnestiert er alle, die mit einer falschen Identität eingereist sind, und empfängt sie hin und wieder in der Casa Rosada.

In jener Nacht sind ein paar Auserwählte auf einem Segelschiff im Hafen verabredet.

Es ist eine milde, mondlose Dezembernacht, man hört die Wanten klingeln und den Nordostwind plätschern; in Sassens Windschatten passiert Gregor die am Kai liegenden Vergnügungsboote. »Kentaur« raunen die beiden Männer einem Kleiderschrank zu, der sie, von drei Kumpanen desselben Kalibers sekundiert, gründlich durchsucht. Der Holländer und der Deutsche überqueren die Brücke des *Falken* und betreten die verrauchte Back, wo ihnen ein Stimmengewirr aus mitteleuropäischen Sprachen und Spanisch entgegenschlägt.

Sassen greift erfreut nach dem Bier, das ihm eine rundliche Frau hinhält, Gregor begnügt sich mit ein bisschen Wasser. »Du hast Glück«, flüstert Sassen ihm zu, »heute Abend ist die ganze Hautevolee hier.« Er deutet auf einen Mann, der sich hinter einem Spitzbart und einer dunklen, schwarzumrandeten Metallbrille verbirgt, »Ante Pavelić, der kroatische Poglavnik« (er hat achthundertfünfzigtausend Serben, Juden und Roma auf dem Gewissen), von einem Spalier aus Ustascha umringt; »Simon Sabiani«, der ehemalige »Bürgermeister« von Marseille, in Frankreich in Abwesenheit zum Tode verurteilt, »sowie seine Kumpels von der Parti populaire français«; »Vittorio Mussolini«, der zweite Sohn des Duce, zusammen mit »Carlo Scorza«, dem früheren Generalsekretär der faschistischen Partei; »Robert Pincemin«, Milizführer im Département Ariège; »Eduard Roschmann«, der Schlächter von Riga (dreißigtausend ermordete lettische Juden), »angeschickert wie immer«; der Physiker »Ronald Richter, der Präsidentenliebling: Er hat ihm versprochen, als Erster die Kernfusion umzusetzen. Perón hat ihm für seine Forschungen eine Insel auf einem der patagonischen Seen zur Verfügung gestellt.« Rudel ist noch nicht da, müsste aber jeden Moment kommen.

Gregor kennt niemanden außer Kopps, Schwammberger und dem Schwergewicht mit Golfhose, mit dem die beiden sich vor einem Bullauge unterhalten, was für eine Überraschung, Rechtsanwalt Gerhard Bohne, organisatorischer Leiter des Euthanasieprogramms T4 (2 Millionen Zwangssterilisierte, siebzigtausend vergaste Behinderte), dem er in Auschwitz mehrfach begegnet war. Er will sie schon begrüßen, als plötzlich ein Ruck durch die Versammlung geht. Vier Männer haben gerade eine Behelfsbühne erklommen, ein argentinischer Oberst, »Fuldner und Freude junior, unsere Schutzengel«, und ein Vierzigjähriger mit Dreiteiler und Fliege, »die belgische Schwuchtel«, grinst Sassen, »Monsieur Pierre Daye«, der nun das Wort ergreift.

Vor ein paar Monaten war Daye in Buenos Aires an der Gründung des Zentrums der nationalistischen Kräfte beteiligt gewesen, eine Vereinigung aus Rexisten, Faschisten und Ustascha, die dem amerikanischen Kapitalismus sowie dem russischen Bolschewismus den Garaus machen will und die »christliche« Amnestie der in Europa einsitzenden Kriegsverbrecher fordert. Am Vorabend des Dritten Weltkriegs kann der Kontinent unmöglich auf derart erfahrene Kämpfer verzichten.

Daye erwähnt den Sündenfall, Kains Mord an Abel und den ewigen Bruderkampf, der seit Erschaffung der Welt die menschliche Gesellschaft vergifte. »Unser Feind ist der verabscheuungswürdige kosmopolitische Materialismus, diese Negierung Gottes – die Ursache all unserer Übel!«, wettert der bekennende Katholik. »Unsere Familien müssen sich verbünden, um diesen Kampf durchzuringen. Nichts und niemand wird unserem Triumph Einhalt gebieten, sobald Nationalsozialismus und Christentum ausgesöhnt sind …« Das Publikum pfeift und applaudiert, Daye hat Oberwasser und fährt mit näselnder Stimme fort: »Der hervorragende Präsident Perón, dem wir unsere Freiheit zu verdanken haben, hat diese Verbrüderung auf sein Banner geschrieben. Und wir werden Argentinien helfen, auf der südlichen Halbkugel das Gegengewicht zu den Vereinigten Staaten zu bilden. Zumindest fürs Erste, liebe Freunde. Denn bald werden sich Russen und Amerikaner bis aufs Blut bekämpfen. Letztes Jahr wäre die Berlin-Blockade beinahe aus dem Ruder gelaufen. Heute wachsen die Spannungen in sämtlichen Ecken der Welt. Wir müssen nur Geduld haben, die Zukunft gehört uns, wir werden nach Europa zurückkehren …«

Sassen fasst Gregor am Arm und zieht ihn mit auf das Deck, er will ihm »zwei enge Freunde« vorstellen.

»Oberst Rudel«, nuschelt ein gedrungener Schatten.

»Malbranc«, flüstert eine einnehmendere Stimme.

Gerard Malbranc, endlich.

15.

Hin und wieder überlegt Gregor noch, ob er nicht doch einen Ozeandampfer nach Hamburg nehmen soll, ein mit rotem Mais und blauviolettem Leinen beladenes Frachtschiff, das ihn zu Irene brächte. Am dritten Adventssonntag hat er ihr in einem Hafenbistro einen für seine Verhältnisse völlig untypischen Brief geschrieben. Noch nie hat er ihr seine Liebe so leidenschaftlich erklärt, noch nie hat er ihre Anwesenheit so schmerzlich vermisst und ihre Erinnerungen so ausgiebig heraufbeschworen, ihre ungezählten Liebesnächte, den üppigen Sommer in Auschwitz, die eng umschlungenen Weihnachtsfeste im Fronturlaub, das letzte in den verschneiten Wäldern, das Schimmern der Flocken in ihrem goldenen Haar, und wieder hat er sie angefleht, den Atlantik zu überqueren. Als Erwiderung hat Irene ihm ein Foto von Rolf mit Lederhose geschickt, nüchtern ein gutes Jahr 1950 gewünscht und ihm gegen die Einsamkeit einen Hund empfohlen. Erstaunlicherweise hat er gleich Nägel mit

Köpfen gemacht und sich ein Hündchen namens Heinrich Lyons zugelegt. Irene hatte ihn in ihrem Brief auf den Namen eines amerikanischen Vorfahren, Harry Lyons, gebracht, den er einfach eingedeutscht hat – was für ein Einfall! Ein Namensvetter des Gründers von München, Heinrichs des Löwen, Fürst mit kolonialen Ansprüchen, Herzog von Bayern und von Sachsen, Gregors Hund.

Aus Deutschland dennoch eine positive Überraschung: An Weihnachten ist Karl Thaddeus gestorben, sein zu früh geborener jüngerer Bruder – nur sechzehn Monate trennen sie –, Karl, den er immer unerklärlich gehasst hat. Gregor thront auf der sonnigen Terrasse einer Gaststätte im Stadtviertel Florida und denkt an ihre Kindheit in dem großen Haus mit den schießschartenartigen schmalen Fenstern. Eines Tages hatte Karl ihm seinen elektrischen Zug geklaut, und als die Mutter zurückgekommen war, hatte der Kleine geflennt, während der Große bestraft worden war. Die herrische Walburga hatte ihn verprügelt und in den Keller gesperrt. Beim Abendessen bekam Karl immer größere Portionen als er. Karl durfte die Mutter in die Konditoreien am Marktplatz begleiten. Der kleine Dreckskerl: Tausendfach hatte ihm Beppo den Tod an den Hals gewünscht, bei einem Brand oder einem Autounfall, tausendfach hatte die Eifersucht an ihm genagt, während er Kieselsteine in die Donau bei den Günzburger Wäldern geworfen hatte. Nun war Karl genau wie Walburga im Krematorium.

In dem Brief mit der Nachricht vom Tod des Bruders berichtet sein Vater außerdem, dass sich die Alliierten »immer vernünftiger« zeigten. Seit ein paar Monaten sehen sie von Strafverfolgungen wegen Kriegsverbrechen ab und lassen ehemalige Nazis wichtige Posten in der Regierung und Industrie der neuen Bundesrepublik besetzen. »Langsam begreifen sie, wo ihre eigentlichen Feinde sitzen. Der Kalte Krieg öffnet ihnen die Augen. Und wir, Josef, wir vergessen den Krieg, wir verschreiben uns ganz dem Wiederaufbau und schauen nach vorn. Wir werden ja sehen, wie Adenauer, dieser alte Sack, seine Sache macht.«

Gregor liegt in Florida auf der faulen Haut, kürzlich hat er sich bei Malbranc einquartiert. Sie hatten sich nach ihrer Begegnung auf dem *Falken* wiedergesehen. Malbranc war in Entschuldigungen zerflossen: Er sei geschäftlich viel auf Reisen und verbringe, wenn er in Buenos Aires sei, mehr Zeit auf seinem Anwesen in Olivos als in seinem Haus in Florida, seine Frau fühle sich dort wohler. Gregor habe Pech gehabt und offenbar immer im falschen Moment vor der Tür gestanden oder angerufen. Als Malbranc ihm anbot bei ihm einzuziehen, ließ sich Gregor nicht lange bitten. Er tauschte seinen tristen Vorort gegen eine famose Villa ein, gegen ein bequemes Bett, ein lichtes Zimmer mit Brunnengeplätscher im Patio, gegen Brötchen, Eier und ein österreichisches Dienstmädchen, das sich morgens und abends in der Küche zu schaffen macht.

Sein Gastgeber erweist sich als kostbar: Malbranc, der ehemalige Nazi-Spion, der während des Krieges Funksender versteckt und Waffen gekauft hatte, ist eine Schlüsselfigur in der Nazi-Society von Buenos Aires. Bei ihm verkehren Karl Klingenfuß, ehemaliger höherer Diplomat aus dem Judenreferat des Auswärtigen Amts, der in Abwesenheit in Polen zum Tode verurteilte große Bubi (Ludolf-Hermann von Alvensleben), ehemaliger Chefadjutant Himmlers und Freund Herbert von Karajans, sowie Constantin von Neurath, der Sohn eines ehemaligen Außenministers von Hitler. Fritsch und Sassen kommen zum Pokerspielen, begleitet von einem für klassische deutsche Musik und Literatur schwärmenden Architekten, Frederico Haase, der eine Nelke im Knopfloch trägt und an Gregor einen Narren gefressen hat.

Über Krypten und Geheimgänge hat Gregor im bonaerensischen Labyrinth seinen Weg gefunden.

16.

»1950, Jahr des Libertador«, proklamiert Perón. *El lider* versteht sich als Erbe von General San Martín, dem Vater der argentinischen Unabhängigkeit.

Am 25. Juni bricht der Koreakrieg aus.

Am 14. Juli trifft Adolf Eichmann unter dem Decknamen Ricardo Klement seinerseits in Buenos Aires ein.

Rasch verlässt er die Hauptstadt. Fuldner hat ihm einen Job bei der CAPRI besorgt, ein staatliches Unternehmen, das in der Region Tucumán Wasserkraftwerke baut.

17.

Von all den neuen Kameraden bevorzugt Gregor Uli Rudel. Zweiunddreißigmal abgeschossen, war es dem Adler der Ostfront immer wieder gelungen, zu den deutschen Linien aufzuschließen, obwohl Stalin ein Kopfgeld auf ihn ausgesetzt hatte – hunderttausend Rubel, ein Vermögen. Rudel, im Februar 1945 von einer Flakgranate getroffen und daraufhin unterschenkelamputiert, stieg zwei Monate nach der Operation wieder in seine Stuka und schoss mit heulenden Sirenen sechsundzwanzig sowjetische Panzer ab, bevor er sich am 8. Mai 1945 den Alliierten ergab.

Als der Pilot ihm das Ritterkreuz des Eisernen Kreuzes

mit goldenem Eichenlaub, Schwertern und Brillanten gezeigt hatte, dessen einziger Träger er war, sah Gregor ihn mit kindlichen Augen an: Kein Zweifel, Rudel gehört zur Herrenrasse. Trotz seiner Prothese spielt er Tennis und hat gerade den Aconcagua, den höchsten Gipfel Amerikas, bestiegen. Er stammt von jenen teutonischen Rittern ab, deren Legenden Beppo, damals Leiter des deutschnationalen und rechtskonservativen Großdeutschen Jugendbundes, mit sechzehn, siebzehn auf dem Sommersonnenwendefest am Lagerfeuer ausgeschmückt hatte. Rudel ist ein deutscher Krieger, so wie Gregor sich betrachtet und als den auch Rudel ihn trotz seiner bescheidenen Karriere wahrzunehmen scheint. Alles in allem ist Gregor nur ein kleiner SS-Hauptsturmführer: Dennoch trifft der Oberst ihn gern im ABC, wenn er in Buenos Aires zu tun hat.

Wenn sie sich treffen, haben die beiden Nazis jedes Mal viel Gesprächsstoff. Sie trinken keinen Alkohol, denken in arithmetischen Kategorien und teilen das gleiche Pech in der Liebe – Rudels Ehefrau hat vor seinem Aufbruch nach Argentinien die Scheidung verlangt; die gleiche apokalyptische Vision der »entarteten« und »amoralischen« Weimarer Republik ihrer Jugend; den gleichen Glauben an die Dolchstoßlegende im Jahr 1918; die gleiche »totale« Hingabe ans deutsche Volk und Blut. Kampf, alles ist Kampf: Nur die Besten überleben, so das eherne Gesetz der Geschichte, die Schwachen und Nichtswürdigen müssen vernichtet werden. Geläutert und diszipliniert, ist Deutschland die größte Weltmacht.

Am Tisch mit dem heldenhaften Piloten, verherrlicht Gregor seine eigene Vergangenheit als »biologischer Soldat«, er verschweigt nichts. Mengele lässt die Maske Gregor fallen. Als Arzt hat er den Körper der Rasse behandelt und die

Kampfgemeinschaft geschützt. In Auschwitz hat er gegen den Zerfall und die inneren Feinde, Homosexuelle und Asoziale, gekämpft; gegen die Juden, diese Parasiten, die seit Jahrtausenden den Untergang der nordischen Menschheit betreiben: Sie mussten ausgelöscht werden, mit allen Mitteln. Er hat als moralischer Mensch gehandelt. Indem er all seine Kräfte in den Dienst der Reinheit und des schöpferischen Vermögens des arischen Blutes stellte, hat er seine Pflicht als SS-Mann erfüllt.

Rudel fasziniert Gregor durch seinen außerordentlichen Erfolg. Als Berater Peróns beaufsichtigt er gemeinsam mit dem ebenfalls aus Deutschland herausgeschleusten Genie der Luftfahrt, Kurt Tank, die Entwicklung des ersten südamerikanischen Düsenjägers, *Pulqui*. Er verdient Unsummen als Vermittler zwischen den Luftstreitkräften und deutschen Industriegiganten wie Daimler-Benz, Siemens oder dem Flugbootkonstrukteur Dornier, aber auch dank der Importlizenzen, die Perón ihm großzügig gewährt hat. Rudel, der sich frei bewegen kann, reist und wechselt von einer Welt in die andere, von Europa nach Südamerika, stets im Mittelpunkt sämtlicher Intrigen und sämtlicher Fluchtnetzwerke: Odessa, Die Schleuse, Die Spinne. Rudel, der zusammen mit von Neurath das Kameradenwerk gegründet hat, das Pakete verschickt und die Anwaltskosten für die in der Heimat einsitzenden Freunde übernimmt, ist der Marschall der Nazi-Emigration.

Rudel nimmt Gregor unter seine Fittiche und warnt ihn: Finger weg vom Nazi-Schatz, und bloß keine Fragen, an niemanden.

Um diesen berühmten Schatz kursieren in Buenos Aires wilde Gerüchte. Kurz vor Kriegsende soll Martin Bormann, Hitlers Sekretär in der Reichskanzlei, Flugzeuge und U-Boote mit Gold, Schmuck und Raubkunst aus jüdischem Besitz nach Argentinien geschickt haben, die Aktion Feuerland. Rudel soll zu den Geleitpersonen der Beute gehört haben, die angeblich unter dem Namen Eva Duarte auf mehrere Konten verteilt worden ist. Nach seiner Hochzeit soll Perón das Gold der Nazis an sich gebracht und seiner Gattin damit die Finanzierung ihrer Stiftung ermöglicht haben. Unlängst wurden in den Straßen von Buenos Aires die Leichen zweier Bankiers gefunden, die den Schatz angeblich verwaltet haben.

»Ansonsten ist in Argentinien alles möglich«, sagt Rudel zu Gregor. »Kennst du meine Devise? Nur wer sich selbst aufgibt, ist verloren.«

18.

Gregor nimmt also sein Leben in die Hand. In Absprache mit seinem Vater und Sedlmeier, die weiter für seinen Unterhalt zahlen, wird er das Familienunternehmen in Argentinien vertreten, die gigantischen Landmaschinenmärkte des Subkontinents erschließen. Rudel ermutigt ihn und nimmt ihn im Hinblick auf eine mögliche Zusammenarbeit in seinem Privatflugzeug nach Paraguay mit: Das Land umfasst eine Reihe ländlicher deutscher Kolonien, zu den ältesten gehört Nueva Germania, einst von Elisabeth Nietzsche, Schwester des Philosophen und fanatische Antisemitin, gegründet. Im Südosten gibt es unzählige fruchtbare Weiden. Schubkarren, Mähdrescher, Mist- oder Düngerstreuer der Firma Mengele kämen wie gerufen. Und die Gegend ist sicher, Rudel hat dort viele Freunde, die 1927 in Villarrica die erste außerdeutsche Parteigruppe der Nazis gegründet haben.

Auch Sassen denkt an seinen Arztfreund. Er schlägt ihm einen Gelegenheitsjob vor, der um einiges heikler, für ihn aber machbar und nicht zuletzt äußerst lukrativ ist: pfiffigen Bürgerstöchtern zu helfen, in Buenos Aires diskret ihre Sünden loszuwerden, statt irgendwo in einer entlegenen Stadt niederzukommen und den Säugling im Waisenhaus abzugeben. Abtreibung ist im katholischen Argentinien ein hart bestraftes Verbrechen, doch Gregor willigt in den Handel ein. Seit er bei Malbranc wohnt, ist er wieder im Besitz seines Aktenkoffers mit den Proben und medizinischen Geräten (Skalpelle, Klingen, Zangen). Den ehrbarsten Familien beistehen, wie sollte er das ausschlagen? Es juckt ihn in den Händen, die sich nun wieder an die Ausübung der Medizin machen können, endlich, nach all den Jahren als Lagerarbeiter und Bauer.

Ende 1950 herrscht unter den Faschisten in Buenos Aires eine gewisse Euphorie. Der Dritte Weltkrieg ist in Kanonenreichweite, mit einem Finger am Abzug kontrolliert Perón alle Fernschreiben, in Korea kommt es zur Eskalation. Präsident Truman will das gesamte amerikanische Waffenarsenal gegen die nordkoreanische Offensive im Süden aufbieten, General MacArthur legt einen mit radioaktivem Kobalt verseuchten Landgürtel zwischen dem Gelben und dem Japanischen Meer an, um Chinesen und Sowjets aus der Kampfzone fernzuhalten.

Bis die Weltreichträume Peróns Wirklichkeit werden, leben Gregor und seine Freunde auf großem Fuße. Mit gewienerten Stiefeletten und gelacktem Haar besuchen Haase und Gregor die Vorstellungen von Wagners *Tristan* und Bizets *Carmen* im Colón, Clemenceau zufolge das schönste Theater der Welt. Der Architekt und der musikliebende Arzt dinieren im Café Tortoni oder im Castelar und referieren zwischen zwei Bissen erstklassigen Beefsteaks über das Erhabene in der deutschen Musik, das sich über die Sinne erhebt und dem Unendlichen nahekommt. Sassen, Liebhaber mexikanischer Schlager, nimmt seinen Freund zusammen mit Fritsch manchmal in die Kabaretts mit oder ins Fantasio in Olivos, seinen Lieblingsclub, in dem Produzenten und Schauspielerinnen verkehren. Ein Rollenspiel: Fritsch zahlt, Gregor hält nach Sirenen mit Indianerhaar Ausschau, Sassen trinkt, tanzt und befummelt *yeguas* – Stuten – und *potrancas* – Fohlen –, während sich seine Frau und seine kleinen Töchter daheim zu Tode langweilen. Zweimal pro Woche, mittwochs und samstags, geht Gregor in einem schummrigen Club in der Avenida Corrientes zu einer *lechera*, einer Schwanzbläserin, auch das ein Vorschlag von Sassen. Gregor verbietet den gefügigen Mädchen, seine Haut zu berühren, nur seinen Schwanz, keine Küsse, keine Intimitäten, er zahlt, spritzt ab und geht.

Wenn es in Buenos Aires zu heiß ist, verbringen sie ihre Wochenenden in der Pampa, bei Dieter Menge, einem ehemaligen Piloten, noch ein Freund von Rudel, der mit der Wiederverwertung von Schrott zu Geld gekommen ist und ein großes, mit Eukalyptus und Akazien gesäumtes Landgut, eine Estancia, besitzt. Eine Hitlerbüste bringt ein bisschen Farbe in den Garten, auf dem Grund des Pools prangt ein Hakenkreuz aus Granit. Die Abende bei Menge sind ausgedehnt, die Luft ist klar, das Waffenhandwerk, die Feuerprobe und ihre Gewissheiten schweißen die Männer zusammen. In Hemdsärmeln trinken die Nazis Bier und Schnaps, braten Rindfleisch, ein Spanferkel, rülpsen und reden über das ferne Vaterland und den Krieg. Gregor ist nicht sehr gesprächig, aber Sassen beherrscht dieses Spielchen ganz ausgezeichnet, fiebrig ahmt er das Getöse der Granaten und das

Heulen der Geschosse nach, lässt die Feuerwellen wieder lebendig werden, die Erinnerung an die verkohlten Gesichter und zerfetzten Uniformen von Stalins sibirischen Divisionen. Am 20. April organisieren Menge und seine Leute immer einen Fackelzug zum Geburtstag des Führers. Hin und wieder bringt Rudel einen der gerade frisch im gelobten Land Eingetroffenen mit. Etwa Wilfred von Oven, früher ein enger Mitarbeiter Goebbels', oder einen angesehenen Besucher auf der Durchreise wie den mit Schmissen übersäten SS-Mann Otto Skorzeny, der, mit Metamphetaminen zugedröhnt, nach der Landung der Alliierten in Süditalien an Bord eines Fieseler Storch den in den Abruzzen verhafteten Mussolini entführt hatte. Zum Waffenhändler mutiert, soll Skorzeny nach eigenem Bekunden Evita auf ihrer Regenbogentour in Spanien verführt haben, »peng-peng, eine verdammte Schlampe, die Señora Perón«, posaunt er: Fritsch grinst, Sassen bringt einen Toast auf das Reich und auf Argentinien aus, wo es den Nazis so gut geht.

Mitte März 1951 lädt Menge die wilde Horde in die Estancia ein. Rudel, Malbranc, Fritsch, Bohne, Sassen, Haase, alle finden sich ein, um den vierzigsten Geburtstag ihres Kameraden Gregor zu feiern. Sie haben ein Geschenk für ihn. Einen legendären Kupferstich von Dürer: Ritter, Tod und Teufel.

19.

Nachdem MacArthur von seinem Posten abberufen worden ist, stabilisiert sich die Front. Perón tobt, das Ende der kentaurischen Ära und der Dritte Weltkrieg sind vorerst aufgeschoben. Seine maßlosen Ambitionen hängen fortan von seiner triumphalen Wiederwahl ab. Entsprechend stärkt er sein

Regime: Die Diffamierung der Regierung wird verboten, die wichtigsten Tageszeitungen werden zensiert, *La Prensa* wird geschlossen, enteignet und in ein Organ der Confederación General del Trabajo verwandelt. Das militärische Personal wird aufgestockt, die Propaganda verschärft; Dissidenten werden ins Gefängnis geworfen, Abgeordnete fliehen nach Montevideo. Und Perón engagiert die Dame der Hoffnung, um sich einen möglichst komfortablen Sieg zu sichern: Er trägt seiner Frau die Vizepräsidentschaft seines nächsten Mandats an.

Tagtäglich erwartet Evita eine endlose Schlange vor dem Arbeitsministerium und ihrer Stiftung, deren Budget sich verzehnfacht hat. Die Leute kämpfen dafür, ein paar Worte mit ihr wechseln oder ihrem Blick begegnen zu können. Ihre Hand zu streifen kommt einer Berührung mit Christus gleich, Evita ist die großzügigste Göttin überhaupt: Noch nie hat sie den Bedürftigen Argentiniens so viele Häuser, Medikamente und Kleider geschenkt, noch nie hat sie so viele Opfer gebracht; als wären ihre Tage gezählt, schläft sie nicht mehr, wirkt an sämtlichen Fronten; als wäre das Regime bedroht, lässt sie Waffen verstecken und plant, eine in ihrem Sold stehende Privatmiliz zu gründen.

Buenos Aires ist mit Evita-Plakaten gepflastert. Am Obelisken in der Avenida 9 de Julio hängen riesige Transparente, die dazu aufrufen »Perón – Eva Perón, die Formel des Vaterlandes« zu wählen.

Am 22. August 1951 strömen Hunderttausende Argentinier mit dem perónistischen Abzeichen am Revers auf die breiteste Straße der Welt, wo das Ehepaar offiziell ihre Kandidatur verkünden soll. Im Menschenmeer verloren, heften Rudel und Gregor ihren Blick auf die Ehrentribüne und den selbstgefälligen, brillantineglänzenden Perón, der die Arme verschränkt hat. Plötzlich ein ungeheurer Jubel: Evita erscheint. Sie wirft Kusshände in Richtung ihrer Getreuen, die niederknien und weinen, eine Unmenge Konfetti von den umstehenden Balkonen werfen, während das Idol wie im Stadion mit Fackeln, Fahnen, Taschentüchern und bengalischen Feuern begrüßt wird.

Als der Generalsekretär der CGT die Menge auffordert, Evita als Kandidatin für die Vizepräsidentschaft zu nominieren, sucht sie in *el liders* Armen Zuflucht und bittet stammelnd um vier Tage Bedenkzeit. Allgemeine Bestürzung. Die Menge grollt. Evita bettelt: »Einen Tag?« Die Menge bebt vor Ungeduld. Evita fleht: »Ein paar Stunden wenigstens?« Unmöglich. Achtzehn Minuten lang skandiert der Chor ihren Namen und *ahora*, *ahora*, jetzt! Evita strauchelt, bricht in Tränen aus und verkündet, sie werde ihre Entscheidung abends im Radio kundgeben.

Rudel und Gregor gehen, der Spaß hat lange genug gedauert. Die *bombos*, die großen Trommeln, dröhnen ihnen in den Ohren, la *negradada*, der Pöbel aus den Arbeitervororten von Buenos Aires ringsherum, widert sie an: Zu Zeiten des Führers wäre ein solcher Zirkus in Deutschland undenkbar gewesen. Diese Veranstaltung passt zu Peróns Operettendiktatur, sagen sich die beiden Nazis, und zu den Argentiniern, »den Königen des Psychodramas, die den Befehlen gehorchen, ohne sie auszuführen. Wer nicht gehorchen kann, wird auch nie befehlen können.«

Endlich der Masse entkommen, vertraut Rudel Gregor ein streng geheim gehaltenes Gerücht an: Evita soll krank sein, schwer krank sogar. »Wenn das stimmt, ist unser Freund am Ende.«

Der Justizialismus hält seine Versprechen nicht. Die Bürgersteige in der Innenstadt von Buenos Aires sind immer noch marode; die Züge sind unpünktlich; Perón gibt das Geld mit offenen Händen aus und macht viel Wind um nichts; in Patagonien hat Richter ihn übers Ohr gehauen und mehrere Hundert Millionen Pesos einkassiert, ohne ein einziges Watt Atomenergie produziert zu haben; die angeschlagene argentinische Wirtschaft produziert Schnickschnack: Rudel und Gregor sehen hier den schädlichen Einfluss des Christentums am Werk. Perón agiert nicht mit der geziemenden Brutalität, weil er dem jüdisch-christlichen Unsinn verpflichtet bleibt, Mitleid und Barmherzigkeit, all den Formen einer Gefühlsduselei, die der Nationalsozialismus abgestoßen hat.

Gregor verachtet die katholisch-faschistische Clique um *el lider*, schwache Männer, Tiger ohne Biss, wie Daye, dieser Schwadroneur, der mit Hitler und dem Schah von Persien Tee getrunken haben will. Seine Bewegung einer internationalen Volksunion: alles Geschwätz. Sein Dritter Weltkrieg: kindische Träumereien. Derzeit verzweifelt Daye über seinen Memoiren, Mussolinis Sohn versucht sich in der Textilindustrie und Sabiani, der ehemalige Oberbürgermeister von Marseille, ertränkt seine Einsamkeit im Alkohol. Als vor ein paar Wochen der Tod von Marschall Pétain bekannt wurde, waren alle zu einer Totenwache in der Kathedrale von Buenos Aires zusammengekommen.

Diese Männer sind erledigt. Sie sind der Vergangenheit zugewandt, während die Nazis in Buenos Aires die Zukunft im Auge haben.

Deutschland.

20.

Ihr Ziel ist die Rückeroberung Deutschlands. Die Männer des Dürer-Kreises glauben nicht an die von den Alliierten verordnete »Demokratie«. Ihr geliebtes Vaterland kann sich doch unmöglich wie durch Zauberhand verändert haben. Sie verfolgen das politische Geschehen und kommentieren es in ihrer Zeitschrift, deren Auflage trotz der Zensur und der Verbote kontinuierlich steigt. Sie wissen, dass sich ihre Landsleute nach der wilhelminischen Epoche und den ersten Jahren des Dritten Reichs zurücksehnen, dass sie nicht an die in den Lagern verübten »Gräuel« glauben und nach den Nürnberger Prozessen die Rache der Sieger angeprangert hatten. Sie sind überzeugt, dass die Deutschen dem Nationalsozialismus nicht abgeschworen haben. Haben sie nicht das Regime und seine Eroberungen unterstützt? Den Führer angebetet? Mit Fritsch, Sassen und Rudel redet Gregor offen. Über die Begeisterung der Universitäten und der Ärzte in den 1930er-Jahren. Über ihren Jubel, endlich die humanistischen Tattergreise loszuwerden, über ihr Streben nach möglichst radikalen Veränderungen. Über die Ausbeutung der Zwangsarbeiter durch die Industriegiganten, die menschlichen Versuchskaninchen der Pharmaunternehmen, die herausgerissenen Goldzähne, die Monat für Monat an die Reichsbank geschickt wurden.

Bis zu den Zerstörungen der letzten Kriegsjahre haben alle vom System profitiert. Niemand hat Einspruch erhoben, als die Juden auf Knien die Bürgersteige scheuerten, und keiner hat etwas gesagt, als sie plötzlich über Nacht verschwunden sind. Wenn sich die Welt nicht gegen Deutschland verschworen hätte, wäre der Nationalsozialismus noch immer an der Macht.

Die Männer aus dem Dürer-Kreis glauben an seine Auferstehung. Sie verachten den trivialen Alltag ihres neuen bürgerlichen Lebens am Ende der Welt, es reicht ihnen nicht, ihren Geschäften nachzugehen und ihre Geliebten auszuhalten. Die Niederlage hat ihren rasanten Aufstieg unterbrochen. Und so beschließen die Mittdreißiger Fritsch, Sassen und Rudel, den Kampf fortzusetzen. Sie müssen rasch handeln, die Heimat ist in Gefahr, Adenauer verkauft die Bundesrepublik an die Vereinigten Staaten und integriert sie in den Westblock, während Ostdeutschland von den Sowjets geplündert wird.

Sie zögern. Von Argentinien aus die Kräfteverhältnisse einzuschätzen, ist nicht leicht, sich zu organisieren auch nicht. Sollen sie eine Exilregierung bilden? In Deutschland eine Revolution anfachen? Adenauer mit einem Putschversuch stürzen? Die Verschwörer beschließen, dem gleichen Weg zu folgen, den Hitler vor zwanzig Jahren eingeschlagen hatte: sich auf das politische Spiel einlassen, Bündnisse knüpfen und über die Urnen an die Macht kommen. Die nächsten Bundestagswahlen stehen im September 1953 an, Rudel ist bestens dafür prädestiniert, seine Glanztaten sind den Deutschen noch in frischer Erinnerung.

Im Sommer 1952 setzt sich der Pilot in den Flieger, um eine Partnerschaft mit den Nazi-Aktivisten der Sozialistischen Reichspartei zu schließen. Die Lage scheint für die Pläne des Dürer-Kreises günstig, zumal es im September in Deutschland zu einem Skandal kommt: Im Rahmen des Luxemburger Abkommens erkennt »Rabbi Adenauer«, wie Rudel ihn nennt, die Schuld der Deutschen an, er verpflichtet die Bundesrepublik Deutschland zu mehreren Milliarden Dollar Reparationszahlungen an Israel und Entschädigungen für die Juden. Einen Monat später gelingt es dem

Bundeskanzler, die Sozialistische Reichspartei zu verbieten: Rudel kehrt nach Buenos Aires zurück und bespricht sich mit seinen Partnern. Kurz darauf bricht er wieder nach Deutschland auf, wo ihn diesmal die Deutsche Reichspartei, eine national-konservative Gruppierung, anwirbt. Vom Wirtschaftswunder abgeschnitten, hat sich der Dürer-Kreis jedoch getäuscht. Den Deutschen ist ihr Urlaub in Italien wichtiger als die Nazi-Nostalgie. Der gleiche Opportunismus, mit dem sie sich dem Reich unterworfen hatten, treibt sie nun in die Arme der Demokratie: Die Deutschen machen einen krummen Buckel, und bei den Wahlen 1953 erleidet die Reichspartei eine bittere Niederlage.

21.

Ausgestreckt auf dem braunen Ledersofa in dem geräumigen Wohnzimmer des Appartements, das er vor ein paar Monaten im zweiten Stock, Tacuari 431, mitten in der Innenstadt von Buenos Aires bezogen hat, beißt Gregor gerade auf ein Stückchen Krokant, als er von den Enttäuschungen des geschätzten Rudel erfährt. Er hat die Freunde des Dürer-Kreises zwar beraten, sich aber ansonsten damit begnügt, ihre Machenschaften von Weitem zu verfolgen. Im Grunde hat er sich nie wirklich für Politik interessiert und trotz seiner vorgeblichen Liebe zu Deutschland und seiner Treue zum Nationalsozialismus von Kindheit an vor allem an sich selbst gedacht und einzig sich selbst geliebt. Für den gerissenen Gregor läuft Ende 1953 alles gut, ja sogar immer besser. Egal, dass Argentinien noch um die an Gebärmutterhalskrebs gestorbene Evita trauert und im Elend versinkt, egal, dass Adenauer die Pläne seiner Exilgenossen durchkreuzt hat, das Wichtigste ist gesichert. Er hat sich das Ansehen seiner Kollegen erworben, seine kleinen Geschäfte laufen gut: Gregor hat Spaß und scheffelt Geld.

Er leitet eine von der verlässlich sprudelnden Familienquelle finanzierte Schreinerei und eine Möbelfabrik, nimmt illegale Abtreibungen vor und preist den Farmern in den Provinzen Chaco und Santa Fe die legendäre Stabilität der Mengele-Landmaschinen an. Die Sippschaft entdeckt Südamerika, nacheinander kommen sein Bruder Alois mit Frau, gleich mehrmals der treue Sedlmeier, und bald auch Karl senior, der gealterte und gefürchtete Patriarch, Nazi, als es – im Mai 1933 – angezeigt war, inzwischen parteiloser stellvertretender Bürgermeister von Günzburg. Der Besuch von Karl senior bereitet Gregor Kopfzerbrechen. Sein Vater hat ihm stets seine Hochzeit mit »Irene, dieser Schlampe« vorgeworfen sowie die Tatsache, dass er kein Interesse an dem von ihm aufgebauten florierenden Unternehmen hatte, das nun, da er seinen ältesten Sohn besuchen kommt, über sechshundert Mitarbeiter zählt.

Bei Gregor verweilt Karl senior kurz vor dem Dürerstich und streichelt Heinrich Lyons, »ein gut dressiertes Tier«, das war's. Keine Wärme, keine Zärtlichkeitsbekundungen. Der Industrieritter bleibt sich selbst treu und investiert seine ganze Energie ins Geschäft, in Buenos Aires wie in Günzburg. Ohne sich als sein Sohn zu erkennen zu geben, dient Gregor ihm, wenn er argentinische Geschäftsleute trifft, als Dolmetscher und präsentiert ihm einige seiner einflussreichen Freunde. Stolz stellt er ihm Klingenfuß vor, einen ehemaligen Diplomaten des Judenreferats im Auswärtigen Amt, inzwischen ein hohes Tier der deutsch-argentinischen Handelskammer, sowie von Neurath, der gerade die Leitung der argentinischen Siemensfiliale übernommen hat. Es wird eine

Partnerschaft mit Orbis geknüpft, ein vielversprechendes Unternehmen für Küchenherde und Gasöfen, das von einem Dresdner Nazi, Roberto Mertig, geführt wird. Der Erfolg und der Patriotismus von Mertig, dessen Mitarbeiter durchweg Deutsche sind, imponieren dem Patriarchen Mengele. Als sie sich voneinander verabschieden, versprechen Vater und Sohn einander ein baldiges Wiedersehen, wer weiß, vielleicht ja sogar in Europa?

Paraguay ist das andere Jagdrevier der Mengeles. Wie vom Vater verordnet, verbringt Gregor immer mehr Zeit dort, zusammen mit Rudel, der die Scharte seiner Wahlniederlagen mit der Besteigung des Vulkans Llullaillaco ausgewetzt hat, und dem Ehepaar Haase: Die paraguayische Ehefrau des Musikliebhabers ist die Tochter des Finanzministers von General Stroessner, der seit dem Staatsstreich im Mai 1954 das Land regiert.

Mit Heinrich Lyons und seinen Katalogen für Agrarbedarf streift Gregor durch die üppigen Landschaften der auf allen Seiten von Land umgebenen Insel, die Palmwälder, die kahlen Hochplateaus des Gran Chaco, die Mate- und Baumwollfelder; er besucht die Viehzüchter, die Gemeinschaften der Mennoniten und die Nachkommen der fanatischen Pioniere von Nueva Germania. Er hat bereits überall im Land wertvolle Kontakte geknüpft. Haase stellt ihm Werner Jung vor, ehemals Leiter der paraguayischen Hitlerjugend, und dank Rudels Vermittlung freundet er sich mit Alejandro von Eckstein an, einem baltischen Baron im Exil, Hauptmann in Stroessners Armee und Waffenbruder des Diktators. In einem absurden Wüstenkrieg – denn trotz der gegenteiligen Behauptungen des Oberkommandos gab es im Chaco nicht einen Tropfen Öl – hatten sie in den 1930er-Jahren gemeinsam die Bolivianer niedergerungen.

Gregor hält Paraguay für einen geeigneten Zufluchtsort, falls Argentinien zusammenbrechen sollte. Im April 1953 wäre Perón um ein Haar einem Attentat zum Opfer gefallen, die Konjunktur verschlechtert sich, die Inflation explodiert, die Metallarbeiter streiken und die Löhne purzeln. Je nach seinen sprunghaften Launen betätigt *el lider* wie ein kleiner Junge mit seinem ferngesteuerten Flugzeug die Steuerknüppel der argentinischen Wirtschaft. Seit dem Tod Evitas, deren Körper er öffentlich hatte aufbahren lassen, hat Perón die Orientierung verloren. In seinem Anwesen in Olivos frisst er Ravioli in sich hinein und empfängt regelmäßig blutjunge Mädchen, denen er das Mopedfahren beibringt. Nelly, seine neue Lebensgefährtin, ist dreizehn; wenn sie brav ist, darf sie Evitas Schmuck tragen. Die Presse unterstellt ihm eine Affäre mit Gina Lollobrigida, während die Kirche an den Präsidentenorgien Anstoß nimmt. Alle nennen ihn *el Pocho*, den Dicken.

Gregor hat es selbst gesehen, Perón hat hässliche Fetttaschen unter den Augen. Während der kurzen Audienz, die er ihnen gewährte – endlich hatten Sassen und Rudel ihr Versprechen wahr gemacht –, spielte der Präsident geistesabwesend mit seinen Pudeln, während die drei Nazis ihn bewundernd anstarrten. Mit Gregor wechselte er nur ein paar Worte. Sein Großvater sei Arzt gewesen und auch er hätte gern Medizin studiert, doch zum großen Glück der Argentinier habe ihn die Hand Gottes in die Kadettenanstalt geführt. Dann entließ Perón sie mit einer weit ausholenden Armbewegung, sein neuer Günstling, Tommy Hicks, ein amerikanischer Wunderheiler, wartete bereits.

22.

Stets elegant gekleidet und zum Scherzen aufgelegt, genießt Gregor einen guten Ruf in der deutschen Gemeinschaft von Buenos Aires. Weil er als Geistesgröße gilt, spickt er seine Sätze mit Zitaten von Fichte und Goethe. Die Frauen schwärmen von seiner beinahe zeremoniellen Höflichkeit und seiner bemerkenswerten deutschen Bildung. Nur auf einen Mann der Runde tut sein Charme keine Wirkung. Sassen hat sie eines Tages einander vorgestellt, als er gerade im ABC zu Mittag aß, in seiner angestammten Nische unter dem bayrischen Wappen. Gleich bei der Begrüßung dieser kahlköpfigen und schlampig gekleideten Erscheinung wusste er, dass sie nicht miteinander auskommen würden. Ricardo Klements Hand war feucht, sein Blick hinter der schräg sitzenden dicken Brille fliehend.

An diesem Tag konnte Sassen nicht umhin, den beiden Betreffenden ihre wahre Identität zu offenbaren. Adolf Eichmann, das ist Josef Mengele; Josef Mengele, und hier Adolf Eichmann. Letzterer konnte mit dem Namen des anderen nichts anfangen. Der große Anordner der Shoah war Hunderten, ja Tausenden SS-Untersturmführern und -ärzten begegnet. Mengele ist ein Vollstrecker niederer Aufgaben, eine Mücke in den Augen Eichmanns, was er ihn bei diesem ersten Treffen deutlich spüren lässt. Er erinnert ihn geflissentlich an seinen glanzvollen Aufstieg bis in die Gipfelregionen der geheimen Angelegenheiten des Dritten Reichs, an das erdrückende Gewicht seiner Verantwortlichkeiten, an seine Macht: »Alle wussten, wer ich war! Die reichsten Juden haben mir die Füße geküsst, um mit dem Leben davonzukommen.«

Bevor er nach Argentinien gelangte, hatte sich auch Eichmann auf einem Bauernhof versteckt gehalten, in Norddeutschland. Er arbeitete dort als Holzfäller und Hühnerzüchter. Anschließend leitete er in Tucumán ein Team aus Vermessungstechnikern und -ingenieuren bei der CAPRI, ein staatliches Unternehmen, das von Perón gegründet worden war, um seine Nazis zu recyceln und gegebenenfalls Wasserkraftwerke zu bauen. 1953 ging die CAPRI pleite: Eichmann zog mit seiner Frau und den drei Kindern nach Buenos Aires, Chacabuco, im Stadtteil Olivos.

Gregor versucht, den Klements aus dem Weg zu gehen, aber seit er Anfang 1954 in dasselbe Viertel gezogen ist, ein schönes Haus im maurischen Stil mit Garten, Sarmiento 1875, trifft er sie oft, vor allem die Kinder, die immer wie an Karneval als Gauchos herumlaufen. Eichmann ist eine begehrte Kuriosität, die man an Bord des *Falken* und zu den Landpartien bei Menge einlädt, die Nazi-Society ist wie bestrickt von seiner satanischen Aura. Wenn Sassen mit ihm spricht, könnte man meinen, er sei in Kontakt mit Himmler, Göring und Heydrich in Wesenseinheit, als deren Intimus sich Eichmann gern ausgibt. Wohin er in den Nazi-Kreisen auch einen Fuß setzt, Eichmann berauscht sich, spielt Geige und zieht seine Show ab. Er inszeniert sich als Großinquisitor und Zar der Juden. Er war mit dem Mufti von Jerusalem befreundet gewesen. Ihm hatte ein Dienstwagen mit Chauffeur zur Verfügung gestanden, um ganz Europa zu terrorisieren, wie es ihm beliebte. Minister waren ihm nachgelaufen und hatten ihn passieren lassen. Er hatte mit den schönsten Frauen Budapests verkehrt. Hin und wieder signiert er am Ende des Abends Fotos für seine Bewunderer: »Adolf Eichmann, SS-Obersturmbannführer a. D.«.

Eichmanns Geltungsdrang ärgert den seit seiner Ankunft übervorsichtigen Gregor: Er hat seine wahre Identität und die Art seiner Tätigkeit in Auschwitz nur seinen wenigen Vertrauten gestanden. Allen anderen liefert er eine sehr ausweichende Version seines Werdeganges: Militärarzt, Deutscher, für ein neues Leben in die Neue Welt ausgewandert. Im Laufe ihrer Begegnungen verachtet Gregor zusehends den ungebildeten ehemaligen Kaufmann, der das Gymnasium abgebrochen und nie die Prüfung der Front durchgemacht hatte. Eichmann ist ein armer Trottel, ein Versager erster Güte, sogar die Waschküche, die er in Olivos aufgemacht hat, musste schon wieder schließen; außerdem ist Eichmann ein ressentimentgeladener Mensch, der ihm sein schmuckes Haus, sein Junggesellendasein und sein neues Auto neidet, ein wunderschönes Coupé deutschen Fabrikats, eine Borgward Isabella.

Eichmann steht ihm in nichts nach: Gregor oder Mengele, das ist ihm völlig schnurz, ist für ihn ein feiges Muttersöhnchen, eine dunkelhäutige Niete.

23.

Gregor nimmt das Foto aus dem Rahmen und verbrennt es am Fenster, bald ist von dem Porträt nur noch ein Häufchen Asche übrig. Ein Windstoß zerstiebt es in die laue Luft von Buenos Aires. Irene will die Scheidung, um den Freiburger Schuhverkäufer heiraten zu können. Gregor ruft Haase und Rudel an, er braucht einen guten argentinischen Verteidiger, der mit seinem Anwalt in Günzburg Kontakt aufnimmt. Geld ist kein Problem, aber er will möglichst viele Zwischenhändler, Schutzschilder, und er wird seiner Exfrau bestimmt nicht entgegenkommen. Die Ehe wird am 25. März 1954 in Düsseldorf geschieden.

»Eine hervorragende Neuigkeit«, schreibt Karl senior ihm trocken, »endlich schaffst du uns dieses Luder vom Hals. Und versuch bloß nicht, sie wieder zurückzugewinnen, in deinem Alter gehört sich das nicht.« Dem Patriarchen Mengele, der einen intriganten Plan ausheckt, kommt die Scheidung sehr gelegen. Ihm schwebt eine Dreierkonstellation vor: seine geliebte Firma, Josef und ein anderes Weibsbild, das ihn mürbe macht, Martha, Karl juniors Witwe und Erbin der Firmenanteile ihres verstorbenen Mannes. Vor einer Weile hat Martha sich verliebt: Karl senior fürchtet eine Ehe mit dem Fremden, der zwangsläufig im Verwaltungsrat sitzen würde. Er schlägt Josef vor, seine Schwägerin zu heiraten, damit das Unternehmen in der Mengele-Sippe bleibt, und nach der Hochzeit Martha seine Anteile zu überlassen: Falls doch noch ein Haftbefehl gegen ihn erlassen würde, wäre wenigstens die Firma nicht lahmgelegt. In jedem Fall würde Josef Martha ihre Entscheidungen im Verwaltungsrat diktieren.

In seinem Liegestuhl im Garten des maurischen Hauses singt Gregor ein Loblied auf das Genie des Vaters und frohlockt bei dem Gedanken, die Witwe des verhassten Bruders zu nehmen, bei dem Gedanken an Irenes Bestürzung und Wut, wenn sie erfahren würde, dass auch er wieder heiratete, und dann ausgerechnet Martha: Martha, die sie nie hatte ausstehen können.

Karl senior animiert Josef zu einem Treffen mit seiner Schwägerin in den Schweizer Alpen. »Du wirst mit einem argentinischen Pass unter deiner falschen Identität reisen. Du kennst genug Leute in Buenos Aires, um dir einen zu besorgen. Ich werde Martha zur Vernunft bringen und kümmere mich um alles Übrige, die Fahrkarten, den Aufenthalt, die Überweisungen. Und ich werde es einrichten, dass sie

Rolf mitbringt. Es ist an der Zeit, dass du deinen Sohn kennenlernst.«

24.

Im Frühjahr 1955 beginnt Gregor mit seinen Behördengängen. Trotz seiner Beziehungen und Dollarbündel sollten sie sich ewig hinziehen, die perónistische Bürokratie ist ein Labyrinth, und weil Gregor nur eine Aufenthaltsgenehmigung hat, muss er eine umfangreiche Akte zusammenstellen (Empfehlungsschreiben, Garantien, Leumundszeugnisse, beglaubigte Urkunden), bevor er einen Pass für Nichtstaatsangehörige beantragen darf. Er muss fast ein Jahr lang auf ihn warten: Zwischenzeitlich sind in Argentinien Gewalt und Gegenrevolution ausgebrochen.

Am 16. Juni 1955 bombardieren die »Gorillas«, antiperónistische Militärs, das Präsidentschaftspalais und die Plaza de Mayo. Perón entkommt dem Putsch, aber seine Tage als Regierungsoberhaupt Argentiniens sind gezählt. Die Kirche, Zuflucht sämtlicher Opponenten, will ihn aus dem Weg räumen: Perón hat die Subventionen für die konfessionellen Schulen gestrichen, Scheidung und Prostitution legalisiert und unter dem Einfluss von Bruder Tommy die Verbreitung der Sekten gefördert. »Perón, ja! Cures, nein!« Demonstrationen und Gegendemonstrationen in raschem Wechsel, Perón, der Antichrist, lässt Priester inhaftieren, die Kirche exkommuniziert ihn, Kapellen werden verwüstet, der Südwinter der Anarchie ist angebrochen. Für jeden getöteten Perónisten will sich *el Pocho* an fünf Feinden rächen. Im September, als es Gregor endlich gelungen ist, sich einen »einwandfreien Leumund« bescheinigen zu lassen, sind Gerüchte über einen Staatsstreich in Umlauf, in Córdoba und im Hafen von Bahía Blanca brechen Meutereien aus. Am 16. blockiert die Marine Buenos Aires und droht mit der Bombardierung der Raffinerien. »Gott ist gerecht«, so die Parole der Putschisten.

Argentinien steht kurz vor dem Bürgerkrieg, Perón wird entmachtet. Er wirft die kompromittierendsten Akten ins Feuer und schifft sich auf einem paraguayischen Kanonenboot nach Asunción ein, um nicht eines Tages an einem Tankstellendach baumeln zu müssen wie sein Mentor Mussolini. Unter der Leitung eines alkoholabhängigen Generals greift eine Militärjunta nach der Macht. Ein paar Wochen später wird der General von einem anderen General entmachtet, dem unerbittlichen Aramburu, der verspricht, jegliche Spuren des Perónismus zu tilgen.

Vor seinem Radio hört Gregor, wie Aramburu mit martialischer Stimme auf die Argentinier einhämmert: »Jedes Individuum, das an einem sichtbaren Ort Bilder oder Skulpturen des flüchtigen Tyrannen oder seiner verstorbenen Ehefrau aufgestellt oder öffentlich Wörter und Ausdrücke wie Perón, Perónismus, Dritter Weg benutzt und die Verdienste der gestürzten Diktatur gerühmt hat, wird mit einer mindestens sechsmonatigen und nicht mehr als dreijährigen Haftstrafe belegt …« Im Namen der Revolución Libertadora werden die Gewerkschaftsführer verhaftet und Tausende von Beamten abberufen. Alle auf Peróns Namen lautende Orte (Städte, Stadtviertel, Provinzen, Straßen, Bahnhöfe, Plätze, Schwimmbäder, Hippodrome, Stadien und Clubs) werden umbenannt; alle kleinen Evitas bekommen einen neuen Vornamen. Die Stiftung wird geschlossen, ihre Bettwäsche verbrannt, ihr Besteck eingeschmolzen, die Statuen werden von den Sockeln gestürzt, die Mopeds und Schmuckstücke zur Schau gestellt, um allen das liederliche und habgierige Leben des gefallenen Paares vor Augen zu führen. Evitas Mumie verschwindet. Borges wird zum Direktor der Biblioteca Nacional und zum Professor an der philosophischen Fakultät in Buenos Aires ernannt. Perón findet in Panama Unterschlupf – ein goldenes Exil, Kabaretts, Zigarren, Whisky, hübsche Miezen – und verliebt sich in eine Tänzerin, María Estela Martínez, bald seine dritte Ehefrau, die er in Isabel umtauft.

Plötzlich ohne ihren Beschützer, beginnen die Nazis sich Sorgen zu machen. Aramburu hat versprochen, den Nutznießern des früheren Regimes das Genick zu brechen. Etliche der mit deutschen Mitteln finanzierten Unternehmen müssen dichtmachen. Die Polizei führt eine Hausdurchsuchung bei Rudel in Córdoba durch und stellt ihn unter Hausarrest. Bohne und einige andere Kriegsverbrecher verlassen Argentinien, Daye hält in seinem Tagebuch »die bitteren Leiden des Exils« fest, Gregor denkt an eine Flucht nach Paraguay, überlegt es sich aber anders: Hat er sich nicht immer von der Politik ferngehalten und nie zum engsten Kreis um Perón gezählt? Alles in allem ist er nur ein redlicher Unternehmer. Er nimmt vorerst von den illegalen Schwangerschaftsabbrüchen Abstand und wartet das Ende des Gewitters ab. Auch Aramburu würde die preußischen Militärtraditionen bewundern und mit den Nazis auskommen können.

Schließlich ergattert Gregor einen drei Monate gültigen Pass. Am 22. März 1956 fliegt er an Bord einer DC-7 der Pan Am mit kurzer Zwischenlandung in New York nach Genf.

25.

Sedlmeier erwartet ihn am Flughafen und bringt ihn nach Engelberg, ins Hotel Engel, das beste Viersternehotel der Wintersportstation.

An der Rezeption empfangen ihn zwei zwölfjährige Jungen und eine attraktive Dunkelhaarige: Martha, ihr Sohn Karl-Heinz und sein eigener Sohn Rolf.

26.

Im Badezimmer singt Martha vor dem Spiegel, während das Wasser in die Wanne läuft. Gregor hat seine Schuhe abgestreift und liegt, die Hände im Nacken verschränkt, auf dem Bett im angrenzenden Zimmer, wo ein Kaminfeuer knistert; er lauscht dem Plätschern, der heiteren Frau. Wohlig lächelnd sieht er den Schnee fallen. Sein Aufenthalt in der Schweiz ist idyllisch, die reine Bergluft erfrischt ihn. Martha hat ihn den Kindern als Onkel Fritz aus Amerika vorgestellt. Rolf hatte man schon früh erzählt, dass sein Vater Josef kurz nach seiner Geburt in Russland gefallen sei.

Rolf und Karl-Heinz sind pünktliche, aufmerksame und dankbare Jungen, die kerzengerade am Tisch sitzen und nur sprechen, wenn Mengele-Gregor-Fritz ihnen das Wort erteilt. Sie bewundern ihn: Seit seinem Wehrdienst bei den Gebirgsjägern ist Onkel Fritz ein hervorragender Skiläufer, außerdem bekommen sie gar nicht genug von seinen Geschichten. Unterwegs, beim Abendessen oder am späteren Abend drängen sie ihn zu erzählen, Karl-Heinz will von Panzerkämpfen, von Tapferkeit und Kameradschaft in den staubigen Steppen Russlands hören; Rolf will das Andenepos von San Martín, die Abenteuer der Gauchos und Pampa-Indianer »am Ufer des Rio de la Plata, dieser schlammige Strom, der sich wie eine Schlange bis zu den blauen Walfischen des Ozeans windet«. Onkel Fritz erwähnt die Eroberung der argentinischen Wüste, den »Triumph der Zivilisation über die ungezähmte Barbarei, so wie wir Deutschen es im Krieg in den Ostgebieten gemacht haben. Vergesst nie, Kinder, dass die Germanen tüchtiger waren als die Griechen und stärker als die Römer.«

Gregor beobachtet seinen Sohn bei jeder Gelegenheit. Rolf hat die Hände und die Nase seiner Mutter, ihre melancholisch verschleierten Augen, ihre Schönheit und Arglosigkeit, er ist weniger selbstsicher als Karl-Heinz, der ihn um einen Kopf überragt und viel besser Ski läuft. Karl-Heinz ist ein kleiner Mann, Rolf noch ein Kind. Feuerwehrmann, Astronaut, Ingenieur, er weiß noch nicht, was er mal werden will, und hat jeden Tag eine andere Idee. In seinem Alter war Gregor zielstrebiger.

Er facht das ermattete Feuer an, legt sich wieder hin und denkt an den Jungen, der er war. Er konnte sich nicht von dem Mikroskop trennen, das sein Vater ihm zum zehnten Geburtstag geschenkt hatte, fest davon überzeugt, dass Josef Mengele eines Tages genauso berühmt sein würde wie seine Idole der Vergangenheit, der Arzt Robert Koch, Kaiser der Bakteriologie, und August Kekulé, Entdecker der Vielwertigkeit des Kohlenstoffs und der Struktur des Benzolrings. Früh hatte er begriffen, dass Ärzte und Forscher die wahren Priester und Stars des 20. Jahrhunderts werden würden. Er dachte an Serge Voronoff, der in seiner Klinik an der Côte d'Azur für Schlagzeilen gesorgt hatte, weil er reichen alten Männern Hoden junger Schimpansen implantierte, Heldentaten, die in den 1920er-Jahren genüsslich von der

Presse ausgekostet wurden. Voronoff war ein Quacksalber, Deutschland aber zweifellos das Paradies der Wissenschaft und der modernen Medizin; Biologie, Zoologie und Aspirin, das Mikroskop und die Labors – alles deutsche Erfindungen. Er wollte nicht unter der väterlichen Fuchtel in Günzburg versauern, das hatte er schon mit fünfzehn beschlossen. Von Karl senior hatte er die Hartnäckigkeit, die Arglist und den Ehrgeiz geerbt, von seiner Mutter Walburga die Kälte, das trockene, verkümmerte Herz.

Gregor denkt an seine Studentenjahre in München, Wien und Frankfurt, eine berauschende Zeit, die 1930er-Jahre mit ihrem großen Umschwung. Während seine Kommilitonen sich duellierten, besoffen und bei der SA ihre Muskeln spielen ließen, arbeitete er hart, und seine Mühen machten sich bezahlt, die größten Koryphäen wurden auf ihn aufmerksam: Eugen Fischer, der berühmte Eugeniker, der Anfang des Jahrhunderts bei dem Massaker an den Herero und Nama in Namibia dabei gewesen war, und Professor Mollison, Experte für Rassenkunde und Rassenhygiene, sein Doktorvater (»Rassenmorphologische Untersuchung des vorderen Unterkieferabschnittes bei vier rassischen Gruppen«, mit *summa cum laude* bestanden). Mollison hatte ihn dem berühmtesten deutschen Genetiker empfohlen, Otmar Freiherr von Verschuer, ein bedeutender Zwillingsforscher, bei dem er mit nur sechsundzwanzig eine wissenschaftliche Assistentenstelle antrat und bald zum Liebling am Universitätsinstitut für Erbbiologie und Rassenhygiene in Frankfurt wurde. Als Verschuer die Leitung des Kaiser-Wilhelm-Instituts für Anthropologie übernommen hatte und dort menschliche Erblehre und Eugenik unterrichtete, schickte er Mengele nach Auschwitz, »das größte Labor der Geschichte, eine besondere Ehre für einen brillanten und fleißigen jungen

Forscher. Womöglich können Sie dort den Geheimnissen der Mehrlingsgeburten auf den Grund kommen.« Der Freiherr finanzierte seine Forschungen, und Mengele schickte ihm regelmäßige Proben (Rückenmark, Augen, Blut, Organe), Skelette und Forschungsergebnisse. In den einundzwanzig Monaten im Lager hatte er wahrlich nicht Däumchen gedreht. Mit der gebotenen Gründlichkeit hatte er die Rampe gesäubert, Hunderte von Baracken desinfiziert und mehrere Typhusepidemien in den Griff bekommen; wieder wurde sein Eifer belohnt, ein Eisernes Kreuz mit Schwertern nebst den Lobeshymnen seiner Vorgesetzten. Rolf bräuchte eine feste Hand, sagte sich Gregor in der großen Balkonsuite des Viersternehotels, bei seiner Mutter und dem Freiburger Schuhverkäufer würde er nie im Leben gestählt werden. Frauen mögen keine Weicheier, sie wollen lieber männliche und willensstarke Typen wie ihn, da ist er sich sicher.

Martha hat es sofort gespürt, er ist aus härterem Holz geschnitzt als sein verstorbener Bruder. Als die Jungen sich beim ersten Abendessen über ihre Teller beugten, hatte Onkel Fritz Martha mit Blicken ausgezogen. Seine Augen schweiften zu ihrem hochgesteckten schwarzen Haar, ihren roten Lippen, ihrem Pferdemund, und als sie aufstand, um zur Toilette zu gehen, musterte er eingehend ihr fleischiges Hinterteil, eine Günzburger Legende, der wiegende Gang von Martha Mengele, geborene Weil, ein unglücklicher Zufall. Sie ist weniger vornehm und ätherisch als Irene, aber im Hotel Engel hat Gregor sich geschworen, nicht mehr an seine Exfrau zu denken und künftig keine Vergleiche anzustellen. Martha hat Charakter und starke Überzeugungen, Rolf und Karl-Heinz gehorchen ihr, sie ist mit Leib und Seele Nazi, eine hingebungsvolle Mutter und zwar keine schöne, aber immerhin sinnliche Fünfunddreißigjährige. Vor allem aber ist sie die Witwe von Karl junior: Als Gregor ihr in der zweiten Nacht den spitzenbesetzten Büstenhalter auszog, hatte er das erhebende Gefühl, seinem Bruder den letzten Gnadenstoß zu versetzen, ihn ein zweites Mal unter die Erde zu bringen. »Wenn er nur sehen könnte, wie ich seiner Frau die Sichel putze«, grinst er und springt vom Bett.

Er zieht sich aus und geht ins Badezimmer. Martha wartet schon in der Wanne.

27.

Sedlmeiers Mercedes läuft vor dem Hotel. Martha und die Jungs werden mit dem Zug zurückfahren, Gregor steigt zu seinem Freund ins Auto. Seit November 1944 ist er nicht mehr in Günzburg gewesen.

Während sie die verschneiten Pässe überqueren, nimmt Gregors Anspannung zu, dagegen hilft auch das Mittagessen am Bodensee nicht, sein Puls wird schneller, und als es dunkel wird, erkennt er die Biegung der Donau am Stadteingang, das Renaissanceschloss, die Barockkirche, er bittet Sedlmeier, nichts mehr zu sagen, er fühle sich nicht gut.

Nun steht er in dem großen grauen Haus seiner Kindheit. Außer der Farbe im Flur und den Urnen von Mutter und Bruder auf dem Kaminsims hat sich nichts verändert. Dieselben dunklen Holztäfelungen, die Biedermeierkonsole, das Grammophon im Esszimmer, wo er mit Sedlmeier, seinem Bruder und dem Vater, der auf sein Geheiß die Gouvernante und die Köchin nach Hause geschickt hat, zu Abend isst. Gregor bedankt sich. Das Hotel sei herrlich gewesen, die Jungen strotzend vor Gesundheit, Martha ganz fabelhaft, der Plan sei aufgegangen, er werde sie heiraten, gern sogar, aber, seine Miene verfinstert sich gleich wieder, er hätte nicht nach Günzburg kommen sollen. Was soll er hier? Der seit Kriegsende als vermisst geltende Josef Mengele kann ja schlecht einfach die Augsburger Straße entlangspazieren! Warum nicht gleich zur Fabrik, wenn er schon mal hier ist! Alle werden ihn erkennen, die Leute reden, und die Stadt ist klein, es wäre ein unsinniges Risiko.

Karl senior versucht ihn zu beruhigen. Günzburg gehört ihm, die Firma ist ein kleines Imperium und mit Abstand der größte Arbeitgeber der Stadt, niemand würde es wagen, den Sohn vom Chef anzuzeigen, und wo überhaupt? Er wird in Deutschland nicht einmal gesucht, es liegt kein Haftbefehl gegen ihn vor: »Jetzt reicht's aber, Josef, du bist immer noch so ein Hasenfuß, du bist doch schließlich hier zu Hause! Die Leute erinnern sich gern an dich und sprechen mich oft auf dein tolles Studium an. Herr Globke macht sich nicht so viele Gedanken, wenn er morgens in sein Staatssekretärsbüro im Bundeskanzleramt geht. Dabei wissen alle, dass er die Nürnberger Gesetze kommentiert und den Juden die Vornamen Israel und Sara aufgezwungen hat. Na und? Es schert niemanden, schon gar nicht Adenauer, genauso wie es niemanden schert, wo du im Krieg gewesen bist! Du hast deine Pflicht getan, so einfach ist das.« Alois versucht, Karl zu beruhigen, der in den letzten Monaten stark abgebaut hat. Und er bestätigt Josef, dass ihr Vater noch nie so mächtig und beliebt bei seinen Angestellten war, in Kürze soll er sogar Ehrenbürger werden. »Ohne uns bricht Günzburg zusammen. Wir finanzieren neue Sozialwohnungen, ein Krankenhaus und ein Schwimmbad. Vater will zu seinem fünfundsiebzigsten Geburtstag an alle Kinder Würstchen verteilen.«

Gregor findet keinen Schlaf. Die zehn Tage Wintersport haben ihn verweichlicht, seine Abwehr bröckelt, er ist drauf und dran, sich in die Höhle des Löwen zu stürzen, und merkt es. Selbst wenn er die ganze Woche lang nicht aus dem Haus geht, kann jederzeit das Schlimmste passieren. Sein Name steht klipp und klar auf einer der Kriegsverbrecherlisten, man kann einfach niemandem trauen, und das will seiner Familie partout nicht in den Kopf. Morgen, das ist beschlossene Sache, wird er einen Kameraden der Division Wiking in München besuchen, einen Apotheker, bei dem er sich ganz am Anfang der Flucht vor seiner Zeit auf dem Bauernhof einen Monat lang versteckt hatte, nachdem er seine Aufzeichnungen und Proben aus der sowjetischen Zone geschleust hatte. Die Anonymität einer Großstadt ist besser. Er wird mit dem Auto fahren. Sedlmeier wird einen unauffälligen Opel mieten. Wenn alles gut geht, wird er anschließend trotzdem ein paar Tage in Günzburg verbringen: Argentinien, Paraguay, bald womöglich Chile, er muss mit der Sippschaft Geschäftliches erörtern.

Gregor schimpft am Steuer, als er die Nachrichten hört. Die Bundeswehr wird an Nato-Manövern teilnehmen, ein Priester beglückwünscht sich zur Gründung eines deutsch-jüdischen Freundeskreises in Frankfurt, die israelische Handelsvertretung in Köln heißt einen neuen Direktor willkommen. Und dieser verfluchte Jazz: Gregor sucht nach einem Sender, der klassische Musik ausstrahlt. Er beugt sich über das Autoradio, fummelt ein, zwei Sekunden an den Knöpfen herum und rammt den Wagen, der vor ihm gebremst hat.

Zuvorkommend bietet Gregor der Fahrerin Geld an, ihre Stoßstange ist kaum verschrammt, wozu erst einen Unfallbericht schreiben, es regnet, lassen Sie uns keine Zeit verlieren. Die in einen Pelzmantel gehüllte Dame weigert sich, Gesetz ist Gesetz, »wir sind doch in einem zivilisierten Land«. Der silberne BMW ihres Ehemannes rollt aus der Garage.

Gregor insistiert, wirft zusätzlich noch dreißig Mark in den Topf. Sie nimmt ein Bündel Papiere aus ihrem Handschuhfach; er wird aggressiv, droht, sich aus dem Staub zu machen, sie, die Polizei zu rufen, Schaulustige kommen dazu, ein Mann im Überzieher notiert das Kennzeichen des Opels, und plötzlich taucht eine Polizeistreife auf. Da der Polizist sich über seine argentinischen Papiere und seinen starken bayrischen Dialekt wundert, bittet er Gregor, München erst zu verlassen, wenn seine Identität überprüft worden sei.

Als die Polizisten endlich weg sind, rennt Gregor zur erstbesten Telefonzelle. Mit zitternden Fingern wählt er die väterliche Nummer. Zwei Stunden später eilt eine eindrucksvolle Delegation ins Münchner Polizeipräsidium. Karl senior, sein Anwalt, der Chef der Günzburger Polizei und Sedlmeier, einen schwarzen Aktenkoffer in der Hand, fragen nach dem Polizisten. Sie gehen draußen ein Bierchen trinken, palavern, verhandeln, der Fall ist abgeschlossen.

Am nächsten Tag fliegt Gregor zurück nach Südamerika.

28.

Sein Leben ist in Argentinien, wohin Martha und Karl-Heinz nachkommen werden. Mit fünfundvierzig Jahren hat Gregor das Bedürfnis nach Ruhe, nach einem neuen Zuhause, einem geräumigen Haus für sie alle. Er entdeckt eine kalifornische Villa, Virrey Vertiz 970, eine stille, bewaldete Straße in einer Wohngegend in Olivos ganz in Ufernähe. Am Strand Imbissrestaurants und ein Segelhafen. Martha und Karl-Heinz werden sich hier nicht fremd fühlen, die Ecke ist wunderschön und ähnelt den Stadtvierteln an der Alster in Hamburg oder am Wannsee in Berlin.

Trotz seines Vermögens wird Gregor einen Kredit aufnehmen müssen, um sein Haus zu kaufen und der neuen Aufgabe nachzukommen, mit der sein Vater ihn betraut hat: in ein Pharmaunternehmen, die Fadro Farm, zu investieren. Mertig, der Chef von Orbis und sein südamerikanischer Partner, haben ihm zugeraten, einige seiner Freunde haben sich schon auf die Herstellung von Medikamenten und die Tuberkulose-Forschung verlegt. Doch die Banken werden einem Staatenlosen, dessen Pass bald abgelaufen ist, keinen müden Peso leihen. Wenn er Wurzeln schlagen und wieder heiraten will, muss Gregor seine Identität rückgängig machen und erneut zu Mengele werden.

Wie immer bespricht sich Gregor mit seinen engsten Vertrauten. In Argentinien riskiert er nichts. Die Amerikaner haben nur eine Priorität: den Kampf gegen die Sowjets, und die Deutschen wollen vom Nationalsozialismus nichts mehr wissen. Der Krieg ist vorbei. Schwammberger, der mehrere Ghettos in Polen liquidiert hatte, hat wieder einen Pass bekommen, das Konsulat der Bundesrepublik hat ihm keine Schwierigkeiten bereitet. Und der neue Botschafter ist schwer in Ordnung, sagt Sassen. Werner Junker war Nazi und ein enger Mitarbeiter Ribbentrops im Auswärtigen Amt gewesen. Ehemals auf dem Balkan im Amt, freute er sich, seinen Kumpel Pavelić, den ehemaligen kroatischen Diktator, in Buenos Aires wiederzusehen.

Gregor spricht in der Botschaft vor und gibt all die Informationen an, die er sich seit Kriegsende zu verschleiern bemüht hatte, um zu beweisen, dass er tatsächlich Josef Mengele ist. Der Beauftragte für konsularische Angelegenheiten zuckt nicht mit der Wimper, als Gregor ihm eröffnet, dass er seit seiner Ankunft in Argentinien unter einer falschen Identität gelebt hat. Er leitet die Akte nach Bonn weiter, wo niemand einen Blick auf die Kriegsverbrecherlisten wirft. Womöglich war Gregors Panik in München ganz umsonst: Die BRD verurteilt den Nationalsozialismus, reintegriert aber seine Führungskräfte und Handlanger, sie entschädigt die Juden, lässt aber ihre Mörder in Südamerika oder im Mittleren Osten ihren Geschäften nachgehen. Anerkennung des »Rechts auf den politischen Irrtum«, Amnestie für die »Opfer der Entnazifizierung«, nationaler Zusammenhalt, Generalamnestie ... Adieu Gregor: Im September 1956 stellt das westdeutsche Konsulat in Buenos Aires Josef Mengele einen Personenstandsausweis und eine Geburtsurkunde aus.

Nun muss er seine Situation noch bei den argentinischen Behörden bereinigen. Er präsentiert sich vor Gericht und hinterlässt seine Fingerabdrücke bei der Polizei. Kein einziger Richter nimmt an seinen Lügen Anstoß, man verzichtet auf Strafverfolgung und Bestrafung, es gibt in letzter Zeit derartig viele Deutsche, die sich auf einmal rückbesinnen. *Benvenido, senor Mengele*: Im November wird ihm eine neue Aufenthaltsgenehmigung mit der Nummer 3 940 484 ausgehändigt; zurück im Konsulat, bekommt er einen deutschen Pass auf seinen Namen, Josef Mengele, geboren am 16. März 1911 in Günzburg, wohnhaft Sarmiento 1875, Buenos Aires, 1,74 m, Augenfarbe grünbraun, Unternehmer und Fabrikant für Möbel und Holzspielzeug. Auf dem mitgelieferten Foto zieht sich ein Schnurrbart wie ein Querbalken über sein olivfarbenes Gesicht.

Inzwischen sind Martha und Karl-Heinz in Buenos Aires eingetroffen. Mengele bekommt den Kredit und kauft das begehrte hochherrschaftliche Haus. Mit Garten und Pool grenzt es direkt an das ehemalige Privatanwesen Peróns. Martha lässt sich ins Telefonbuch eintragen, und Mengele stellt Karl-Heinz als seinen Sohn vor.

Der Pascha bekommt Gesellschaft und wird bürgerlich. Das Leben meint es gut mit ihm.

29.

Im November 1956 erlässt der hessische Generalstaatsanwalt Fritz Bauer einen Haftbefehl gegen Adolf Eichmann, »egal, wo er sich befindet«. Als Jude, Sozialdemokrat und Homosexueller war Bauer in einem Konzentrationslager inhaftiert und von der Gestapo aus dem öffentlichen Dienst entfernt worden, bevor er nach Skandinavien floh. Seit seiner Rückkehr nach Deutschland Ende der 1940er-Jahre will Bauer seine Landsleute zwingen, sich mit ihrer Vergangenheit auseinanderzusetzen.

30.

Nach und nach entdeckt die Welt die Vernichtung der europäischen Juden. Immer mehr Bücher, Artikel und Dokumentarfilme beschäftigen sich mit den Konzentrations- und Vernichtungslagern der Nazis. Trotz des Drucks der Bundesregierung, die im Namen der deutsch-französischen Wiederversöhnung erfolgreich die Streichung von Alain Resnais' *Nacht und Nebel* von der Vorschlagsliste des Filmfestivals in Cannes eingeklagt hatte, erschüttert der Film die Gemüter. *Das Tagebuch der Anne Frank* wird mit wachsendem Erfolg gelesen. Man spricht von Verbrechen gegen die Menschlichkeit, von der Endlösung, von sechs Millionen ermordeten Juden.

Der Dürer-Kreis bestreitet diese Zahl. Er beglückwünscht sich zu dem Vernichtungswerk, schätzt aber die Zahl der jüdischen Opfer nur auf dreihundertfünfundsechzigtausend; er leugnet die Massenmorde, die Gaswagen und Gaskammern; die sechs Millionen seien eine bloße Verfälschung der Geschichte, eine x-te Machenschaft des Weltjudentums, um Deutschland zu beschuldigen und zu demütigen, nachdem es ihm den Krieg erklärt und grauenhafte Zerstörungen zugefügt hatte, sieben Millionen Tote, die schönsten Städte waren ausradiert, die angestammten Ostgebiete verloren.

Für Sassen und Fritsch ist ein einziger Mann in der Lage, der Wahrheit zu ihrem Recht zu verhelfen. Adolf Eichmann. Er hat alle Etappen des Kriegs gegen die Juden überwacht. Seit dem Tod von Hitler, Himmler und Heydrich ist er der oberste Experte, der letzte Schlüsselzeuge. Er kennt die Akteure und die Zahlen; er wird ihre Lügen entlarven. Die Juden haben Deutschland in den Schmutz gezogen, Eichmann wird seine Ehre wieder reinwaschen. Sie haben die größte Lüge der Geschichte erfunden, um sich Palästina unter den Nagel zu reißen, aber bald werden sie öffentlich bloßgestellt, ihre Masken und die ihrer Helfershelfer werden fallen: Der Dürer-Kreis wird ihren Intrigen ein Ende bereiten und für die Rehabilitierung Deutschlands eintreten, für die Erlösung des Nationalsozialismus und des Führers.

Fritsch und Sassen schlagen Eichmann vor, sich zu der »sogenannten Endlösung« zu äußern. Sie wollen ein Buch daraus machen, der Dürer-Verlag würde es gern veröffentlichen. Diese Vorstellung entzückt Eichmann. Seit der Schließung seiner Wäscherei hat er zunächst in einer Firma für Hygieneartikel gearbeitet und züchtet nun aus Verlegenheit unter der sengenden Sonne der Pampa Angorakaninchen und Hühner. Seine Tage sind lang und eintönig, er füttert die Tiere, säubert ihre Ställe, sammelt den Kot ein und denkt an die Vergangenheit, an seinen einstigen Ruhm, seine in

Buenos Aires verbliebene Familie und den gerade erst geborenen vierten Sohn Ricardo Francisco, ein Wunder, seine Frau ist sechsundvierzig und er bald fünfzig. Er verdient nur einen bescheidenen Lebensunterhalt. Aber ein Buch über sein großes Werk … ja, dann wäre es aus und vorbei mit der Anonymität und den Hühnern, ein solcher Segen käme wie gerufen. Er würde wieder im Rampenlicht stehen und sich verteidigen können; er, der regelmäßig die Zeitungen und die historische Literatur durchforstet, weiß, dass sein Name oft zitiert wird, zu Unrecht, empört er sich, seine Kinder sollen die Wahrheit erfahren. Die Deutschen würden ihm recht geben, und seine gesamte Familie würde erhobenen Hauptes nach Europa zurückkehren. In der Zwischenzeit könnten Eichmann, Fritsch und Sassen aus den Buchverkäufen Gewinn schlagen.

31.

Die Tonbandaufzeichnungen beginnen im April 1957 im luxuriösen Anwesen des holländischen Journalisten. Jeden Sonntag versammeln sich Männer und Frauen um den großen Anordner der Shoah, der von so viel Aufmerksamkeit geschmeichelt ist und erfreut die Zigarren und torfigen Whiskys des Hausherrn probiert. Eichmann nestelt an seinem Totenkopfring, während er die Fragen von Sassen und Fritsch beantwortet, bekommt gelegentlich Schützenhilfe von noch qualifizierteren Gästen wie dem großen Bubi von Alvensleben, früher Chefadjutant Himmlers, und Dieter Menge, dem fanatischen Starpiloten und Besitzer der großen Estancia, in der die Nazis gern zusammenkommen.

Trotz Sassens Drängen weigert Mengele sich, an den Sitzungen teilzunehmen. Er hat nicht die Absicht, sich die

Prahlereien dieses verbitterten Idioten anzuhören, und er warnt seinen Freund: Früher oder später wird Eichmann sie in die Bredouille bringen, sein Name geistert durch die Presse, die deutsche Justiz sucht nach ihm, und wenn er seine große Klappe nicht hält, wird sie über kurz oder lang herausfinden, dass er sich unter dem Decknamen Klement versteckt. Mengele hat Besseres zu tun. Geld scheffeln und Martha bimsen.

Gerade hat er einen einwöchigen Urlaub in Chile verbracht. Zusammen mit Rudel war er an Bord seines kleinen Privatflugzeugs in Santiago gelandet, wo sie ein alter Freund des Piloten erwartete, der »Mörder von Mailand«, Walter Rauff (siebenundneunzigtausend Tote), Erfinder des Gaswagens, dem Vorläufer der Gaskammern in den Vernichtungslagern des Ostens. Die drei Männer erkundeten die Vulkane in der Atacamawüste, badeten nackt in türkisfarbenen Lagunen und zelteten unter sternenklarem Himmel.

Zurück in Argentinien, fahren Mengele, Martha und Karl-Heinz in Begleitung von Heinrich Lyons übers Wochenende nach Mar del Plata an der Küste und nach Tigre, die Stadt der Kanäle mit ihren zahllosen Inseln voll blühender Bäume am Mündungsdelta des Rio Paraná und des Rio de la Plata. Sie logieren im Tigre Hotel, wo einst der Prince of Wales und der Tenor Caruso genächtigt hatten. Seit Martha in Argentinien ist, entdeckt Mengele an ihrem Arm aufs Neue die Pracht von Buenos Aires, bewundert den deutschen Brunnen auf der Avenida del Libertador, den Turm der Engländer vor dem Retiro-Bahnhof oder den Art-déco-Glanz des Kavanagh-Gebäudes an der Plaza General San Martín. Die beiden besuchen Theater und Konzerte, essen mit den Haases und Mertigs zu Abend oder nehmen Karl-Heinz auf die Pferderennbahn in San Isidro mit. Umgeben von eleganten Damen und Parvenüs machen sie ihre Besorgungen im Kaufhaus Gath & Chaves.

1957, ein rundum schönes Jahr. Mengele genießt den Reiz einer ungewohnten Routine, die Beaufsichtigung von Karl-Heinz' Hausaufgaben, Marthas Oberschenkel und Mahlzeiten, das Abseifen der Chromteile seines Lieblingsspielzeugs, der Borgward Isabella, und die – wenngleich inzwischen selteneren – Ausflüge ins Bordell mit Sassen, diesem Teufelskerl.

Die Zukunft scheint vielversprechend, das Schlimmste liegt hinter ihm, Mengele fühlt sich in Sicherheit. Er hat seine Schreinerwerkstatt verkauft, um in das Kapital von Fadro Farm einzusteigen. Mit Begeisterung vertieft er sich wieder in medizinische und naturwissenschaftliche Fachzeitschriften, überarbeitet und vervollständigt seine alten Aufzeichnungen. Er hat weder die Hoffnung auf eine Universitätsprofessur aufgegeben noch der genetischen Verbesserung des Menschen oder dem Ruhm abgesagt.

Unterdessen führen Sassen und Fritsch ihre Gespräche mit Eichmann fort. Ein halbes Jahr lang monologisiert er stolz »mit dem unermüdlichen Geist des ewigen Deutschen«, manchmal zu Tränen gerührt von seinen eigenen Erzählungen und seinem Erfolg – »sechs Millionen ermordete Juden« –, aber auch von seinem Bedauern – er hat seine Aufgabe, »die komplette Vernichtung des Feindes«, nicht erfüllt. Sassen, Fritsch, dem Dürer-Kreis, die alle nicht der »feindlichen Propaganda« glauben mochten, bestätigt Eichmann das Ausmaß der Vernichtung, er erläutert die Massentötungen, die Gaskammern, die Verbrennungsöfen, die Zwangsarbeiten, die Todesmärsche, die Hungersnöte: den totalen Krieg, den der Führer angeordnet hatte.

Sassen und Fritsch, diese Lämmer, glaubten an die Reinheit des Nationalsozialismus. Mit Eichmanns Enthüllungen hatten sie nicht gerechnet. Oder aber sie hofften, dass Hitler verraten und Eichmann von ausländischen Mächten manipuliert worden sei. Sechs Millionen, die Zahl erschüttert sie. Sofort nach den Aufzeichnungen gehen sie auf Distanz zu dem Verbrecher gegen die Menschlichkeit. Sie haben ihre letzte Karte ausgespielt; und sie haben verloren. Sassen bewahrt die Tonbänder sorgfältig auf, aber der Dürer-Verlag will das Buch nicht veröffentlichen. Jugoslawische Geheimagenten haben auf Pavelić geschossen, der nach Uruguay fliehen muss. Im Herbst 1957 hat Adenauer ein weiteres Mal die Wahlen gewonnen. Im darauffolgenden Jahr wird in Ludwigsburg die Zentrale Stelle zur Aufklärung der Naziverbrechen eingerichtet. Der Nationalsozialismus hat in Deutschland keine Zukunft mehr: Ein neues Kapitel wird aufgeschlagen.

Der Weg wird eingestellt, Fritsch löst seinen Verlag auf und siedelt Anfang 1958 nach Österreich über. Mit einem Publikationsverbot belegt, wird er Nachtportier in einem großen Salzburger Hotel.

Sassen, der seit Fritschs Abreise kein regelmäßiges Einkommen mehr hat, widmet sich unter diversen Pseudonymen seiner journalistischen Karriere und spielt mit dem Gedanken, nach Europa zurückzukehren: Auch er würde gern in den Genuss des Wirtschaftswunders kommen.

Missgelaunt und enttäuscht will Eichmann nach wie vor seine Stimme zu Gehör bringen. In der Überzeugung, seine Ehre und seinen Ruf in einem spektakulären Prozess mit ihm in der Hauptrolle reinwaschen zu können, überlegt er, ob er sich einem deutschen Gericht stellen soll. Seine Söhne und Bekannte raten ihm ab. Nach der Pleite seiner Hühner- und Kaninchenzucht besetzt er mittlerweile einen untergeordneten Posten bei Orbis, Mertigs Unternehmen.

Mengele wundert dieser überstürzte Rückzug nicht. Wie er sie verachtet, diese Salon-Nazis, Eichmann, den Maulhelden, Sassen, den empfindsamen Pornographen, und Fritsch, diesen Schnösel! Er hingegen weiß Bescheid, er hat gesehen und verbrochen, ohne Reue oder Gewissensbisse.

Mengele hält sich von Sassen fern, meidet Eichmann und rät allen Nazis in Buenos Aires, es ihm gleichzutun: »Eichmann ist gefährlich.«

Auf ihn warten andere, aufregende Projekte.

32.

Am 25. Juli 1958 heiratet Josef Mengele im uruguayischen Nueva Helvecia Martha Mengele. Eine glanzlose Feier im engsten Kreis, Karl-Heinz, Rudel und Sedlmeier sind die einzigen Zeugen zusammen mit Mertigs und Haases und den Freunden aus Paraguay, Jung, dem mittlerweile zum Geschäftsmann mutierten ehemaligen Führer der Hitlerjugend, und von Eckstein, dem baltischen Baron. Sassen ist nicht eingeladen, Karl senior musste aus gesundheitlichen Gründen in Günzburg bleiben, und Alois wollte lieber seinen Logenplatz bei den Bayreuther Festspielen wahrnehmen. Zwei Wochen vor der Trauung hatte ein Raser Heinrich Lyons überfahren. Sobald die Toasts ausgebracht und die drei Gänge bewältigt sind (geräucherte Forelle und Fleischsalat, Rehgulasch, Zwetschgenstrudel; ein Moselriesling, Jahrgang 1947), überlassen die Mengeles ihren großen Sohn den Haases und packen ihre Koffer: Bis nach Bariloche ist es weit.

Martha schmiegt sich an Josef, der am Steuer der Borgward Isabella sitzt. Das Verdeck pfeift, das Coupé trotzt dem

Wind, nach der spinatgrünen Pampa die steinige Steppe, weite Himmel mit farbigen Tupfern – blasslila Schwalben und schwarze Adler –, endlose unwegsame Kilometer durch das grenzenlose Land, dann steigt die Straße an, tauchen die Berge mit ihren dreifachen Zahnreihen auf, Haifischkiefer, die schroffen Anden, das argentinische Tirol, und Mengeles fahren an einem von Schnee gewaschenen himmlischen See entlang, als endlich Bariloche und ihr Grand Hotel in Sicht kommen.

Im Llao Llao ist alles vom Feinsten. Ein Blumenstrauß und Pralinen erwarten das junge Brautpaar auf seinem Zimmer, das gigantisch ist und dezent eingerichtet, wie es sich gehört. Von der Terrasse aus schweift der Blick über den Lago Nahuel Huapi und den Lago Moreno, die sich um die Halbinsel und den Hügel mit dem hoch gelegenen Hotel schließen, ein Kleinod aus schmucken Häusern mit Schrägdächern, wie ein mittelalterliches Städtchen in Deutschland, fern von allen Misslichkeiten und Turbulenzen. Das patagonische Lamm vom Grill am ersten Abend ist köstlich. Martha ist glücklich. Als sich der Nebel im Morgengrauen verflüchtigt, schaudert sie vor so viel Schönheit, die titanische Landschaft, die purpurfarbenen Felsvorsprünge, die Lichtstrahlen, die durch die Wälder aus Scheinbuchen und verschneiten Traubeneichen fallen. Josef, dessen Nächte unruhig sind, schläft noch unter den Decken vergraben.

Ihre Flitterwochen verwirren ihn. Nie hätte er gedacht, dass er eine andere Frau an seiner Seite ertragen könnte. Martha ist sanft und geduldig, empfänglich für seine Betrachtungen über den Fall von Rom, für die langen Monologe auf ihren Wanderungen, wenn er ihr vom bewegten Leben Richard Wagners oder Albrecht von Hallers erzählt, dem Vater der deutschen Biologie, der als Erster die Eingeweide von Tieren erforscht hatte. Außerdem hat er seltsamerweise noch nie eine Frau so begehrt wie diese, mit ihren großen Zähnen und ihren Wurstfingern. Martha ist ein Jungbrunnen, als Liebhaberin und Geliebte entführt sie ihn auf unentdeckte Seitenwege. Wenn sie wieder zurück in Buenos Aires sind, wird er ihr ein Ferienhaus in einem Badeort an der Küste schenken.

Nach dem Krieg hatte Bariloche ein starkes Kontingent an Nazis aufgenommen, zahlreiche Österreicher, die sich erfreut wieder die Skier anschnallten, und einen flämischen Maler, den ehemaligen Chef der Hitlerpropaganda im besetzten Belgien. Auch Deutsche waren nach Bariloche gezogen. Kopps, der ehemalige Spion Himmlers, dem Gregor in der Redaktion von *Der Weg* begegnet war, hat dort ein Hotel eröffnet, das Campana, und die beste Metzgerei der Stadt, Vienna Delicatessen, gehört einem SS-Hauptsturmführer, Erich Priebke, der an dem Massaker von dreihundertfünfunddreißig Zivilisten in den Ardeatinischen Höhlen in Rom beteiligt gewesen war. Rudel, regelmäßiger Besucher und Mitglied des städtischen Andenvereins, hat Mengele ihre Kontaktadressen gegeben.

An einem Abend treffen sich alle zum Fondueessen. Rauff ist über die chilenische Grenze gekommen, um das frischgebackene Ehepaar zu beglückwünschen. Die Nazis reden zum x-ten Mal über die gute alte Zeit und erinnern sich gemeinsam an Richter, den Atomwissenschaftler, der Perón übers Ohr gehauen und seine Millionen in den künstlichen Reaktoren seines Geheimlabors auf der Insel Huemul in der Nähe vor Bariloche verpulvert hatte. Es werden Anekdoten ausgetauscht, die Gläser erklingen, Kopps verkündet, im Weißen Haus und im Kreml werde eine gigantische jüdisch-freimaurerische Verschwörung angezettelt. Mengele gähnt und umschlingt Martha. Das pulsierende Geschlecht seiner Frau ist ihm deutlich lieber als die nach schlechtem Schnaps riechende Männergesellschaft.

Am nächsten Morgen klettern und laufen Martha und Josef durch Lichtungen und Hochwälder. Ihre Schritte knirschen auf dem Schnee, der in dicken Flocken fällt, sie legen eine Mittagspause auf einem Felsvorsprung ein, von dem aus das unterhalb liegende Tal zu erahnen ist. Mengele steht vor dem Abgrund, als eine zaghafte Sonne durch die wattige Masse bricht und den Blick auf die Gletscherspitzen, die blauen Seen, die zauberhafte Natur freigibt. Von einem plötzlichen Schwindel erfasst wie der Wanderer über dem Nebelmeer von Caspar David Friedrich, breitet er die Arme aus und beginnt zu lachen. Seine Brust weitet sich, sein Blut gerät ins Wallen, er spürt es in den Schläfen pochen, Martha redet auf ihn ein, doch ganz in seine Gedanken vertieft, hört er sie nicht, so glücklich, so stolz, in dieser gottverlassenen Welt voller Trümmer und Ungeziefer, denn er hat die Freiheit, Geld und Erfolg, niemand hat ihn verhaftet und niemand wird es je tun.

33.

Bei ihrer Rückkehr wartet ein Stapel Post auf die Mengeles. Zwischen den Rechnungen und Werbebroschüren ein Brief des Vaters und eine Vorladung der Polizei: Mengele hätte sich vor drei Tagen auf der Polizeiwache in Olivos einfinden sollen. Er telefoniert gerade mit seinem Anwalt, als ein Nachbar Sturm klingelt, die Angst steht ihm ins Gesicht geschrieben: Gestern und vorgestern sei die Polizei gekommen. Und sie kommt wieder. Mengele hat noch nicht die Koffer ausgepackt, als ihm zwei bullige Wachtmeister die Handschellen anlegen und ihn mit heulendem Blaulicht mitnehmen.

Ein Beamter zeigt ihm die Zeitungen vom Vortag. »Die Schlächter von Buenos Aires«, »Die Todesärzte«, titeln zwei konservative Tageszeitungen; »Der Mörder trägt weiße Clogs«, heißt es auf der Titelseite der Zeitschrift *Detective.* Die Tochter eines Großunternehmers ist wenige Tage zuvor an den Folgen einer Abtreibung gestorben, ein Skandal, sie war noch nicht mal fünfzehn. Der Beschuldigte hat seine Kollegen bei der Polizei angezeigt, die einen ganzen Ärzte-Ring zerschlagen hat. Der Fang ist historisch und das empörte Argentinien will Köpfe rollen sehen. »Er hat einen gewissen Gregor verpfiffen, Sie, Josef Mengele«, wettert der Beamte. »Sie sitzen ganz schön in der Klemme: unzulässige Ausübung des Arztberufs, illegale Schwangerschaftsabbrüche, Verletzung der sittlichen Ordnung einer Nation, die Sie großzügig aufgenommen hat.« Seinen Anwalt neben sich, kaut Mengele an seinem Schnurrbart, streitet zunächst alles ab und überlegt es sich dann anders, »das ist schon lange her, eine reine Gefälligkeit, zwei, drei Operationen, die völlig reibungslos über die Bühne gegangen sind … Ich verurteile mein Verhalten aufs Schärfste und habe nicht die Absicht, rückfällig zu werden. Können wir uns nicht einig werden und diese hässliche Angelegenheit unter den Teppich kehren?«

Der Beamte reibt sich die Augen. Mengele wird festgenommen. Der Übermensch liegt in den letzten Zügen. Die Zelle stinkt nach Urin, die Matratze ist verlaust, die Brühe, die seine Bewacher ihm morgens, mittags und abends anbieten, ungenießbar. Am dritten Tag lässt der Beamte ihn rufen: »Wie viel?« Mengele verdoppelt, ja verdreifacht sein ursprüngliches Angebot, mehrere Hundert Dollar, mit denen es sich in Buenos Aires ein paar Monate lang gut leben lässt.

Im Visier der Justiz, der Macht eines korrupten Polizisten ausgeliefert, der seine Akte bei seinen persönlichen Unterlagen verwahrt, kehrt Mengele zurück, verstört, zermürbt, in die Enge getrieben. Martha ist noch aufgelöster, als sie sich ihm in die Arme wirft. Zitternd zeigt sie auf ein Telegramm, das Sedlmeier tags zuvor erhalten hat: »Anfang August hat ein Journalist in Ulm Strafanzeige gegen dich erstattet.«

Vor ein paar Monaten hatte Ernst Schnabel einen Bestseller veröffentlicht, *Anne Frank – Spur eines Kindes.* Er hatte nach den Umständen ihres Todes in Bergen-Belsen geforscht und beklagt, dass so viele SS-Angehörige spurlos verschwunden seien. »Niemand weiß zum Beispiel, was aus Doktor Mengele geworden ist, dem Selektionsarzt in Auschwitz, ob er tot ist oder noch irgendwo lebt.« Mehrere regionale Tageszeitungen, darunter die *Ulmer Nachrichten,* hatten Auszüge aus dem Buch veröffentlicht. Ulm liegt nur sechsunddreißig Kilometer von Günzburg entfernt. Anfang des Sommers 1958 war in der Redaktion ein anonymer Brief eingegangen: »Der alte Mengele hat seiner früheren Haushälterin erzählt, dass sein Sohn, ein ehemaliger SS-Arzt, in Südamerika lebt … Die Witwe eines seiner anderen Söhne ist ihm inzwischen nachgereist.« Der Redaktionschef leitete den Brief an Schnabel weiter, der ihn dem Ulmer Staatsanwalt übermittelte. Dieser hatte im Vorjahr neun Mitglieder der Einsatzgruppe A, die in Litauen ihr Unwesen getrieben hatte, zu Freiheitsstrafen ohne Bewährung verurteilt.

Sobald die Anzeige aufgenommen war, erbat sich der Richter Informationen von der Günzburger Polizei, die unverzüglich die Mengeles in Kenntnis setzte.

34.

Mengele stößt Martha heftig zurück und schmeißt die Teller, die schon für das Abendessen auf dem Tisch stehen, an die Wand. Mit roten, hervorquellenden Augen brüllt er, ein Verrückter, ein tollwütiger Wolf, wie in Auschwitz, als er auf der Rampe Zwillinge entdeckte, Martha erkennt ihn nicht wieder, hält sich lieber fern, er wirft mit allem um sich, was er zwischen die Finger bekommt, Besteck, Gläser, ein Kerzenständer, rennt in ihr Schlafzimmer hoch, stopft ein paar Sachen in eine Sporttasche, Geldbündel, seinen Pass, stürzt ins Auto und braust ohne einen Blick für sie los. Er könnte sich die Haare raufen, wie naiv und vermessen war er bloß gewesen! Ein Vollidiot, ein ausgemachter Schwachkopf, er mokiert sich über Eichmann, der sich unter einem Decknamen versteckt, während er unter seinem richtigen Namen im Telefonbuch steht! Seine Entlarvung ist ein Kinderspiel! Wie eine Rakete fegt Mengele über die Straße und hätte um ein Haar ein paar Landarbeiter überfahren, er hält Kurs nach Norden, Richtung Paraguay, er versucht sich zu beruhigen, mit ein bisschen Glück wird sich alles wieder einrenken, die Abtreibungen, die Anzeige des Journalisten, seine Familie ist einflussreich, alles ist käuflich, man muss nur die entsprechende Summe zahlen, und es liegt – vorerst – kein Haftbefehl gegen ihn vor.

Mengele lässt sich in Asunción nieder. Von Eckstein und Jung nehmen ihn auf; Sedlmeier und Alois reisen zu ihm. Inzwischen, Karl senior ist stark gealtert, hat der jüngste Bruder die Zügel des Konzerns in die Hand genommen. Die drei Männer besprechen sich eingehend und bitten Rudel um Rat. Der Pilot, Vertrauter Stroessners und bevorzugter Vermittler der paraguayischen Armee, der er Waffen verkauft, beruhigt den Flüchtigen: Stroessners Paraguay ist wie Argentinien unter Perón, er hat nichts zu befürchten, er sollte sich hier Land kaufen, sicher, Paraguay ist korrupt und chaotisch, aber stabil, niemand wird ihn belästigen. Mengele erblasst, knirscht mit den Zähnen: »Nicht jetzt!« Er hat sich in Buenos Aires sein Leben wiederaufgebaut, sein Haus ist prächtig, die Pharmafirma läuft gut. Alois und Sedlmeier ermuntern ihn, nichts zu überstürzen, Jahr für Jahr gingen Tausende von Anzeigen ein, von denen die meisten ohne Folgen blieben, und solange er in Paraguay sei, wollten sie ihm eine neue Aufgabe anvertrauen: Er soll einen Düngerstreuer verkaufen, der in Europa einen Bombenerfolg hat.

Mengele hat es wieder mit dem Bauernvolk, mit holprigen Straßen und der fiebrigen Hitze des Chaco zu tun. Doch er ist nicht mehr richtig bei der Sache. Eine dumpfe Sorge nagt an ihm, eine dunkle Vorahnung, sein Leben droht ein weiteres Mal zu kippen, und am Steuer denkt er an das Bild in der Pinakothek in München, das ihn als Kind so erschreckt hatte, Jonas im Schlund des Walfisches, der Prophet, bald vom Seeungeheuer verschlungen. Seine Kameraden finden ihn verändert, frühzeitig gealtert. Aus dem schneidigen Intellektuellen, den sie bewunderten, ist ein einsilbiger und jähzorniger Mann geworden. Eines Nachmittags hat er den Jungschen Sohn beschimpft, als er ihn in Biologie abfragte. Bei den Partys, die seine Freunde an ihren Pools veranstalten, knabbert er lustlos an ein paar Canapés und hält sich, ausweichend und düster, von den anderen fern. Wenn Eckstein mit ihm zu reden versucht, begnügt sich Mengele mit einem nervösen Lächeln. Zur Ruhe kommt er nur bei den Haases, und bei Martha und Karl-Heinz, die ihn während dieser letzten Monate des Jahres 1958 regelmäßig besuchen kommen. Sein Neffe erweist sich als liebenswürdiger, stärkender und aufgeweckter Sohn, der die Reproduktion des Dürer-Stiches, das Geschenk zu seinem vierzigsten Geburtstag, verdient. Sie feiern Weihnachten im Familienkreis und Silvester bei Jung. Die Nazis stoßen an, 1959 wird bestimmt ein famoser Jahrgang, Mengele klopft auf Holz.

Sein Visum läuft aus, er beschließt, nach Buenos Aires zurückzukehren.

35.

Noch weiß er es nicht, aber ein anderer Spürhund hat seine Fährte aufgenommen: ein österreichischer Kommunist, Veteran des Spanischen Bürgerkrieges, ehemaliger KZ-Insasse in Dachau und Auschwitz, wo er als Häftlingsschreiber für Eduard Wirths, den medizinischen Leiter des Lagers, tätig war. Er, Hermann Langbein, hatte Doktor Mengele weder vergessen noch je für verschollen gehalten. Er war auf seine Spur gestoßen, als er 1954 zufällig die gesetzliche Bekanntgabe seiner Scheidung entdeckte. Zwei Jahre zuvor hatte er das Internationale Auschwitz Komitee gegründet, um Entschädigungen für die Überlebenden zu erstreiten und ihnen mit dem Sammeln von Informationen und Augenzeugenberichten bei der juristischen Verfolgung ihrer Peiniger zu helfen. Geduldig und unauffällig stellt Langbein Nachforschungen an und trägt Beweismaterial gegen Mengele zusammen. Er ist überzeugt, dass er in Buenos Aires lebt, weil ihm die Vermittlung des argentinischen Anwalts im Scheidungsprozess aufgefallen war. Langbein leitet seine Akte an das Bundesministerium der Justiz weiter, das sich für nicht zuständig erklärt: Der Fall Mengele obliege der Staatsanwaltschaft eines Bundeslandes. Die Richter sträuben sich, mit Ausnahme von Freiburg, dem letzten bekannten Wohnsitz von Mengele, der Irene nach Kriegsende beim Umzug in die Stadt geholfen hatte. Dort erlässt der Staatsanwalt am 25. Februar 1959 einen Haftbefehl wegen vorsätzlichen und versuchten Mordes. Langbein insistiert, Mengele lebe in Buenos Aires, das Auswärtige Amt müsse von der argentinischen Regierung seine Auslieferung verlangen.

Sedlmeier telegraphiert Mengele diese Nachricht, die ihm von einem seiner Informanten bei der Polizei zugetragen worden ist. Diesmal bleibt ihm keine Zeit zum Zaudern, er muss die Villa und seine Anteile bei Fadro Farm verkaufen, seine Bankkonten kündigen und nach Paraguay flüchten. Nichts deutet darauf hin, dass die neue, demokratisch gewählte und liberale Regierung Argentiniens genauso milde mit den Nazis verfahren wird wie ihre perónistischen und militärischen Vorgänger. Buenos Aires könnte der Forderung aus Bonn durchaus stattgeben: Mengele, außer sich, steht kurz vor dem Nervenzusammenbruch, als er seine wissenschaftlichen Zeitschriften in einen Karton packt und sich ohne jede Erklärung von seinen Mitteilhabern in der Pharmafirma verabschiedet. Von Martha und Karl-Heinz, die in Argentinien bleiben, aber umziehen müssen, verlangt er größte Verschwiegenheit. Er umarmt sie und erwartet sie »bald« in Asunción.

Wieder einmal ist Rudel der Retter in der Not. Er hilft ihm beim Erwerb der paraguayischen Staatsbürgerschaft: Zwischen Bonn und Asunción besteht kein Auslieferungsabkommen, nie im Leben wird Präsident Stroessner einen seiner Staatsbürger einer ausländischen Macht übergeben, Paraguays Souveränität ist heilig. Wie gelähmt bei der Vorstellung, in einer Großstadt leben zu müssen, fleht Mengele seinen Freund an, ihm einen Unterschlupf in einer deutschen Kolonie auf dem Land zu besorgen. Stets entgegenkommend verweist Rudel ihn an Alban Krug, einen rotgesichtigen Nazi mit Ringerschultern, der in Nueva Bavaria, ein paar Kilometer von der argentinischen Grenze, eine Farm besitzt.

36.

In Hohenau geht das Leben einen gemächlichen Gang. Der Weiler erstreckt sich um den Kirchplatz, wo durchtriebene und abergläubische Guarani-Indianer die Zeit totschlagen. Auf den braunroten Straßen des Ortskerns weiden Kühe und Schweine, Insektenschwärme wirbeln um Verkaufsstände mit Blutwürsten und Schlangenhäuten, blonde Kinder ziehen Ochsenpflüge bis an den Rio Paraná herunter. Im Umland ackern europäische Siedler in der gleißenden Sonne auf den Mais- und Wassermelonenfeldern. Der Gesang der Kolibris durchzieht den öden Dorfalltag, dessen einzige Zerstreuungen das jährliche Oktoberfest und das schwäbische Gelage im Frühjahr sind, wo sich – wie vor vierhundert Jahren auf einem Brueghel-Gemälde – vor dem entgeisterten Mengele beschwipste Landarbeiter den Bauch vollschlagen und nicht enden wollende Reigen und Farandolen tanzen.

Alban Krug, treu, gefräßig und unbedarft, erinnert ihn an Heinrich Lyons. Sein Protektor führt mit schlaffer Hand eine Farmer-Kooperative, wichtiger als die Bilanzen sind ihm aber das von einem seiner Partner gebraute Bier, die herzhafte Küche seiner Frau, die Jagd und das Angeln, die Gesellschaft seines Sohnes Oskar und seiner Töchter. Krug versteht nichts von den modernen Führungsmethoden, die ihm sein Hausgast zu predigen versucht. Mengele, der sich weiterhin als Handelsvertreter betätigt, ist oft auf Achse, saust unermüdlich zwischen Kolonien und Betrieben durch ganz Paraguay, als einzige Begleitung seine Landmaschinenkataloge und seine Gemütszustände. Mengele flucht und schimpft, echauffiert sich über den Verlust seines kuscheligen argentinischen Nests, jammert über sein Schicksal, fürchtet, geschnappt zu werden oder sich bis in alle Ewigkeit bei dem idiotischen Krug verstecken zu müssen. Gelegentlich folgt seinen kalten Schweißausbrüchen ein zaghafter Optimismus. Wenn er die paraguayische Staatsbürgerschaft bekommt, wird er sein Leben neu aufbauen, Land kaufen und sich mit Karl-Heinz und Martha niederlassen können, auch wenn sie schwer zu überzeugen sein wird. Seine Ehefrau gehört zu seinen schmerzlichsten Sorgen: Statt ihm beizustehen, ist sie gegen die Hitze, die Stromausfälle, den überall eindringenden roten Staub allergisch, »Hohenau auf dem paraguayischen Land ist nicht nach dem Geschmack der gnädigen Frau«. Er hätte ihr eine Ohrfeige verpassen sollen, als sie am ersten Abend nach ihrer Ankunft von einer Spinne gestochen wurde und in Tränen ausbrach. Sie will nicht untertauchen, ständig umziehen, im Hotel schlafen, er hat sie an einen anderen Lebensstandard gewöhnt, und sie beklagt sich bitter über seine Abwesenheit, ihre Bekannten in Buenos Aires fragen permanent nach ihm, und sie weiß nicht, was sie antworten soll, so wie auch die Kinder in der Schule Karl-Heinz aushorchen, der seit seinem Aufbruch völlig verstört ist. Und wo soll der Junge überhaupt zur Schule gehen, wenn sie in den Urwald ziehen? Ein Mengele braucht doch eine anständige Ausbildung. Martha ist der festen Überzeugung, dass Josef übertreibt. Er sollte nach Buenos Aires zurückkehren, dort wären sie glücklich wie in den ersten Tagen, es würde schon nichts passieren. Im Grunde, denkt sie, ist Karl junior mutiger gewesen.

Mengele willigt ein, nach Asunción nachzukommen, wo er eine gute Figur zu machen versucht, als sie mit Jungs und von Ecksteins zu Abend essen. Sein Leben liegt in ihrer Hand, die beiden Männer unterstützen seinen Einbürgerungsantrag und von Eckstein hat ihn einem der besten Anwälte des Landes vorgestellt, doch das Unternehmen ist illegal: Eigentlich muss man fünf Jahre in Paraguay gelebt haben, um die Staatsbürgerschaft beantragen zu können.

37.

Es beginnt ein Wettlauf gegen die Uhr. Das Bonner Auslieferungsgesuch für Mengele ist nach Buenos Aires gegangen, ein weiteres ist gerade auf dem Weg nach Asunción, da er Gerüchten zufolge nach Paraguay geflohen sein soll. In Argentinien zieht sich das Verfahren in die Länge, die juristischen und bürokratischen Hürden häufen sich, der deutsche Botschafter Junker hadert und zaudert, der Antrag wandert über das Auswärtige Amt weiter zum Senatspräsidenten, dem Generalstaatsanwalt, zu einem Richter des Bundesgerichtshofs, zur Polizei und an die Gerichte. Letzten Endes begnügen sich die argentinische und die westdeutsche Regierung mit dieser maßlosen Verwirrung. In Paraguay haben der Innenminister und die Polizei von einem bevorstehenden Auslieferungsgesuch Wind bekommen, Interpol will eine Kopie von der Akte des Einbürgerungsbewerbers, aber Rudel interveniert beim Minister. Sein Freund, der hervorragende Arzt Doktor José Mengele, sei wegen seiner politischen Überzeugungen in Deutschland angeklagt, nichts Schlimmes, Paraguay werde ihn gut gebrauchen können, er müsse dringend eingebürgert werden: Im November 1959 ist es so weit, der Oberste Gerichtshof Paraguays gewährt Mengele die Staatsbürgerschaft, eine Aufenthaltsgenehmigung, ein Leumundszeugnis und einen Personalausweis.

Dennoch trifft Mengele völlig aufgelöst bei den Jungs ein, die anlässlich der guten Nachricht ein kleines Fest veranstalten. Mit Tränen in den Augen stammelt er, sein Vater sei soeben gestorben. Deutschland verliert einen Patrioten und er seinen standhaftesten Verbündeten, seinen Schutzschild, jenen furchtbaren und unbeugsamen Vater, der ihn trotz allem nie fallengelassen hat. Mehrere Tausend Kilometer von Günzburg entfernt, wo ein imposantes Porträt des Verstorbenen an der Rathausfassade angebracht wurde, macht Mengele an dem mit Lichterketten geschmückten Pool in der schwülen Nacht von Asunción seinem Herzen Luft. Er erzählt von Eckstein, Karl-Heinz, Rudel, Jungs und Haases von der gemeinsamen Besteigung des Hirschbergs im Sommer 1919. Ausnahmsweise waren sie nur zu zweit gewesen, sie hatten gepicknickt, ein Schmetterling hatte sich auf seinen Ärmel gesetzt, und oben auf dem Gipfel schimmerten die bayrischen Seen wie silbrig beschichtete Filmrollen. Als er Kind war, hatte der gefürchtete Vater abends beim Schlafengehen ein Gebet gesprochen, das er bei den Trappisten gelernt hatte, nachdem er mit sechs Jahren um ein Haar in einem Regenwasserspeicher ertrunken wäre: *procul recedant somnia, et noctium phantasmata* – fern mögen weichen die Traumgebilde trügerischer Vorstellungen der Nacht.

Untröstlich stammelt und schluchzt Mengele wie ein kleines Mädchen. Er will um jeden Preis zur Beerdigung fahren, wird morgen das erste Flugzeug nach Europa nehmen. Rudel hält ihn davon ab, das sei Selbstmord, die Polizei werde ihn vom Friedhof abführen, er müsse darauf verzichten.

Am Tag der Beerdigung legt das Bestattungsinstitut einen

Blumenkranz mit einem anonymen Gruß auf das Grab: »Aus der Ferne grüße ich Dich.«

38.

In Buenos Aires ist Eichmann, der mittlerweile als Lagerarbeiter bei Mercedes arbeitet, erkannt worden.

Lothar Hermann, ein nach Argentinien geflohener, erblindeter deutscher Jude ist sich sicher, ihm auf die Spur gekommen zu sein. Seine Tochter hatte eine ganze Weile mit Nick Eichmann Umgang gehabt, der mit den Heldentaten seines Vaters während des Krieges prahlte und bedauerte, dass Deutschland nicht alle Juden vernichtet habe. 1957 schreibt Hermann dem hessischen Generalstaatsanwalt Fritz Bauer. Statt mit den Geheimdiensten und der mit ehemaligen Nazis verseuchten deutschen Botschaft in Buenos Aires zu kooperieren, leitet Bauer den Hinweis diskret an den Mossad weiter. Der israelische Geheimdienst führt erste Ermittlungen in Buenos Aires durch, die jedoch erfolglos bleiben, sodass die Nachforschungen eingestellt werden: Hermann verlangt zu viel Geld; der Mann, der im Verdacht steht, der große Vernichter der europäischen Juden zu sein, wohnt in einer ärmlichen Hütte in einem Vorort von Buenos Aires. Undenkbar. Aber Bauer will Hermanns Aussage glauben. Er geht einer anderen Quelle nach, die seinen Verdacht erhärtet: Bei Ricardo Klement handelt es sich eindeutig um Adolf Eichmann. Dieses Mal will der Mossad eingreifen. Im Dezember 1959 wird der Entschluss gefasst, den SS-Mann zu entführen.

Isser Harel, der Geheimdienstchef, plant heimlich eine weitere Entführung: Er träumt davon, auch Mengeles Namen zu seinen Beutetrophäen zu zählen. Die Nachricht von dem bundesdeutschen Auslieferungsantrag ist durch die Presse gesickert, und der Weltjudenkongress ermutigt die Auschwitz-Überlebenden, bei Langbein Zeugnis über Mengeles Untaten abzulegen. Harel verfügt nur über ein paar veraltete Informationen: Mengele heiße Gregor und leite eine Möbelfabrik in der Innenstadt von Buenos Aires. Sein Plan ist einfach: Nach der Verhaftung Eichmanns, die auf den 11. Mai 1960 festgesetzt ist, haben seine Männer noch neun Tage Zeit, um den Nazi-Arzt aufzuspüren und mit demselben Flugzeug wie Eichmann nach Israel zu bringen.

Seitdem er paraguayischer Staatsbürger ist und sein Erbe antreten konnte, verscheucht Mengele nach Möglichkeit seine schwarzen Gedanken. Er geht Wasserski fahren, entdeckt zusammen mit dem exzentrischen von Eckstein die Guayaki-Indianer und blickt wieder mit einer gewissen Gelassenheit in die Zukunft. Die Spannungen mit Martha nehmen ab, er kann sich wieder frei bewegen. Anfang 1960, als die Mossad-Agenten Eichmanns Entführung in Buenos Aires vorbereiten, verbringt er ein paar Tage in der Pension im Stadtteil Vicente Lopez, in der sie mit Karl-Heinz wohnt. Einige Wochen später, im April, treffen sie sich im Hotel Tirol, einem Luxushotel in der paraguayischen Stadt Encarnacion. Der unermüdliche Sedlmeier reist zu ihnen. Sie sprechen über Finanzielles, über die Kommunikationsmittel und Wachstumsperspektiven ihrer Filiale in Paraguay. Mengele zeigt seinem Kumpanen Fotos von einem schönen Anwesen in der Region von Alto Paraná, mit dem er liebäugelt. Beruhigt, fast heiter kehrt er zu Krug zurück, Martha hat sich endlich mit der Vorstellung abgefunden, ihm in sein Exil zu folgen.

Anfang Mai beginnt mit dem Eintreffen der Mossad-

Kommandos in Buenos Aires die aktive Phase der Operation Attila. Harel hat die verschlüsselte Mengele-Akte im Gepäck. Am 11. wird Eichmann wie geplant entführt. In dem Versteck, in dem sie ihn festhalten, bedrängen die israelischen Agenten ihn: Kennt er Mengele? Wo hält er sich versteckt? Wie sieht er inzwischen aus? Welche Gewohnheiten hat er in Buenos Aires? Wen frequentiert er? »Eichmann, wo ist Mengele?« Der Nazi gibt nicht nach. Trotz ihrer Meinungsverschiedenheiten, trotz seiner Verachtung weigert er sich, seinen Kameraden zu verraten: »Meine Ehre heißt Treue.« Die Israelis bleiben hartnäckig, versprechen, drohen, insistieren, und endlich rückt Eichmann die Adresse der Pension in Vicente Lopez heraus.

Die Zeit drängt, die Israelis manövrieren mit größter Vorsicht, die Nazis in Buenos Aires sind auf der Hut. Sobald sie das Verschwinden ihres Vaters bemerkt haben, sind die Eichmann-Söhne zu Sassen gestürzt, um sich bei der Suche abzustimmen. Ohne Zweifel ein Coup der Juden, sie planen, die israelische Botschaft in die Luft zu sprengen oder als Vergeltungsmaßnahme den Botschafter zu entführen; mithilfe der Faschisten der Tacuara-Milizen und der perónistischen Jugendbewegung suchen sie die ganze Stadt ab; Sassen soll den Flughafen überwachen.

Harel schickt zwei Agenten in die Pension, eine von einer Palisade umgebene einsame Villa am Ende einer schmalen Straße, die schwer zu überwachen ist, ohne Aufmerksamkeit zu erregen. Die Chefin der Pension kennt weder einen Herrn Gregor noch einen Herrn Mengele. Der Briefträger ist gesprächiger: Ja, eine Familie Mengele habe hier gelebt, sei aber vor ein paar Wochen verschwunden, ohne eine neue Adresse anzugeben oder die Post nachschicken zu lassen. In der Möbelfabrik hat noch nie jemand von einem Deutschen namens Gregor gehört. Die Tage vergehen, der nach Paraguay geflüchtete Arzt bleibt unauffindbar, aber Harel gibt nicht auf. Mengele brennt ihm »wie ein Feuer in den Knochen«, der Chef des Mossad überlegt sogar, die Pension zu stürmen, wo er ihn noch immer verschanzt glaubt. Seine Männer halten ihn davon ab, er könne damit die ganze Operation zum Scheitern bringen.

Am 20. Mai 1960 fliegt eine El-Al-Maschine von Buenos Aires nach Tel Aviv, an Bord Adolf Eichmann als Besatzungsmitglied getarnt und unter Drogen. Harel schwört seinen Männern, sie würden Mengele bald zu fassen bekommen. Sie werden eigens für die Nazi-Jagd eine neue Spezialeinheit bilden, und der Auschwitz-Arzt wird ihr erstes Ziel sein.

39.

Als Ben-Gurion ein paar Tage später Eichmanns Gefangennahme in der Knesset verkündet, sind die nach Südamerika geflohenen Kriegsverbrecher wie vom Schlag getroffen. Wer wird der Nächste auf der Liste sein? Wen wird man entführen, zusammenschlagen, mit einem aus dem Nichts auftauchenden Rachekommando im Bett oder auf einem Parkplatz kaltblütig ermorden? Wen wird man gewaltsam nach Israel verfrachten, in einem entwürdigenden Glaskasten der Vergeltung der Juden und der Weltöffentlichkeit aussetzen, wie Eichmann bei seinem Prozess in Jerusalem im darauffolgenden Jahr? Die Nazis im Exil werden keine Ruhe mehr haben. Wenn sie ihre Haut retten wollen, müssen sie sich verkriechen, allen irdischen Freuden entsagen und sich zu einem Leben im Untergrund verurteilen, einer Flucht ohne Rast oder Unterschlupf.

Diesmal ist die Nazi-Jagd eröffnet.

Journalisten aus der ganzen Welt kommen zu Recherchen nach Buenos Aires. Eichmanns Entführung leitet eine neue Ära ein: Sie ist eine Demütigung für Argentinien und eine Katastrophe für Westdeutschland. Argentinien muss beweisen, dass es kein Refugium für Nazis ist: Am 20. Juni wird ein Haftbefehl gegen Mengele erlassen, der im folgenden Jahr zur Verhaftung … Lothar Hermanns führt, den man zunächst für den Auschwitz-Arzt hält; Deutschland muss beweisen, dass es bereit ist, seine Verbrecher zu verurteilen und sich seiner Vergangenheit zu stellen. Die große Säuberung beginnt, die Nazi-Kreise in Buenos Aires lösen sich auf. Sassen, den seine Kameraden im Verdacht haben, Eichmann verraten zu haben, verkauft seine Tonbandaufzeichnungen zu Höchstpreisen an *Life* sowie an deutsche und holländische Medien, bevor er nach Uruguay flüchtet, wo er sich als »bekehrter Nazi« ausgibt.

»Eichie, dieses eingebildete Arschloch mit seiner verfluchten Selbstüberschätzung!« Mengele explodiert vor Wut, als er in der Krug'schen Küche aus dem Radio von Eichmanns Entführung erfährt. Er stänkert gegen die verdammten Juden, die unfähigen Argentinier, die korrupten Deutschen, gegen die ganze Welt, und als Krug ihm sagt, er hätte doch nichts zu befürchten, nur weil er Befehle ausgeführt und Lagerinsassen behandelt habe, würde er ihm am liebsten eine Kugel zwischen die Augen jagen, ihm und seiner ganzen, dickfellig am Abendbrottisch sitzenden Familie. Ja, er würde sie gern der Reihe nach abknallen, zum Schluss die Mädchen, auf die Knie mit den dummen Kühen, die Krugs würden für die Juden, die Argentinier, die Deutschen, für die ganze Welt zahlen, und für Eichmann, diesen Hurensohn, wenn er den nur in seiner Zelle in Israel abmurksen könnte –

dann würde er auf Nimmerwiedersehen im Dschungel verschwinden. Doch Mengele fängt an zu schlottern, ihm zittern Hände und Arme, und weil seine Beine nachzugeben drohen, nötigt ihn die alte Krug auf einen Stuhl und flößt ihm Zuckerwasser ein. Als er wieder zu sich kommt, muss er derselben, grauenhaften Wahrheit ins Auge sehen: dem Brunnen, in den Eichmanns Gefangennahme ihn stößt und in dem er überzeugt ist zu ertrinken. Eichmann wird sich einen Spaß draus machen, ihn bei den Israelis zu verpfeifen. Auch andere werden reden, er hat überall Spuren hinterlassen, er hat Papiere auf seinen Namen, Frau und Sohn, es ist ein Leichtes, seine Spur aufzunehmen bis hin zu dieser Farm, in die jeder einfach hineinspazieren kann, die nur von Krug, einer alten Walther PP und ein paar Mistforken verteidigt wird – lachhaft, angesichts der erfahrenen Killer des Mossad. Mengele ist rastlos, nirgends fühlt er sich in Sicherheit. Tag und Nacht kaut er auf seinem Schnurrbart und kreist um sich selbst wie eine im Glas gefangene Wespe, die dem Ersticken nahe ist. Nachdem er mehrere Schlaftabletten geschluckt hat und gegen drei oder vier Uhr morgens einschläft, schreckt er beim geringsten Geräusch, knackenden Dielen, einem winzigen Insekt, wieder hoch. Er fürchtet erkannt zu werden, jetzt, wo die bundesdeutsche Regierung zwanzigtausend Mark auf seinen Kopf ausgesetzt hat und er (endlich) zu weltweiter Berühmtheit gekommen ist. Die Presse berichtet von seinen Gräueltaten und verbreitet sein Foto. Rolf weiß inzwischen, dass sein Vater nicht in Russland verschollen, sondern der Todesengel von Auschwitz ist. Mengele versucht sich gegenüber seinen Freunden in Asunción zu rechtfertigen, seine Rolle herunterzuspielen, trotzdem wenden sich die Leute von ihm ab, Jung drückt sich und kehrt bald darauf nach Deutschland zurück, nur von

Eckstein glaubt ihm aufs Wort. Mengele hat Angst, er leidet und barmt: Haase, der treue Freund, der ihm regelmäßig Gedichtbände schickte und schrieb, er dürfe nur nicht die Nerven verlieren, er müsse standhaft bleiben und durchhalten, Haase ist soeben nach dem Sturz von einer Leiter in Buenos Aires gestorben.

Im September 1960 beschließt Mengele, schnellstmöglich das Weite zu suchen, zu fliehen, alles aufzugeben, mit neunundvierzig noch mal von vorn anzufangen, damit die Israelis ihn nur nicht kriegen. Die Spezialeinheit des Mossad überwacht Martha und Karl-Heinz auf Schritt und Tritt und kommt der Krug'schen Farm gefährlich nahe. Rudel besorgt ihm eine Mauser-Pistole und einen neuen brasilianischen Personalausweis auf den Namen Peter Hochbichler. Mengele muss sich von Frau und Sohn trennen, die ohne Abschied zu nehmen nach Europa zurückkehren. Hastig verbrennt er seine Aufzeichnungen, seinen deutschen Pass und zerstört die Proben aus Auschwitz. An einem hellen Oktobermorgen fahren Krug und Rudel ihn in aller Frühe mit einem Jeep zur brasilianischen Grenze. Als der Hüne ihm warnend zuruft, für ihn sei der Krieg noch nicht vorbei, dreht Mengele sich nicht mehr um und verschwindet in den smaragdfarbenen Spalten des Dschungels.

Nun ist er dem Fluch Kains ausgeliefert, dem ersten Mörder der Menschheit: ein Getriebener, der über die Erde irrt, wer ihm begegnet, wird ihn töten.

ZWEITER TEIL

Die Ratte

»Die Strafe entspricht der Schuld: aller Lust zum Leben beraubt, zum höchsten Grad von Lebensüberdruss gebracht zu werden.«

Kierkegaard

40.

Im Museum Tinguely, Basel: ein abgedunkelter Raum. Man ahnt das Gemetzel, die stillgelegte Folterkammer. Um einen gespenstischen Altar mit Nilpferdschädel gruppieren sich Maschinenskulpturen aus Tiergerippen, Holz, versengten Balken und geschmolzenen Metallen, Materialien, die Jean Tinguely aus den Trümmern eines vom Blitz getroffenen Bauernhofs in der Nähe des Schweizer Dorfes, in dem sich sein Atelier befand, geborgen hatte. Zwischen den verkohlten Überresten die Gebeine einer riesigen Maismaschine der Firma Mengele.

Unter einer schwarzen Sonne setzen sich die Maschinenskulpturen in Bewegung. Räder, Flaschenzüge, Ketten und Schraubenmuttern knirschen und quietschen in einem unkoordinierten Rangierbahnhof. Weit klaffen die stählernen Schlünde auf, Menschen- und Tierschädel ziehen vorüber und fallen auf eine Rampe mit mechanischen Treibriemen, derweil tanzen ihre Schatten an den Wänden wie riesenhafte Spritzen, Henkersbeile, Sägen, Hämmer, Sensen und Galgen. Ein schriller Walzer, das übrige Museum badet in Jazzklängen und dem durch die Glasfronten einfallenden grünblauen Schimmern des Rheins. Der Betrachter dieser Schrottansammlung wird von den Maschinenskulpturen verschlungen. Sie scheinen ihn auspeitschen, zerfetzen, überfallen zu wollen, um ihn bis zur Rampe zu geleiten. Vom Tod und den Konzentrationslagern besessen, hat Tinguely sein Werk *Mengele – Totentanz* geschaffen.

Im Sommer und Herbst 1944 war ein ungarischer Gerichtsmediziner gezwungen gewesen, diesen Totentanz von Auschwitz auszuführen. Miklós Nyiszli gehörte zu den Sonderkommandos, jenen lebendigen Toten, die den vergasten Leichen die Haare abschneiden und die Goldzähne ausreißen mussten, bevor sie sie in die Öfen warfen. Der Jude Nyiszli war Mengeles Skalpell. Auf sein Geheiß hatte er Schädeldecken aufgesägt, Brustkörbe geöffnet, Herzbeutel zerschnitten und, nachdem er auf wundersame Weise der Hölle entkommen war, das Unvorstellbare und Grauenvolle in einem Buch festgehalten, das unter dem Titel *Ich war Doktor Mengeles Assistent* sofort nach dem Krieg in ungarischer Sprache erschien.

»Dr. Mengele, der erste Arzt des KZ Auschwitz, ist unermüdlich. Stunden verbringt er in der Versuchsbaracke des Zigeunerlagers, halbe Tage steht er auf der Judenrampe, wo nun schon täglich vier bis fünf Züge mit ungarischen Deportierten eintreffen … Man kann es schon nicht mehr Selektion nennen, was Dr. Mengele an der Rampe praktiziert. Seine Hand weist nur noch in eine Richtung: nach links. Die Menschenfracht ganzer Züge endet auf diese Weise in den Gaskammern oder auf den Scheiterhaufen … Dass Mengele Hunderttausende in den Gastod schickt, betrachtet er als patriotische Aufgabe.«

In der Versuchsbaracke des Zigeunerlagers werden an Zwillingen und Zwergen alle Experimente vorgenommen, die der menschliche Körper verkraften kann: »Blutentnahmen, Rückenmarkpunktionen, Blutaustauschtransfusionen zwischen den Zwillingen und zahllose andere Untersuchungen, viele darunter schmerzhaft und erschöpfend.« Für den Vergleich zwischen gesunden und kranken Organen »ist es notwendig, dass die Zwillinge auch gleichzeitig sterben. Und so geschieht es auch. Sie sterben in einer der Versuchsbaracken des KZ Auschwitz, im Lager B II. Dr. Mengele löscht ihr Leben aus.«

Er injiziert ihnen Chloroform ins Herz. Mit dem Stempel »Eilig, kriegswichtiger Inhalt« versehen, werden die entnommenen Organe an das Berliner Kaiser-Wilhelm-Institut unter der Leitung von Professor von Verschuer geschickt.

Mengele gilt als einer »der großen Vertreter der medizinischen Wissenschaft. ... Die Arbeit im Sektionsraum steht im Dienst des Vorwärtskommens der deutschen Medizin-Forschung!«

Als in den Baracken Scharlach ausbricht, »kamen Lastwagen, und sämtliche Bewohnerinnen dieser Blocks wurden ins Krematorium gebracht. Das war Dr. Mengeles Maßnahme zur wirksamen Verhinderung einer Epidemie.«

Nyiszli treibt die makabre Aura seines Folterers um: ein heiteres »Gesicht, das so viel Skrupellosigkeit verbirgt ... Welch ein Zynismus! Der Zynismus des Mörders im Arztkittel! ... Dr. Mengeles Name wirkt wie eine Zauberformel! Alle zittern vor ihm.«

Nyiszli beschreibt seinen manischen Eifer im Sektionsraum des Krematoriums bis zum Herbst 1944, als Deutschland den Krieg bereits verloren hat: »Zur gewohnten Zeit, gegen fünf Uhr nachmittags, trifft Dr. Mengele ein ... Er sitzt stundenlang neben mir, zwischen Mikroskopen, Desinfektionsgeräten und Reagenzgläsern, er steht mit blutbeflecktem Kittel und blutigen Händen am Sektionstisch, um besessen zu untersuchen und zu forschen ... Gerade heute passierte es, dass ich mit ihm an meinem Schreibtisch saß.

Wir blätterten in den Aktenbündeln der bisher untersuchten Zwillinge, und Dr. Mengele entdeckte auf dem Deckel der einen Akte, einem blassblauen Karton, einen schwachen Fettfleck … Mengele sah mich vorwurfsvoll an und fragte sehr ernst: ›Wie können Sie nur so sorglos mit diesen Dossiers umgehen, die ich mit so viel Liebe zusammengestellt habe?‹«

Nyiszlis Alltag ist schwindelerregend: »Bis hierher leuchtet die Flamme des Scheiterhaufens. Der Rauch der Krematorien ist überall zu spüren. Das Schreien der Todgeweihten und das Knallen der Genickschüsse lassen die Wände erzittern. Dr. Mengele kehrt nach jeder Selektion und nach jedem Blutbad bei uns ein. Hier, in diesem Klima des Schreckens, verbringt er seine gesamte Freizeit und lässt mich mit stiller Besessenheit Hunderte von Leichen unschuldiger Menschen öffnen. Auf Nährböden, aus frischer menschlicher Muskulatur hergestellt, vermehren sich Bakterien in elektrisch beheizten Brutschränken. Stundenlang sitzt Mengele am Mikroskop und sucht den Grund für die Erscheinung, die er niemals wird erklären können: den Grund für Zwillingsgeburten.«

41.

Eines Tages steigt ein buckliger Vater mit einem hinkenden Sohn aus dem Zug, zwei Juden aus dem Ghetto in Łódź. Als Mengele sie auf der Rampe sieht, lässt er sie sofort hervortreten und schickt sie Nyiszli zur Untersuchung ins Krematorium Nummer 1. Der ungarische Arzt vermisst sie und serviert ihnen Rindergeschnetzeltes mit Makkaroni, »ihre Henkersmahlzeit«, wie er schreibt. Dann führen SS-Leute sie ab, befehlen ihnen sich auszuziehen und erschießen sie auf Weisung Mengeles. Die Leichen werden wieder zu Nyiszli gebracht, dem »vor ohnmächtiger Wut so übel« ist, dass er ihre Sektion seinen Kollegen überlässt.

»Dr. Mengele, der an diesem Tag mindestens 10 000 Menschen in den Tod geschickt hat, erscheint am Abend im Sektionssaal. Mit größtem Interesse lauscht er meinem Bericht über die Untersuchungsergebnisse der lebenden und die Sektionsbefunde der ermordeten Körperbehinderten. ›Diese Leichen dürfen nicht verbrannt werden‹, meint er, ›man muss die Skelette präparieren und ins Anthropologische Museum nach Berlin schicken.‹ Er fragt, welche Methoden einer sauberen Präparation von Skeletten mir bekannt sind.«

Nyiszli schlägt vor, die Leichen in Chlorkalk-Wasser zu legen, das nach zwei Wochen die Weichteile des Körpers zersetzt, oder sie in kochendes Wasser zu werfen, bis sich das Fleisch von den Knochen schälen lässt. Anschließend werden die Leichen in ein Benzinbad getaucht, das die letzten Fettspuren löst und die Knochen schneeweiß, trocken und geruchlos macht. Mengele befiehlt ihm, das effizienteste Verfahren anzuwenden, das Abbrühen. Die Feuerstellen werden vorbereitet. Dann werden Eisenbottiche auf das Feuer gestellt, und in den Kesseln köcheln die Leichen des Buckligen und des Lahmen, Vater und Sohn, den beiden einfachen Juden aus Łódź.

»Nach fünf Stunden und mehreren Proben habe ich mich überzeugt, dass sich die Weichteile nun leicht von den Knochen lösen lassen. Das Feuer kann gelöscht werden, doch bis zum Abkühlen müssen die Fässer noch an ihrem Platz bleiben.«

An diesem Tag ist das Krematorium nicht in Betrieb. Als Maurer eingesetzte Häftlinge reparieren gerade die Schornsteine. Völlig außer sich, stürzt einer von Nyiszlis Assistenten zu ihm: »›Doktor! Die Polen essen das Fleisch aus den Fässern!‹ Ich springe auf und renne los. Vier gestreift gekleidete Häftlinge stehen stumm und entsetzt um die Fässer herum … Die ausgehungerten Männer suchten nach etwas Genießbarem, schließlich erblickten sie die eine kurze Zeit unbeaufsichtigten Fässer. Sie nahmen an, das Fleisch in den großen Behältern werde für das Sonderkommando gekocht … Die Polen sind vor Entsetzen wie gelähmt, seit sie wissen, was sie gegessen haben.«

Schließlich werden die Skelette auf den Arbeitstisch im Labor gelegt. »Dr. Mengele ist überaus zufrieden. Er bringt gleich mehrere hochrangige Ärztekollegen zur Besichtigung der Skelette mit. Mit bedeutsamen Blicken begutachten sie die Skelett-Teile. Sie werfen mit wissenschaftlichen Ausdrücken nur so um sich … Die beiden Skelette werden in lange derbe Papiersäcke verpackt, mit Begleitpapieren versehen und nach Berlin geschickt. Auch auf diese Sendung wird der Stempel gedrückt: ›Dringende kriegswichtige Sendung‹«.

Mengele ist der Fürst der europäischen Finsternis. Der stolze Arzt hat Kinder seziert, gefoltert und verbrannt. Der Sohn aus gutem Hause hat fröhlich pfeifend vierhunderttausend Menschen in die Gaskammer geschickt. Lange hatte er geglaubt, sich wieder aus der Affäre ziehen zu können, er, »die Spottgeburt von Dreck und Feuer«; er, der sich für einen Halbgott hielt, der Gesetze und Gebote mit Füßen getreten und anderen Menschen, seinen Brüdern, teilnahmslos so viel Leid und Kummer zugefügt hatte.

Europa, das Tränental.

Europa, die Nekropole einer von Mengele und den Handlangern des schwarzen Totenkopf-Ordens vernichteten Zivilisation, die vergiftete Spitze eines Pfeils, der 1914 abgeschossen worden war.

Mengele, der Musterangestellte der Todesfabriken, der Mörder Roms, Athens und Jerusalems, glaubte seiner Strafe zu entkommen.

Nun aber ist er sich selbst ausgeliefert, seinem Dasein unterworfen, in Brasilien in die Enge getrieben, ein moderner, rastloser Kain.

Jetzt beginnt Mengeles Höllenfahrt. Er wird sich selbst zerfleischen und in der Nacht verirren.

42.

Im Badezimmer im ersten Stock nähert sich Mengele, ein Handtuch um die Taille geknotet, dem Spiegel. Seine Augenringe sind noch dunkler geworden, ihre bläuliche Schattierung kontrastiert mit seinem blassen Gesicht, sein Oberkörper ist abgemagert, seine Brustmuskulatur eingefallen. Wie stark er in den letzten Monaten gealtert ist! Er schürzt die Lippen und beißt sich auf den Schnurrbart: wie bei einem angegrauten Schießbudenbesitzer, grauenhaft, denkt er, so undeutsch und unakademisch, wenn er Suppe isst, schleckt er ihn ab wie ein alter Kater. Sein Schnurrbart widert ihn an, aber weil er die Lücke zwischen den oberen Schneidezähnen wenigstens ansatzweise kaschiert, gibt er ihm etwas Sicherheit, obwohl ihn eigentlich kaum noch etwas beruhigt, seit er vor einem Jahr nach Brasilien gekommen ist. An jenem Morgen des 7. Oktober 1961 ist er noch unruhiger als sonst, ein Wackerstein liegt ihm im Magen. Mechanisch massiert er sich die Schläfen von unten nach oben, als könnte die Reibung sein Unwohlsein verscheuchen und seine vorspringende Stirn abflachen, diese verfluchte Stirn, die ihn mürbe macht und irgendwann verraten wird, genau wie die Zahnlücke, Irene hatte ihn schon vor fünfzehn Jahren gewarnt.

Mengele schließt die Augen und er, der an nichts und niemanden glaubt, ballt die Fäuste und flüstert Rudels Mantra, *nur wer sich selbst aufgibt, ist verloren*. Jetzt muss er in die Gänge kommen, sich rasieren und die Zähne putzen, seine Leinenhose anziehen, ein beigefarbenes, bis oben zugeknöpftes Hemd, keine Krawatte, es ist schon zu heiß, und den breitkrempigen Hut aufsetzen, von dem er sich gar nicht mehr trennt. Mengele nimmt zwei Koffer und geht die Treppe hinunter, wo ein lächelnder Mann auf ihn wartet, der ihm das Gepäck abnimmt und es im Kofferraum eines bescheidenen Ford Anglia verstaut.

Der zuvorkommende Herr trägt eine dunkle Brille und heißt Wolfgang Gerhard. Er vertritt Rudels Kameradenwerk in der Region von São Paulo, und der Pilot hatte ihn kontaktiert, als Mengeles Ausschleusung nach Brasilien beschlossen war. Die Familie in Günzburg war zunächst skeptisch gewesen: Wird Gerhard, der herumkrebst, seit er 1949 Österreich verlassen hat, ihm womöglich ein Vermögen abknöpfen? Kann man einem Individuum trauen, das im Chor singt und zum Trinken neigt? In diesem Punkt sind sich alle Informanten einig. Rudel beruhigt sie, Gerhard wird keinen Pfennig verlangen, einen Kriegsverbrecher vom Kaliber Mengeles zu decken, ist eine Ehre, die höchste Weihe für einen fanatischen Nazi wie ihn. Sein Sohn heißt Adolf. Er träumt davon, sich Simon Wiesenthals Leiche ans Auto zu binden und wie Blechdosen bei einer Hochzeit über die Straße zu schleifen. Im Hause Gerhard prangt oben auf dem Weihnachtsbaum ein Hakenkreuz.

Während sein Chauffeur Richtung Norden fährt, beobachtet Mengele seine haarigen Pfoten am Lenkrad und seine für den Innenraum des Wagens viel zu langen Beine. Gerhard erinnert ihn an einen Jugendlichen, der auf ein Kinderkarussell aufgesprungen ist und damit seine Kumpels beeindruckt, die ihm so viel Wagemut nicht zugetraut hätten. Gerhard pfeift vor sich hin, für ihn, der bei Kriegsende erst zwanzig war und normalerweise obskure Propagandabroschüren und ein antisemitisches Käseblatt druckt, ist heute ein großer Tag. Eine Mission auf der Höhe des Elitesoldaten, der er hätte sein können, wenn sich die Mächte des Bösen nicht gegen den Nationalsozialismus verschworen hätten: den mittlerweile berühmten Doktor Mengele in das Refugium bringen, das er, der kleine Gerhard und ehemalige Gefreite, ausfindig gemacht hat, eine einsame Farm in der Nähe von Nova Europa, dreihundert Kilometer von São Paulo entfernt. Die Eigentümer stammen aus Ungarn, Geza und Gitta Stammer. Sie waren nach dem Krieg vor der sowjetischen Invasion aus ihrem Land geflohen. Gerhard hatte sie vor ein paar Jahren bei einem Treffen mitteleuropäischer Auswanderer getroffen. Einfache und politisch sichere Leute, die ihm keine unangenehmen Fragen stellen würden.

Je karger die Landschaft wird, desto mehr wächst Mengeles Angst. Zum x-ten Mal soll Gerhard ihm den Plan erläutern, den er mit Rudels und Günzburgs Segen ausgeheckt hat. Der Österreicher ist es schon gewohnt, den Flüchtigen zu beruhigen; nach Mengeles Ankunft in Brasilien hatte er ihn in seiner Schneiderwerkstatt angestellt, ihm wie einem Sohn Trost zugesprochen und Mut gemacht. Für Gerhard ist sein aufopferungsvoller Einsatz für Mengele wie die Rettung Berlins vor den Flammen, eine Pflicht, die für sich genommen schon Belohnung ist, übrigens sind seine Geschäfte, seine Frau und ihre beiden Kinder seit einem Jahr in den Hintergrund gerückt.

Den Stammers hat Gerhard Mengele als einen erfahrenen Rinderzüchter aus der Schweiz präsentiert, der mit fünfzig Jahren nicht mehr allein leben will. Der exzentrische Peter Hochbichler habe eine schwere Zeit hinter sich, sagte Gerhard, gesundheitliche Probleme, und so suche er nach Gesellschaft und Arbeit, außerdem habe er eine hübsche Summe geerbt, die er gern in Ländereien anlegen würde. Hochbichler könnte ihre Farm führen, denn Geza ist als Landvermesser häufig unterwegs. Die Stammers schwimmen nicht im Geld und willigen in Gerhards Angebot ein. Sie werden Hochbichler keinen Lohn zahlen, aber er bekommt freie Kost und Logis.

Auf die asphaltierte Straße folgen kilometerlange unbefestigte Straßen, dann ein Feldweg, der sich durch die Savanne bis zu der alten Fazenda schlängelt. Endstation: Hunde springen bellend am Auto hoch, und auf der Schwelle des Holzhauses erscheint ein Ehepaar in seinen Vierzigern mit zwei Söhnen: Familie Stammer, die ungeduldig darauf wartet, die Bekanntschaft des geheimnisvollen Amphitryons Peter Hochbichler zu machen.

43.

Ein gewisser Mengele wird, beschützt von einer indianischen Prätorianergarde, in einer Kleinstadt in Mato Grosso aufgespürt, doch im März 1961 gelingt es ihm, dem Hinterhalt der brasilianischen Polizei zu entkommen. Ein paar Monate später wird er in einer Gemeinde in Minas Gerais festgenommen. Ein bedauerlicher Irrtum, der gefasste Mann ist ein urlaubender Angehöriger der Waffen-SS. Erneut wird Mengele im Februar 1962 in einer paraguayischen Grenzstadt ausfindig gemacht. Sein Hotel wird von den Elitetruppen der brasilianischen Gendarmerie gestürmt, aber er hat bereits morgens sein Zimmer verlassen. Die argentinische Presse schreibt, er habe in Bariloche eine Agentin des Mossad ermordet; bewaffnet und hochgefährlich, stünde ihm eine eigene Privatarmee zur Verfügung, die ihn auf Schritt und Tritt begleite: Seitdem ein Kopfgeld auf ihn ausgesetzt wurde und seine Verbrechen bekannt sind, ist Mengele zum Gegenstand der abstrusesten Legenden, ja fast zu einem Fabelwesen geworden.

Der Mossad lässt sich von den wilden Gerüchten nicht irritieren. Die Spezialeinheit hat ihr Hauptquartier in Paris aufgeschlagen; sie wird von einem der Verantwortlichen der Eichmann-Entführung geleitet, Zvi Aharoni, ein deutscher Jude, der sich geschworen hat, seinen ehemaligen Landsmann vor ein israelisches Gericht zu bringen. Er verfügt über detaillierte Informationen und hat zwei von Mengeles südamerikanischen Mittelsmännern, Krug und Rudel, identifiziert. Doch die Jagd ist kompliziert, das familiäre Umfeld in Günzburg undurchdringlich, die Familie Krug argwöhnisch: Eine der Töchter widersteht der Charme-Offensive des Herzensbrechers vom Dienst aus seiner Spezialeinheit. Überzeugt, dass Mengele sich noch immer in Paraguay verschanzt – die Israelis haben von seiner Einbürgerung Wind bekommen –, setzt Aharoni mehrere Agenten dort ein. Er lässt Rudel in ganz Südamerika beschatten, lässt Marthas Post abfangen und versucht, die Einrichtungen der deutschen Gemeinschaft in Asunción zu infiltrieren. Der Mossad kommt näher, aber nicht nahe genug. Mengele ist ihm stets eine Nasenlänge voraus.

Bis zum Frühjahr 1962. In Uruguay ist Aharoni ein dicker Fang geglückt, ein Geständiger, von dem jeder Meisterspion träumt. Sassen packt aus, sein alter Freund Mengele hat die Ehre der SS besudelt, und außerdem braucht Sassen Geld für seinen noch immer luxuriösen Lebenswandel und seine zahlreichen Geliebten. Der Mossad entlohnt ihn üppig. Der holländische Abenteurer hat Mengele zwar aus den Augen verloren, findet aber schnell heraus, dass er nach Brasilien geflohen ist und nur über seinen neuen Beschützer, Wolfgang Gerhard, Kontakt zur Außenwelt hat. Die Männer des Mossad lassen Gerhard nicht mehr aus den Augen. Eines Morgens steuert der Ford Anglia des Österreichers durch die Savanne auf eine einsame Farm zu.

In Begleitung zweier Agenten, brasilianische Juden, fährt Aharoni in der Nähe picknicken. Bald kommen drei Männer auf sie zu. Einer von ihnen, mittelgroß und von europäischem Aussehen, trägt einen Schnurrbart und einen tief sitzenden Hut. Aharoni lässt seine Leute reden, während er den Mann mit Hut und ausweichendem Blick beobachtet. Er ist es, er würde seine Hand dafür ins Feuer legen, und, mein Gott, am liebsten würde er ihm gleich an die Gurgel springen und ihn mit aller Kraft erwürgen, doch er bewahrt ruhig Blut, zunächst muss ein anderes Team herkommen und ihn fotografieren, um ihn eindeutig zu identifizieren. Aber erst in ein paar Wochen, das Schlimmste wäre, den Verdächtigen misstrauisch zu machen. Die drei Männer kehren in die Fazenda zurück und Aharoni in sein Pariser Hauptquartier, um eine noch kompliziertere Operation als die Eichmann-Entführung in die Wege zu leiten.

44.

Bei seiner Rückkehr nach Frankreich wartet im Büro eine Überraschung auf ihn. Der Mossad-Chef, Isser Harel, abgemagert und erstaunlich reizbar, befiehlt ihm, die Jagd auf Mengele einstweilen einzustellen, um nach einem Achtjährigen zu suchen. Die Polizei verdächtigt den Großvater mütterlicherseits, einen ultraorthodoxen Juden, das Kind entführt zu haben. Der kleine Jossele war ihm von seinen Eltern, nichtgläubigen Juden in großen finanziellen Schwierigkeiten, anvertraut worden. Als sie ihn abholen wollten, erklärte der Großvater, dass Jossele nach den Vorgaben der Tora erzogen werden müsse, und weigerte sich, den Eltern ihren Sohn zurückzugeben. Bei ihrem zweiten Besuch war das Kind verschwunden. Als der Großvater festgenommen wurde, weil er die Zusammenarbeit mit der Polizei verweigert hatte, gingen die religiösen Juden erbost auf die Straße und warfen mit Steinen: Der jüdische Staat sperrt einen Greis ein, einen heiligen Mann, »Ben-Gurion ist ein Nazi!«. Israel steht kurz vor dem Bürgerkrieg, orthodoxe und liberale Juden beschimpfen einander und wetzen die Waffen, die Regierung zaudert, Ben-Gurion droht die Mehrheit im Parlament und die kommenden Wahlen zu verlieren. Um die Spannungen zu entschärfen, muss Jossele dringend wiedergefunden werden, und da sich der Junge vermutlich im Ausland aufhält, soll der Mossad eingreifen und seine vierzig besten Spürnasen auf ihn ansetzen, so will es der Premierminister: die Operation Tigerjunges, zu der Aharoni selbstverständlich abkommandiert wird.

Der Agent traut seinen Ohren nicht, leistet jedoch der Anweisung Folge. Möglicherweise drauf und dran, Mengele dingfest zu machen, müssen er und sein Team sich falsche Bärte ankleben, um sich in die skurrilsten jüdischen Sekten in ganz Europa, den Vereinigten Staaten und Südamerika einzuschleusen. Die Nazi-Jäger erpressen Rabbiner mit den entsprechenden Fotos aus einem Bordell der Place Pigalle. Endlich tut sich eine Fährte auf: Jossele ist von der zum Judentum konvertierten französischen Adligen und Résistance-Heldin Madeleine Frei entführt worden, die ihr Herz an die Neturei Karta, die Sekte des Großvaters, verloren hatte. Eine abenteuerliche Geschichte: Frei hat die Haare des Jungen blond gefärbt und ihn als Mädchen verkleidet, damit er das israelische Staatsgebiet verlassen konnte. Schließlich wird Jossele in einer ultraorthodoxen Familie in Brooklyn gefunden und nach Israel zurückgebracht. Die Operation Tigerjunges hat acht Monate gedauert und den Mossad acht Millionen Dollar gekostet.

In der Zwischenzeit ist Mengele umgezogen.

45.

Vor einem Jahr hatte er sich nur schwer akklimatisiert. Mengele war zu Beginn der Trockenzeit nach Nova Europa gekommen, noch nie hatte in dieser Region eine solche Hitze gewütet wie in jenem Spätsommer 1961: kein Tropfen Regen bis Weihnachten, die Nächte waren bullenheiß, noch unerträglicher als bei Krug in Hohenau. Die Arbeit war beschwerlich, die Böden trocken, und die Stammers lebten auf ihrer kleinen Farm wie im Mittelalter, weder Strom noch Telefon.

Gitta, die Bäuerin, überwachte eingehend Peter Hochbichlers erste Schritte auf der Kaffeeplantage. Er arbeitete schon im Morgengrauen und ging erst nach den anderen Landarbeitern wieder von den Feldern. Hart im Nehmen, kümmerte er sich angelegentlich um die Kühe, die Hühner, die Stute und die drei Schweine in dem nach Kot stinkenden Stall-Koben, dazu pfiff er Arien von Mozart oder Puccini. Nach einem Monat beschlossen die Stammers, oder vielmehr Gitta, denn Geza kam nur manchmal am Wochenende nach Hause, den bemühten und merkwürdig eitlen Bauern zu behalten: Jeden Morgen, bevor er auf die Weiden ging, besprühte sich Hochbichler mit Kölnisch Wasser und schaute im Flur eingehend in den Spiegel. Er trug ständig einen Hut, den er tief ins Gesicht zog, sobald sich ein Arbeiter näherte; trotz der drückenden Hitze hohe Stiefel und einen bis oben zugeknöpften Kittel, eine Art weißer Stoffregenmantel, mit dem er aussah wie ein Hafenvorarbeiter, der Getreidesilos mit Körnern füllen soll. Seine Hände waren sonderbar: an den Handflächen und Fingern die Schwielen eines Arbeiters, aber die Fingernägel manikürt wie bei einem Budapester Großbürger. Er wusch sie dreißigmal am Tag und rieb sich die Unterarme kräftig mit Kernseife ab, so wie sich ein Chirurg vor und nach einer Operation die Hände desinfiziert.

Hochbichler war ein komischer Vogel: Er hatte gute Tischmanieren und drückte sich gewählt aus, konnte aber Blutwurst zubereiten. Ein paar Tage vor Weihnachten hatte er einem Schwein mit der Axt den Schädel zertrümmert und ihm mit einem eindrucksvollen Messer, das er am Vortag gewetzt hatte, die Kehle durchgeschnitten. Er hatte das herausquellende Blut aufgefangen, geschlagen und, die Arme bis zu den Ellbogen in der Wanne, gerührt, damit es nicht gerann, hatte dann wie ein Besessener in den Eingeweiden des Tieres gewühlt und, blutverschmiert, Lungen, Nieren, Leber und Fett aus den Gedärmen zutage gefördert, woran sich die Stammers, ihre Arbeiter und deren Familien am Weihnachtsabend gütlich taten.

Als er eines Morgens auf dem Feld war, ging Gitta in sein Zimmer, das er ausnahmsweise nicht abgeschlossen hatte, und durchsuchte seine Sachen. Neben sorgfältig gefalteter hochwertiger Kleidung fand sie einen englischen Regenschirm, mehrere Hundert Dollar in großen Scheinen, Zeitungen und Fachzeitschriften auf Spanisch und Deutsch, ein dickes Notizbuch mit Vorhängeschloss, geordnete Papiere, die sie sich nicht zu lesen traute, Opernschallplatten und Bücher, deren Verfasser ihr nichts sagten: Heidegger, Carl Schmitt, Novalis, Heinrich von Treitschke. Dementsprechend war sie nicht sonderlich überrascht, als sie zufällig Hochbichlers wahre Identität entdeckte. Am Samstag, dem 27. Januar 1962, hatte Geza eine große Tageszeitung aus São Paulo mitgebracht, die auf der Titelseite anlässlich des siebzehnten Jahrestages der Befreiung von Auschwitz das Foto eines siegesgewissen jungen SS-Arztes brachte, genannt der Todesengel, ein gewisser Josef Mengele, der noch immer auf der Flucht sei. Das Porträt fiel Gitta ins Auge: der stechende Blick des Doktors, seine mephistophelischen Augenbrauen, die Lücke zwischen den oberen Schneidezähnen und die leicht gewölbte Stirn. Sie bat ihren ältesten Sohn Roberto, Hochbichler zu holen, und zeigte ihm das Foto. Zitternd und totenblass verließ er ohne ein Wort das Zimmer.

Am selben Abend gestand der Schweizer Bauer den Stammers nach dem Essen, das er kaum angerührt hatte, dass er »leider« Mengele sei, allerdings nicht die Verbrechen begangen habe, derer ihn »die den Juden hörige Presse« bezichtige.

46.

Richtig oder falsch, die Stammers scherten sich so wenig um Mengeles Untaten wie um Auschwitz. Geza hatte in den Kriegsjahren in Deutschland studiert; weder er noch seine zukünftige Frau hatten sich über die Deportation der ungarischen Juden ereifert oder über die Ende 1944 verübten Massaker der Pfeilkreuzler, die an den Ufern der Donau Juden, Roma und Gegner des Szálasi-Regimes, das sie selbst leidenschaftslos unterstützten, in den eisigen Fluss geschossen hatten. Auch sie hatten Schweres durchgemacht, ihre aus Siebenbürgen stammenden Eltern hatten nach der Niederlage von 1918 ihr Land verloren, eine Schwester Gittas war von Soldaten der Roten Armee vergewaltigt und ermordet worden. Seitdem war ihre Heimat von den Sowjets besetzt, die sie zur Emigration in diesem gottverlassenen Loch gezwungen hatten. Die Vorwürfe einer brasilianischen Tageszeitung gegen den deutschen Arzt ließen sie kalt. Aber sie wollten ihre Ruhe.

In dieser Nacht taten sie kein Auge zu: Ihr Schweizer Bauer war einer der meistgesuchten Verbrecher weltweit, die Bundesregierung hatte ein Kopfgeld auf ihn ausgesetzt. Geza ging panisch im Schlafzimmer auf und ab, die Zeitung in der Hand wie eine glühende Fackel. Der Verfasser des Artikels wusste aus sicherer Quelle, dass Israel Mengeles Entführung in Südamerika vorbereite, eine Kommando-Aktion unter der Leitung der Vergeltungseinheit, die bereits Eichmann in Argentinien gekidnappt hatte. Bald würde der Mossad ihre Fazenda stürmen und ihre beiden Söhne umbringen, sie mussten ihren Gast so schnell wie möglich loswerden. Geza beschloss, seine Fahrt nach São Paulo vorzuziehen und unverzüglich Wolfgang Gerhard zu kontaktieren.

Der Österreicher versuchte den Ungarn zu beruhigen, niemand wisse, wo sich Mengele versteckt halte, die Zeitungen redeten dummes Zeug, den Stammers könne nichts passieren. Sie sollten sich lieber etwas darauf einbilden, eine wissenschaftliche Koryphäe des Dritten Reichs zu beherbergen und eine für »die Sache« so wertvolle Aufgabe zu erfüllen, für magyarische Bauern (alles Volltrottel, dachte Gerhard) eine unverhoffte Chance. Stammer zuckte mit den Achseln und wurde lauter, »die Sache« interessiere ihn einen feuchten Dreck, Hochbichler-Mengele müsse verschwinden, und zwar schnell. Gerhard versprach es, musste sich aber zuerst mit der Familie des Betroffenen in Günzburg beraten, »noch etwas Geduld, lieber Freund«, und in der Zwischenzeit, warnte er ihn, indem er sich kurz an die Revolvertasche fasste, kein Wort, kein eigenmächtiges Handeln, die hocheinflussreichen Nazis in Brasilien würden ihnen eine Denunziation übel heimzahlen: »Geza, denken Sie an die Zukunft Ihrer Kinder.«

47.

Ein paar Wochen später hielt Gerhards Ford Anglia in einer Staubwolke vor der Stammerschen Farm. Der Österreicher öffnete den Wagenschlag einem untersetzten Mann, der von der langen Transatlantikreise und den kilometerweiten Landstraßen völlig zerschlagen war. »Herr Hans«, des Teufels Knecht, hielt in der Linken einen schwarzledernen, am Griff durch eine Silberkette verschlossenen Aktenkoffer. Er entnahm ihm einen versiegelten Umschlag. Auch er dachte an die Zukunft der Stammer-Söhne, Roberto und Miklos, denen er über die Blondschöpfe strich: zweitausend Dollar, um Zeit zu gewinnen und den Eltern zu danken, denn weder Gerhard noch Rudel war es gelungen, für ihren Freund Hochbichler eine neue Unterkunft aufzutun. Die Stammers konnten jetzt in Ruhe abwarten, und Gerhard würde sich schnellstmöglich zurückmelden, um ihnen den lästigen Besucher vom Hals zu schaffen.

Bevor er wieder fuhr, unternahm Sedlmeier einen kurzen Spaziergang mit Mengele. Er war nicht wiederzuerkennen: Mit eingefallenen Wangen und schlecht rasiert, kam der für gewöhnlich so gepflegte Freund wie eine Vogelscheuche daher. Seit die Stammers seine Identität herausgefunden hatten, nagte die Angst an ihm, und die Nachrichten über den Eichmann-Prozess in Jerusalem, den er von Weitem mitverfolgte, sobald ihm eine Zeitung in die Hände fiel, setzten ihm nachhaltig zu. Er flehte Sedlmeier an, ihn aus dieser Falle zu befreien. Er war am Ende, erschöpft von der ewigen Flucht von Versteck zu Versteck, von seinem Leben als Einsiedler, ein gehetztes Tier zwischen Jaguaren und Ameisenbären. Und dann die Savanne mit ihrer vermaledeiten Hitze! Er war nicht mehr in der Lage, drei Seiten am Stück zu lesen: Bald würde er komplett verrückt. Sedlmeier half ihm auf und reichte ihm ein Taschentuch, nachdem er seinen Gabardineanzug abgeklopft hatte: Die Mengeles würden ihn nicht im Stich lassen, Geld könne doch Berge versetzen. Martha, die soeben mit Karl-Heinz nach Meran in Südtirol gezogen war, sei sehr tapfer, eine treue deutsche Ehefrau, sie habe sämtliche Angebote der Journalisten ausgeschlagen, er könne ihr vertrauen. Und Irene?, konnte Mengele sich nicht verkneifen zu fragen. In Hochform, so glücklich wie noch nie, musste Sedlmeier zugeben. Auch Rolf gehe es gut in Freiburg, aber unter dem Einfluss der Mutter zeige er den Vettern und der übrigen Familie die kalte Schulter. Er wolle Jura studieren. Dann sah Sedlmeier Mengele fest in die geröteten

Augen: Sie dürften sich nicht mehr schreiben, es sei zu gefährlich, Unbekannte strichen um die Fabrik und das Anwesen der Familie in Günzburg, auch Martha in Meran fühle sich überwacht. Letzten Monat seien zwei Elektriker zu ihr gekommen, die sie nicht bestellt hatte. Er dürfe nur noch mit Gerhard sprechen.

Die folgenden Wochen auf der Fazenda in Nova Europa waren turbulent. Heiße Regenschauer überschwemmten die Savanne, die Stammer-Jungen gingen Onkel Peter aus dem Weg, Geza quälte sich bei dem Gedanken, seine Familie dem fanatischen Nazi und einem Überfall des Mossad ausgeliefert zu wissen, während er fern von den Seinen für einen Hungerlohn das Land vermaß. Gitta überwachte Hochbichler auf Schritt und Tritt. Wortkarg und finster saß er bei Tisch und schaute weg, sobald sie ihn ansah. Sofort nach dem Abendessen schloss er sich in sein Zimmer ein, wo Gitta ihn vor sich hin murmeln und auf und ab gehen hörte. Auf den Maisfeldern bellte Hochbichler den Arbeitern seine Anweisungen zu und explodierte vor Wut, wenn sie ihnen nicht nachkamen oder seine Gesten und sein portugiesisches Kauderwelsch nicht verstanden. Wenigstens, stellte Gitta fest, hatten die drei Nichtstuer (zwei Schwarze und eine Mestizin) Angst vor ihm und arbeiteten hart, während sie normalerweise keinen Finger krümmten, weil es Geza an Autorität fehlte. Der Kriegsverbrecher wusste sich Respekt zu verschaffen.

Ein weiterer Monat verging ohne ein Lebenszeichen von Gerhard. Geza wurde immer gereizter. Schließlich verkündete er Gitta, er werde Hochbichler in der kommenden Woche notfalls auch gegen seinen Willen nach São Paulo bringen. Die Komödie habe lange genug gedauert, Gerhard oder ein anderer Wahnsinniger würde ihn sicher übernehmen, das war nicht seine Sache, und falls die Nazis ihnen Schwierigkeiten machen sollten, würde er die ganze Geschichte einem befreundeten Lokalreporter auftischen. Seine Frau war dagegen. Der Arzt sei aller Voraussicht nach bewaffnet und der Österreicher zu den hinterhältigsten Aktionen fähig, um ihn zu beschützen. Sie hatte eine bessere Idee: Die betuchten Bayern seien doch auf sie angewiesen; sie würden ihnen bestimmt keinen Wunsch abschlagen. Hochbichler, sie wollte ihn nicht Mengele nennen, sei eine wahre Goldgrube. Statt ihn einfach irgendwo in die Landschaft zu setzen, treibe man besser die Preise in die Höhe und fordere von Gerhard einen satten Zuschlag. Die Familie des Flüchtigen könne ihnen auch eine neue Farm in einer lieblicheren Region zahlen. Anschließend würden sie immer noch ein Mittel finden, ihn loszuwerden, Hochbichler würde schon nicht zehn Jahre bei ihnen bleiben.

Die Stammers stritten im Schein der flackernden Kerzen. Geza sagte, seine Frau habe den Kopf verloren, Gitta gab zurück, das sei alles seine Schuld, wenn er eine bessere Anstellung hätte, müssten sie sich nicht mit der Unterbringung eines launischen Deutschen ihr Zubrot verdienen. Vor ihrer Heirat hatte er ihr das Blaue vom Himmel versprochen. Wie lange würden sie in diesem Mauseloch noch ihr Leben fristen? Dachte er an die Zukunft ihrer Söhne? Für ihre Ausbildung bräuchten sie mehr Geld. Und was würde ihnen schon passieren, falls die Polizei Hochbichler tatsächlich festnehmen sollte? Sie könnten behaupten, dass sie nichts von seiner wahren Identität gewusst hätten und Gerhard auf den Leim gegangen seien.

Der Morgen graute bereits, als Geza den Argumenten seiner Frau nachgab. In São Paulo überbrachte er ihre neuen Forderungen dem Österreicher, der sich diesmal rasch zurückmeldete: Die Mengeles waren bereit, ihnen einen neuen Betrieb oder vielmehr die Hälfte des Kapitals zu stiften, die andere Hälfte sollten sie aus dem Verkauf ihrer Ländereien in Nova Europa finanzieren. Man traf die entsprechenden Vereinbarungen. Wenige Wochen später zogen die Stammers mit Hochbichler auf eine fünfundvierzig Hektar große entlegene Farm. Fünf Monate, bevor der Mossad den kleinen Jossele fand.

48.

Kaum in Serra Negra angekommen, erfährt Mengele am 1. Juni 1962 von Eichmanns Hinrichtung im Gefängnishof von Ramla. Er ist völlig außer sich. Sobald er die Nachricht aus Robertos Transistorradio gehört hat, flüchtet er in sein Zimmer, um seine Verzweiflung und seine Befürchtungen zu Papier zu bringen, die Angst, die ihn nicht loslässt, die ihn lähmt und fesselt, seit er seinen Kokon in Buenos Aires verlassen hat.

Eichmann von den Juden hingerichtet! Seine Asche ins Mittelmeer verstreut, damit seine Frau und seine Söhne kein Grab besuchen können! Mengele zittert, auf seiner Stirn perlt kalter Schweiß, während er in Schulheften mit Spiralbindung, wo er nur in der dritten Person über sich spricht und den Decknamen Andreas benutzt, Seite um Seite mit seiner steilen Handschrift füllt. Nie hätte er gedacht, dass er dem ungeliebten und frustrierten Österreicher mehr als drei Zeilen widmen würde, aber indem er Eichmann würdigt, der ihn nicht denunziert hat, ergeht er sich in Selbstmitleid, bereitet seine Verteidigung vor und denkt, wie immer, nur an sich. Eichmann, der Sündenbock und Paria, kritzelt Mengele. Die Deutschen haben ihn verraten und der Rachelust der Juden ausgeliefert. Eines Tages werden sie es bereuen, ehrenhafte Männer geopfert zu haben, die bis zur letzten Patrone für das Vaterland und den Führer gekämpft hatten. Schande über die Deutschen, ein armseliges Häufchen aus Weicheiern und Feiglingen, eine von ausrangierten Regierenden verweichlichte Nation elender Krämerseelen, die sich an die Meistbietenden, die Tempelhändler, verkauft haben: Sie haben Eichmann preisgegeben! Sie haben ihm eine Kugel in den Rücken gejagt, während er nur seine Pflicht getan hatte und wir uns im Namen Deutschlands, für Deutschland, für die Ehre unseres teuren Vaterlandes, damit begnügt hatten, den Befehlen zu gehorchen. Das undankbare Deutschland stellt uns jetzt an den Pranger und lässt sich von unseren schlimmsten Feinden manipulieren. Welches Land auf dieser Welt bestraft seine beflissensten Diener und besten Patrioten? Adenauers Deutschland ist ein Riese, der die eigenen Kinder verschlingt. Es wird uns allen genauso ergehen, einer nach dem anderen, was für ein Elend …

Mengele hat sich noch nie so einsam gefühlt wie in dieser Gewitternacht. Während er schnurrbartkauend Galle spuckt, streifen Blitze die Finsternis und der Himmel grollt, als beharkten Stalinorgeln die Hügel, auf denen die Farm Santa Luzia liegt. Hölle und Verdammnis, murmelt er, Gott, wie tief ist er gefallen, wie schnell ist er in den letzten drei Jahren von der Erdoberfläche gerutscht, verschwunden, unbedeutend, nur noch von zwei zarten Fädchen am Leben gehalten, dieser ungarischen Familie, die ihn früher oder später verraten wird, und dem penetranten Gerhard, diesem absoluten Versager und brasilianischen Pseudo-Nazi. Die feinen Schnüre drohen jeden Moment zu zerreißen. Fürchterlich! Im Morgengrauen sinkt Mengele schweißgebadet auf sein Bett.

49.

Eine in weißes Licht getauchte Kreuzung: ringsherum fenster- und türenlose Gebäude mit hoch aufragenden Schornsteinen, Gestank von versengtem Fleisch. Mengele steht in der Mitte. Er ist zwanzig Jahre jünger und trägt die Totenkopfuniform der SS. Seine gewienerten Stiefel waten durch das Blut, der menschenleere Platz, über den große schwarze Raubvögel fliegen, badet im Blut. Orientierungslos dreht und wendet sich Mengele in alle Richtungen, er sieht acht Öffnungen, aber welche soll er nehmen? Von rechts dringt ein dumpfes Geräusch zu ihm, wie ein Wasserfall, ein Trommelwirbel, immer lauter, ohrenbetäubend, Hundegebell, ja, eine Meute nähert sich der Kreuzung. Mengele läuft nach links. Das Blut spritzt an ihm hoch, während er eine kleine Gasse hinunterrennt, aber die Tiere schließen zu ihm auf; ohne sie zu sehen, hört er sie, mit aller Kraft beschleunigt er seinen Schritt, biegt keuchend nach links, nach rechts und wieder nach links ab. Plötzlich hört das Kläffen auf, der Geruch von verkohltem Fleisch verflüchtigt sich. Mengele hört nur noch sein eigenes Herz rasen; und einen schrillen Pfiff, als er die nächste Kreuzung erreicht. Rechter Hand richtet sich eine Kobra auf und versperrt ihm den Weg, der zu einer Hitlerbüste führt. Widerstrebend biegt er nach links ab, betritt einen langen Gang, der mit zahllosen Gottesmutterbildern beklebt ist, die von siebenarmigen goldenen Leuchtern erhellt werden. Er friert, hat Hunger und Durst, das Blut steht ihm bis an die Knöchel, auch im Korridor trieft Blut von den Wänden. Dennoch schöpft er wieder Hoffnung: Am Ende des Tunnels sieht er ein grelles Licht, hört Stimmen und ein vertrautes Lachen von Frauen und Kindern, endlich wird er dem Labyrinth entkommen. Doch, wehe ihm: Wieder steht er an der anfänglichen Kreuzung; er dreht sich im Kreis. Unverkennbar feiern und musizieren Leute auf der Terrasse eines Gebäudes. Der Erste, der ihn erblickt, sagt es den anderen, und schon lehnen sie sich über die Brüstung, zeigen mit dem Finger auf ihn, lachen und pfeifen ihn aus, zielen mit Olivenkernen, Tomaten und Pfeilen auf ihn, sogar mit einem Kessel voller Branntkalk wie im Mittelalter. Mengele ballt die Fäuste, aber aus seinem Mund kommt kein Wort. Er meint Sassen, Rudel und Fritsch zu erkennen, die auf der Terrasse mit Medea anstoßen, der rachedurstigen Zauberin, und mit dem furchteinflößenden Saturn, der sich auf seine Sense stützt, während die schwarzen Raubvögel auf ihn niederstürzen. Er wirft sich auf den Boden, kriecht blutverschmiert bis zur nächsten Gasse. Der Himmel verdüstert sich, erneut läuft er, bis er außer Atem ist, immer weiter geradeaus, eine Stunde, zwei, eine Ewigkeit, bis er wieder an der verwünschten Kreuzung steht.

Inzwischen ist es dunkel geworden, eine Mondsichel beleuchtet den Platz, auf dem Ruhe eingekehrt ist. Das Blut ist verschwunden, wie aufgesogen von der ockerfarbenen Erde. Im Erdgeschoss der Backsteingebäude sind plötzlich Schaufenster zu sehen: in jedem ein großer Schwarz-Weiß-Fernseher. Mengele konstatiert in der Scheibe, dass er wieder seine gealterten Gesichtszüge hat, den breitkrempigen Hut trägt, seinen Schnurrbart und seinen großen weißen Regenmantel. Auf dem Bildschirm sieht er, wie ihm Martha im Kostüm von einem Schiffsdeck aus zuwinkt. Der Fernseher im zweiten Schaufenster zeigt den jugendlichen Rolf, der ein Buch liest und sich dabei mit der Hand durchs Haar fährt. Er schaut nicht zu seinem Vater auf. Noch ein Schaufenster, und Mengele sieht, wie Irene sich im Bett mit dem Freiburger Schuhverkäufer vergnügt. Mit aller Kraft hämmert er an die Scheibe, aber das Glas ist bruchsicher, und so flieht er, brüllend vor Schmerz, bis zum nächsten Bildschirm, der eine Beerdigung ausstrahlt, die von Karl senior, er entziffert den Namen des Vaters auf einem Blumengesteck, erkennt im Trauerzug seinen Bruder Alois mit dessen Frau Ruth und ihrem Sohn Dieter, Sedlmeier, am Boden zerstört und ganz in Schwarz, der seiner Frau den Arm reicht, sowie die Günzburger Stadtväter.

Man hört das Angelusläuten.

Fieberglühend wacht Mengele auf.

50.

In den folgenden Tagen verschlechtert sich sein Zustand. Mengele hütet das Bett, liegt im Delirium und isst kaum. Gitta macht sich Sorgen: Was, wenn der Kriegsverbrecher bei ihnen sterben würde? Natürlich ist Geza nicht vor Ort, um ihr zu helfen. Als sie sich anschickt, einen Arzt zu holen, kratzt der Kranke alle verbliebenen Kräfte zusammen und wehrt sich. Am sechsten Tag sinkt das Fieber. Gitta kommt regelmäßig, lüftet sein Zimmer, bringt Suppe und große Schalen mit Tee, legt ihm kalte Tücher auf die Stirn. Inzwischen nennt sie ihn Peter. An einem schwülen Nachmittag, ihre Söhne sind in der Schule und die Arbeiter auf dem Feld, schiebt sie eine ungeduldige Hand unter die Decken, streichelt und strafft das eingefallene Glied des Kranken. Mengele bäumt sich auf und stöhnt, als die ungarische Bäuerin sich mit hochgerafftem Rock rittlings auf ihn setzt. Gitta bindet ihr Haar wieder zusammen und verschwindet wortlos.

Seit fünfzehn Jahren vergeht sie in den Tropen vor Langeweile. Immer alleine, kümmert sie sich um die Kleinen, rügt die Arbeiter, gräbt unfruchtbaren Boden um; unermüdlich bepflanzt sie die Blumenbeete, verwaltet den Haushalt, kocht, näht und wäscht, während Geza Gott weiß wo steckt und nur jedes dritte Wochenende nach Hause kommt, mit leerem Geldbeutel und einem Blumenstrauß in der Hand, als Abbitte für sein wiederholtes Scheitern. Er hat sie um ihre Jugend gebracht. Gitta hatte von dem glamourösen Leben einer Primaballerina an der Oper in Budapest oder Wien geträumt. Sie ist von ihrem Pech überzeugt. In Debrecen, ihrer Geburtsstadt, hatte der Leiter der Tanztruppe, in der sie ihr Talent unter Beweis stellte, ihre Karriere vereitelt, indem er ihre gleichwohl weniger begabte Rivalin auf die Hauptstadtbühne katapultierte. Ein Drecksjude, bläut sie ihren Kindern ein, den Gott bestraft hatte, indem er ihn mitsamt seiner Familie in eines der Konzentrationslager schickte, die ein paar Jahre später in Osteuropa aus dem Boden sprossen. Man sah sie nie wieder. Aber für Gitta war es vorbei, der Krieg, das Exil, Ehe und Schwangerschaften hatten ihre Spuren hinterlassen. Die Zeit hatte ihr zerstörerisches Werk vollendet.

Mit ihren zweiundvierzig Jahren hat sie immer noch feste Beine, einen aufrechten Oberkörper und keck gewölbte Hinterbacken. Die Hitze, die Feuchtigkeit, die räumliche Nähe: Brasilien hatte ihren durchtrainierten Körper überrascht. Schon ein paar Tage nach Gezas Aufbruch fühlte sich Gitta frustriert. Einmal, ein einziges Mal vor Hochbichlers Eintreffen, hatte sie sich einem Landpächter auf der Durchreise, einem großen Mulatten, hingegeben, ein Techtelmechtel, für das sich die Europäerin noch monatelang schämte.

Peter gefällt ihr. Seine silbrigen Schläfen, sein Schnurrbart und seine Art, das Haar nach hinten zu streichen, wie die argentinischen Rennfahrer in den Illustrierten ... Seine stets rastlosen Augen. Gitta weiß seinen Schneid zu schätzen, sie wird ihn brauchen, jetzt, wo gerade sieben Landarbeiter angestellt wurden, um die fruchtbaren roten Böden der neuen Farm zu bestellen. Und sie findet es aufregend, die Figur aus einem Spionageroman zu beherbergen. Endlich ein bisschen Adrenalin ... Und Geza geschieht es nur recht, denkt sie, sie hat ihn schon oft gewarnt.

In Nova Europa war sie beeindruckt, als Peter ein paar Wochen vor ihrem Umzug eine Kuh an einem Bauchbruch operiert hatte. Er hatte das durch eine riesige, bis auf den Boden hängende Hauttasche entstellte Tier geöffnet, den Bruchsack verschlossen und geschickt die Haut wieder zugenäht – eine hohe Kunst –, die Kuh hat nur noch eine schwache Narbe und ist bei bester Gesundheit. Dank seiner Talente kann sie die hohen Tierarztkosten sparen. Neulich musste sie über Peter lachen. Er hatte einen Ameisenhaufen entdeckt. Statt ihn einfach anzuzünden, befestigte er ein Gewicht an einem Seil, das er um einen Eukalyptuszweig wickelte. Stundenlang berechnete, zeichnete und verbesserte er wie ein Ingenieursschüler den Entwurf dieses Flaschenzuges zum Zermalmen des Ameisenhaufens. Noch nie, schon gar nicht nach ihren Liebesspielen, hatte Gitta ihn so geschäftig und begeistert erlebt wie nach dessen Zerstörung. Ein paar Stunden später bauten die weißen Ameisen ihr Nest ein Stückchen weiter wieder auf.

Peter würde kein unvergesslicher Liebhaber sein; er hat weder Gezas Kraft noch seine Phantasie. Immerhin steht er ihr an den tristen klebrigen Nachmittagen zur Verfügung. Er würde ihr nichts abschlagen, das wäre unklug. Und wie erwartet, ist ihm ein Dollarregen zu verdanken, man braucht sich nur bei Gerhard zu beschweren, um eine Nachzahlung zu bekommen. Sie hat sich in einer Boutique in Serra Negra zwei Kleider geleistet und den Jungs Schulranzen aus Leder gekauft. Ein neues Bett ist schon bestellt und der Strom ein Segen.

51.

Von Gittas Überfall überrascht, überdenkt der genesene Mengele seine Lage. Sie gefällt ihm nicht. Ihr wasserstoffbleiches Haar ist genauso ordinär wie ihre Manieren und ihre trüben Augen; ihr öliges Gesicht zeigt noch Spuren einer pubertären Akne. Ihr Mund ist einschüchternd, ihr Gebiss offenbar in schlechtem Zustand, so übel hatte sie aus dem Mund gerochen, als er das Bett hatte hüten müssen und sie ihn bequatscht hatte. Sie spricht besser Deutsch als ihr vertrottelter Ehemann; trotzdem ist ihr ungarischer Akzent unerträglich. Aber Gitta ist seine Lebensversicherung. Wenn er sie unter seine Kontrolle bringt, wird er bei den Stammers bleiben können. Dafür ist er gern ein bisschen entgegenkommend, zumal die Fazenda Santa Luzia ihm nicht schlecht gefällt. Die Farm ist von einer dichten Vegetation umgeben, das Klima der Region ist gemäßigter als in Nova Europa, die Landschaft lieblicher, und ihn faszinieren die handtellergroßen Schmetterlinge mit ihren weiß getupften roten, blauen, orangefarbenen oder schwarzen Flügeln. Der Dschungel hat die gelbliche Savanne verdrängt. Hügel und Wälder bergen kristallklare Quellen: Serra Negra ist seit seiner Gründung durch italienische Pioniere ein Kurort. Die wie eine mittelalterliche Burg auf einem Hügel liegende Fazenda beherrscht die Ebene. Mengele, seit Eichmanns Hinrichtung von Angst zerfressen, fühlt sich hier verhältnismäßig sicher, sicherer als in allen anderen Verstecken seit seiner Flucht aus Argentinien. Hinter dem Hof und der Kaffeeplantage werden seine Flanken durch einen Felsvorsprung, eine natürliche Rifflandschaft und undurchdringliche Hochwälder geschützt.

Mengele rührt sich nicht von der Farm weg und bekommt außer Gerhard, der ihm Zeitungen, Bücher und Abführzäpfchen mitbringt, manchmal auch Schallplatten mit klassischer Musik, keinen Besuch. Bevor die Stammers ihre seltenen Gäste empfangen – Nachbarn, reiche Deutsche, italienische Siedler –, löchert er sie mit Fragen: Wer sind sie, woher kommen sie, kennen sie sich schon lange? Selbst wenn er beruhigt ist, zeigt er sich nicht. Samstags verschwindet er, sobald er die Freunde von Roberto und Miklos begrüßt hat, die nachmittags zum Spielen kommen. Er ist ihr *tio Peter*, Onkel Peter, der alte exzentrische Schweizer, den man nicht fotografieren oder erwähnen darf. Er bittet die Stammers, einen Pförtner einzustellen, seine Familie würde zahlen. Er lebt von Hunden umgeben, eine Meute aus rund fünfzehn Mischlingen, die er dressiert hat und mitnimmt, wenn er in den Dschungel geht. Cigano, ihr Anführer, weicht ihm nicht von der Seite. Das Kernstück seiner Schutzvorrichtung aber ist ein sechs Meter hoher Aussichtsturm, den er, angeblich um Vögel beobachten zu können, von einem Angestellten bauen lässt. Das von Termiten bedrohte Holz wird durch eine Steinstruktur ersetzt: ein eindrucksvoller, an die Farm grenzender Wachturm, von dem aus Mengele in Imkerkleidung und mit einem Zeiss-Fernglas um den Hals Tag für Tag stundenlang die Provinzstraße überwacht, die sich durch die Hügel schlängelt, und den purpurroten Feldweg hinauf bis zur Farm. Keine Bewegung entgeht ihm. Bei klarem Wetter kann er kilometerweit bis zum Dorf Lindonia sehen. Wie eine Eule sucht er in der mückengesättigten

Dämmerung seinen Turm auf und späht durch die Finsternis; auf der Lauer, melancholisch oder schläfrig, lässt er auf dem Teppaz-Plattenspieler, den Gerhard ihm in São Paulo gekauft hat, unermüdlich Wagneropern und Bachkantaten laufen. Wenn er endlich hinunterklettert und schlafen geht, halten seine Hunde Wache.

52.

Tage, Wochen, Monate vergehen – in Brasilien, in seinem zum Unendlichen hin offenen Kerker fern der Menschen, stagniert Mengeles beengtes Leben, ein Leben, das in einem unaufhörlichen Summen gefangen ist, im Wechsel von Trocken- und Regenzeiten, Wirbelstürmen, dichten Hitzewellen und kraftlosen Regenschauern, ringsum Tausendfüßler und Schlangen, Skorpione und Wurmparasiten, Eukalyptus und Jackfruchtbäume mit verschlungenen Wurzeln, unheimliche Dinosaurierfüße.

Mengele ist oft krank. Eine Bakterieninfektion oder vielleicht Malaria, er wird von Kopf- und Gliederschmerzen gepeinigt, dann Übelkeit und Durchfall, starker Schüttelfrost und Fieberspitzen. Er schläft schlecht und wenig, zermürbt von Alpträumen und Visionen, die es ihm nicht mehr zu verdrängen gelingt, die Flammen eines Krematoriums, sterbende Säuglinge, deren Augen wie Schmetterlinge an die Wände seines Labors gepinnt sind, Eichmann in seinem Jerusalemer Käfig, ein Rabbiner mit langen roten Schläfenlocken, der ihm die Knochen ausrenkt und sie in kochendes Menschenfett wirft. Er hört Stimmen, Stöhnen und Weinen, das Heulen der Stukas, die auf die Farm Santa Luzia niederstürzen.

Manchmal gelingt es ihm, seine ausweglose Situation und

die täglich an ihm zehrende Angst zu vergessen. Seine Hunde gehorchen ihm aufs Wort und lecken ihn liebevoll. Er entspannt sich mit Tüfteleien, fertigt kleine Gegenstände aus Holz und interessiert sich für die Blumen und Botanik der Tropen, wie Napoleon im Exil auf Sankt Helena. Außerdem schreibt er schwülstige Gedichte und den Anfang einer epischen Erzählung, eine für Karl-Heinz und Rolf gedachte erschöpfende Darstellung seiner Kindheit und Ausbildungsjahre, für den Fall, dass er eines Tages doch noch aus diesem Loch herauskäme.

Alles Übrige ist mühsam und beschwerlich. Gitta späht ihn aus, kratzt an seiner Tür und drangsaliert ihn regelmäßig. Der Tropen-Bovary kann er nichts abschlagen: nachts, während die Jungen schlafen, oder nachmittags ein kurzes Vergnügen hinter einem Mangobaum, sobald die Angestellten ihnen den Rücken zukehren. Die Arbeit auf den Feldern und in der Kaffeeplantage nimmt ihn mit, die Kühe und Schweine erschöpfen ihn, die Agrarutopie der SS, der Kontakt mit der Erde, das gesunde Leben, die frische Luft sind definitiv nichts für ihn. Also rächt sich Mengele an den Landarbeitern und tyrannisiert sie, wie russische Großgrundbesitzer anno dazumal ihre beliebig ausbeutbaren Leibeigenen demütigten. Er verbietet ihnen zu rauchen und Alkohol zu trinken, selbst sonntags: Ein betrunkener Bauer wird auf der Stelle gefeuert. Die Argentinier hatte er verachtet, aber die Brasilianer – Mischlinge aus Indianern, Afrikanern und Europäern, für einen fanatischen Rassentheoretiker Nachfahren des Antichristen – verabscheut er geradezu, ja bedauert die Abschaffung der Sklaverei. Regelmäßig hält er seine Beobachtungen in seinem Tagebuch fest. Die Rassenmischung ist ein Fluch, die Ursache für den Niedergang aller Kulturen. Ihre Nachwirkungen erklären die permanente gute Laune der Arbeiter – »kleine Affen«, notiert Mengele –, ihre Ungezwungenheit, ihr Improvisationstalent und ihr fröhliches Durcheinander, das ihn auf die Palme bringt. »Weil die Brasilianer Rassenbastards sind, äußert sich die Disparität ihrer Körpersubstanzen in einer geistigen Schizophrenie. Es fehlen ihnen ein reines Bewusstsein und ein klarer Wille; in ihnen hausen unterschiedliche und widersprüchliche Wesen. Sie bilden ein ungewisses, zweideutiges und gefährliches Volk wie die Juden, während gesunde und entschlossene Geister einer ihrer rassischen Identität gemäßen Biologie entspringen.«

Aus dem zurückhaltenden Hochbichler wird Mengele, der Despot, der sich in alles einmischt. Von Roberto und Miklos verlangt er mehr Fleiß in der Schule, bessere Noten und Disziplin, wie von seinen eigenen Söhnen. Ihr Deutsch findet er hundserbärmlich, was er ihnen bei jeder Gelegenheit unter die Nase reibt. Sie würden besser Notenlesen lernen, statt mit den Dorfstrolchen herumzulungern und mit der Steinschleuder auf Fledermausjagd zu gehen. Er verbietet ihnen, in seiner Gegenwart Kaugummi zu kauen, rät ihnen, sich von den Mädchen fernzuhalten, nur mit Söhnen von Europäern zu verkehren, und ist gegen die Überraschungsparty gewesen, die Roberto zu seinem fünfzehnten Geburtstag geben wollte. Als er die Jungs eines Tages dabei überraschte, wie sie oben auf dem Aussichtsturm mit seinem Teppaz-Plattenspieler eine Single von den Beatles hörten, platzte er vor Wut. Noch nie waren die Stammersöhne derartig zusammengeschrien worden; Gitta musste dazwischengehen. Aber auch auf sie hat er es abgesehen, vor allem auf sie: Mengele bereitet es eine diebische Freude, sie zu schikanieren. Sie schläft zu lange, sollte mehr auf ihre Ernährung achten, sich die Zähne besser putzen und nicht so viel rauchen. Er wirft ihr vor, wie eine Bäuerin daherzukommen und sich vor den Arbeitern am Hintern zu kratzen. Ihre Küche lässt zu wünschen übrig, zu viel Salz und Chili, Gitta könnte sich ein bisschen Mühe geben, ihre Soßen und Pürees etwas feiner abschmecken, und beim Putzen sorgfältiger sein. Der penible Mengele hegt eine krankhafte Abscheu vor Unsauberkeit. Wehe dem, der seine unveränderliche, geordnete Lebensweise stört, einen Kugelschreiber, eine Schere oder ein Buch ausleiht, den Stuhl oder Teppich verrückt: Dann bekommt er einen Tobsuchtsanfall, brüllt und jammert, als hätte das Verschwinden eines Gegenstandes das wacklige Gebäude seines Daseins erschüttert und das Nichts seiner unermesslichen Einsamkeit enthüllt.

53.

Um die Jahresmitte 1963 bekommt Mengele endlich Nachricht von seiner Familie. Postbote Gerhard nimmt seine treuen Dienste wieder auf: Sedlmeier informiert ihn, dass die Eindringlinge aus Günzburg verschwunden seien und Martha in Meran nicht mehr beschattet werde. Die Fahndung nach Mengele scheint erneut unterbrochen.

Nach dem mühsamen Erfolg der Operation Tigerjunges konzentriert sich der Mossad erneut auf den Mittleren Osten. Harel, sein Chef, steht weiterhin unter Druck, denn diesmal hat die Bedrohung besorgniserregende Ausmaße angenommen: Israels Existenz steht auf dem Spiel, seit Ägypten im Juli 1962 eine Rakete getestet hat, die sein Staatsgebiet überall unter Beschuss nehmen kann. Bei einer triumphalen Militärparade durch die Straßen von Kairo hat Nasser seine neuen Raketen mit einer Reichweite von sechshundert Kilometern zur Schau gestellt. Nazi-Wissenschaftler aus Hitlers V2-Programm beraten die ägyptischen Experten. In der hochgeheimen Militärfabrik 333 sind neunhundert Raketen in Arbeit; sie könnten mit radioaktiven Abfällen oder Atomsprengköpfen ausgestattet werden, so die alarmierendsten Berichte.

Nachdem der Mossad seine knappen Ressourcen mit der Nazi-Jagd in Südamerika und der Suche nach dem kleinen Jossele vergeudet hat – Geniestreiche, die Harel zu weltweiter Berühmtheit verholfen haben –, versagt er nun bei seiner eigentlichen Aufgabe, der Sicherheit Israels. Sein Chef gerät ins Kreuzfeuer der Kritik. Seine Gegner werfen ihm vor, den Geheimdienst in eine Agentur für Public Relations zu verwandeln. Als Antwort startet Harel die Operation Damokles: die gezielte Tötung der in das ägyptische Raketenprogramm involvierten deutschen Wissenschaftler. Manche bekommen eine Briefbombe, andere werden entführt oder schlichtweg ermordet. Als die israelischen Agenten in der Schweiz die Tochter des Verantwortlichen für das Raketenlenksystem unter Druck setzen, werden sie festgenommen und des Mordes oder versuchten Mordes angeklagt, der Skandal kocht endgültig hoch: Die für die wirtschaftlichen und militärischen Interessen des hebräischen Staates zentralen Beziehungen zur Bundesrepublik sind gefährdet. Harel ist zum Rücktritt gezwungen und wird durch General Meir Amit ersetzt. Die Nazi-Jagd gehört nicht zu seinen vorrangigen Zielen, der Mossad soll sich lieber dem Zusammentragen von Informationen und dem Kampf gegen seine arabischen Feinde widmen. Israel braucht Verbündete, die Eichmann-Entführung hat der internationalen Gemeinschaft nicht gefallen. Mit der Souveränität der Staaten ist nicht zu spaßen.

Die entscheidende Eskalation von 1967 bahnt sich an. Die Jagd auf Mengele tritt in den Hintergrund.

54.

Anfang 1964 erreicht Mengele eine Hiobsbotschaft. Es geht ihm wie ein Dolchstoß durch und durch, als er Marthas Brief studiert: Man hat ihm seine akademischen Abschlüsse aberkannt. Weil er den Hippokratischen Eid gebrochen und in Auschwitz gemordet hätte, entziehen die Universitäten in Frankfurt und München ihm seine Doktortitel in Medizin und Anthropologie.

So viele Mühen und Opfer – durch obskure Bürokraten einfach zunichtegemacht … Mengele ist niedergeschmettert. Er, der vielfach ausgezeichnete ehrgeizige Chirurg des Volkes, die große Hoffnung der Genforschung, wird um seine kostbarsten Schätze gebracht, um seinen größten Stolz, alle Experimente werden für ungültig erklärt, wie bei einem dahergelaufenen Scharlatan!

Mengele verbrennt den Brief seiner Frau, kehrt der Plantage den Rücken zu und macht sich in Begleitung seiner Hunde in den Dschungel auf, um über seine Ungnade nachzugrübeln. Verfluchtes und ungerechtes Deutschland, er hat doch nur seine Pflicht als Infanterist der nationalsozialistischen Biopolitik getan. Für die Deutschen der vorherigen Generation waren Darwinismus und Eugenik schließlich die Grundfesten einer modernen und funktionierenden Gesellschaft gewesen. Jeder wollte Biologie studieren, weil sie einen zu den glänzendsten und lukrativsten Posten befähigte. Ja, raunt Mengele dem Mischling Cigano zu, die deutsche Gesellschaft betrachtete damals alles unter biologischen Gesichtspunkten. Rasse und Blut: Die Gesetzmäßigkeiten des Lebens bestimmten das Recht, Krieg und Sex, die internationalen Beziehungen und die Medizin als höchste aller Wissenschaften. Alle Kommilitonen an der Universität bewunderten das antike Griechenland, weil sich das vergängliche Individuum dort den Anforderungen der Gemeinschaft und des Staates gebeugt hatte. Für seine Generation waren Minderwertige, Unproduktive und Parasiten lebensunwürdig. Hitler zeichnete den Weg vor. Mengele war ihm nicht als Einziger gefolgt, die Deutschen hatten sich alle vom Führer bezirzen lassen, von der berauschenden und gigantischen Aufgabe, mit der er sie betraut hatte: das Volk heilen, die Rasse reinigen, eine der Natur gemäße gesellschaftliche Ordnung errichten, neuen Lebensraum schaffen und die menschliche Spezies perfektionieren. Er hatte das Zeug dazu gehabt, das wusste er. Konnte man ihm das zum Vorwurf machen? Ihm kurzerhand seine kostbaren Doktortitel wegnehmen? Er hatte den Mut gehabt, mit der Ausrottung der Kranken die Krankheit auszurotten, das System ermutigte ihn dazu, seine Gesetze erlaubten es, Mord war eine Staatsangelegenheit.

Außer sich vor Wut, tritt Mengele vor seinen kläffenden und geifernden Hunden mit voller Wucht in einen Termitenhügel. Mit der Ausbeutung sklavischer Arbeitskräfte, die ihnen bis zum Umfallen zur Verfügung standen, hatten die deutschen Kartelle in Auschwitz ordentlich abgezockt. Auschwitz, ein florierendes Unternehmen: Schon vor seiner Ankunft im Lager hatten die Häftlinge synthetischen Kautschuk für die I. G. Farben und Waffen für Krupp produziert. Die Filzfabrik Alex Zink kaufte der Kommandantur säckeweise Frauenhaar ab und verarbeitete sie unter anderem zu Socken für die U-Boot-Besatzungen. Schering bezahlte einen seiner Kollegen für Experimente zur In-vitro-Fertilisation, und Bayer testete an Lagerinsassen neue Medikamente gegen Typhus. Zwanzig Jahre später, grummelt Mengele, haben die Direktoren dieser Unternehmen ihr Mäntelchen nach dem Wind gehängt. In ihrer Frankfurter oder Münchner Villa rauchen sie im trauten Familienkreis Zigarre und nippen an erlesenen Weinen, während er durch Kuhfladen stapft! Verräter! Abstauber! Geschmeiß! Indem Industrie, Banken und Regierungsstellen in Auschwitz Hand in Hand arbeiteten, schöpften sie sagenhafte Gewinne; und er, der keinen Pfennig reicher geworden ist, soll nun als Einziger zahlen.

55.

Es ist ein bitterer Tag für Mengele. Er ergeht sich, wie immer ohne Reue oder Gewissensbisse, in Selbstmitleid und lässt seine Wut an seinen Vierbeinern und den Baobabs im Urwald aus, der summt und singt, ohne ihm zuzuhören. Auf einer Lichtung setzt er sich, den Kopf zwischen den Händen, auf einen Baumstamm und denkt an seine Kollegen in Auschwitz, zwanzig dem Lager zugeteilte SS-Ärzte. Horst Schumann sterilisierte Menschen mit Röntgenstrahlen, bevor er die Männer kastrierte und den Frauen die Eierstöcke entfernte. Carl Clauberg transplantierte Tierföten in den Bauch seiner Versuchspersonen und sterilisierte sie, indem er ihnen formalinhaltige Substanzen in den Genitalapparat injizierte. Der Apotheker Victor Capesius ergatterte die noch blutigen Zahnprothesen der ermordeten Häftlinge, um sie außerhalb des Lagers zu verkaufen. Friedrich Entress infizierte die Insassen mit Typhus und beseitigte sie anschließend mit intrakardialen Phenolinjektionen. August Hirt spritzte Homosexuellen Hormone und mordete, um eine

Typologie des jüdischen Knochenbaus zu erstellen. Und was war aus all den anderen geworden (dreihundertfünfzig Universitätsprofessoren, Biologen und Ärzte), die in den Lagern gewütet und sich an der Aktion T4 beteiligt hatten? Manche hatten Selbstmord begangen oder waren nach dem Krieg bei einem der Nürnberger Prozesse verurteilt worden, aber die meisten waren durch die Maschen geschlüpft, gehörten wieder ihrer Familie und der Zivilgesellschaft an und machten weiter Karriere. Mengele lief angesichts dieser Tatsachen die Galle über.

Zurück auf der Farm klettert er auf seinen Wachturm. Er schaudert, wenn er daran denkt, wie elegant sich seine Mentoren Eugen Fischer und Otmar Freiherr von Verschuer aus der Affäre gezogen haben. Fischer, der alte Bonze, Theoretiker der Rassenhygiene und Ideengeber Hitlers, nachdem er sich an den Massakern an den Herero und Nama in Namibia beteiligt hatte, genießt seinen Ruhestand in Freiburg im Breisgau in Gesellschaft seines Busenfreundes Martin Heidegger. Ehrenmitglied der Deutschen Gesellschaft für Anthropologie und der Deutschen Gesellschaft für Anatomie, hat Fischer sogar erfolgreich seine Memoiren, *Begegnungen mit Toten*, veröffentlicht. Sein Vater hatte ihm kurz vor seinem Tod ein Exemplar zukommen lassen. Von Verschuer, ehemaliger Leiter des Kaiser-Wilhelm-Instituts in Berlin, dem Mengele Blutproben, verschiedenfarbige Augenpaare und Kinderknochen aus Auschwitz schickte, von Verschuer, ein großer Bewunderer des Führers – »der erste Staatsmann, der sich für biologische Vererbung und Rassenhygiene interessiert«, beglückwünschte er sich –, ist Professor für Humangenetik an der Universität Münster und anschließend Dekan der Medizinischen Fakultät geworden. Er leitet das größte Zentrum für Genforschung in der Bundesrepublik. Mengele erinnert sich, wie sie bei einem seiner Urlaube von der Ostfront in einem brechend vollen Kino *Der ewige Jude* angeschaut hatten. Gemeinsam mit den anderen Zuschauern verhöhnten sie den diabolischen Juden, sobald er auf der Leinwand erschien, während sie wie ihre Nachbarn zuckrige Hakenkreuzbonbons mit Himbeergeschmack kauten. Die beiden Ärzte teilten dieselbe Begeisterung für den Nationalsozialismus. Mengele hatte ihm aus Argentinien ein paar Mal geschrieben, aber der Freiherr hatte ihre Korrespondenz und alle kompromittierenden Archive nach Kriegsende vernichtet und nie geantwortet. Weder Fischer noch er sind je strafrechtlich verfolgt worden.

Elende Hurensöhne, stöhnt Mengele auf seinem Turm und ballt die Fäuste.

Fischer sollte 1967 im Alter von dreiundneunzig Jahren in seinem Bett sterben, von Verschuer zwei Jahre später bei einem Autounfall.

56.

Ahnt er von den Betrügereien und Lügen seiner Frau? Von ihrer stürmischen Affäre mit dem mürrischen Nazi? Geza Stammer hasst Mengele. Der Ungar ist sorglos, faul und genussfreudig, trinkt, singt und raucht gern; er will sein Leben genießen, das ihm Doktor Hochbichler, wie er ihn boshaft nennt, verleidet, sobald er auf die Fazenda zurückkehrt: Mengele macht aus seiner Verachtung keinen Hehl. Wenn die Familie Stammer nur Geza hätte, würde sie immer noch irgendwo in der Savanne vor sich hin vegetieren. Dank Mengeles Geld konnten sie sich den Umzug leisten, Landmaschinen kaufen, die ihre Erträge ankurbeln, und Gitta hat sich neue Kleider, Bettzeug und Geschirr angeschafft, Dinge, von denen sie nicht einmal zu träumen gewagt hätte. Außerdem besitzt er sie: Mengele fühlt sich bemüßigt, dem unfähigen Geza Ratschläge zu erteilen. Er sollte von seinem Chef, der ihn skrupellos ausbeutet, eine Gehaltserhöhung verlangen; seine Frau und er wären gut beraten, mit ihren Söhnen, deren Erziehung zu wünschen übriglasse, strenger umzugehen; Robert zum Beispiel mit seinem liederlichen Pilzkopf sollte regelmäßig zum Friseur gehen. Das heillose Durcheinander im Haushalt sei der mangelnden Autorität des Familienoberhauptes zuzuschreiben. Wenn Geza raucht oder ein Gläschen Pflaumenschnaps trinkt, hält Mengele ihm eine Moralpredigt und erinnert ihn an den Krieg der Nazis gegen Krebs, an ihre Aufklärungskampagnen gegen den Tabak und seine chemischen Zusatzstoffe, das Rauchverbot an öffentlichen Orten und die ersten Nichtraucherwaggons in den Zügen des Reichs. Überzeugt, dass sie hinter seinem Rücken über ihn herziehen, verbietet er den Stammers bei Tisch, Ungarisch zu sprechen. Er verlangt Vollkornbrot, das seiner Verdauung förderlich sei, und beklagt sich über die magyarischen Spezialitäten, für die Geza und die Buben schwärmen: Fischsuppe mit Tomaten und Paprika, mit Gänseleber gefüllte Kalbskoteletts. Liszt findet Gnade vor seinen Augen, ansonsten verachtet Mengele die Ungarn, ein »minderwertiges Volk« mit einer »Unterkultur«. Geza verkörpere die Makel seines Landes, die Mengele gern Revue passieren lässt, wenn der betrogene Landvermesser das Wochenende bei seiner Familie verbringt. Kaum ein Sonntagsmittagessen, an dem der gefallene bayrische Arzt den Stammers nicht lange historische Exkurse über den Niedergang Ungarns auftischt, das in jeder Hinsicht dem »redlichen und arbeitsamen« Deutschland unterlegen sei, das um zwei Drittel seines Gebiets amputiert und von den Sowjets besetzt wurde, »eine gerechte Strafe, wenn eine Zigeunernation nur Salami und Paprika herstellt«.

In die Enge getrieben, weicht Geza Mengele lieber aus. Wenn er vor Frau und Kindern erniedrigt wird, kontert er nie direkt, dafür ist der autoritäre Deutsche zu harsch; aber er macht sich einen Spaß daraus, ihn mit boshaftem Humor zu provozieren, indem er sich über seine Rassentheorien und die teutonische Überlegenheit mokiert – »auch Deutschland lebt unter Besatzung, lieber Doktor Hochbichler« – oder den Führer lächerlich macht, den er als »impotenten Vegetarier« bezeichnet und zum Vergnügen Gittas und der Kinder – ein Sieb auf dem Kopf, die Fäuste geballt und ein kriegerisches Zucken um den schäumenden Mund – nicht übel nachahmt. Gegen Mengele, der Hitler weiterhin als »Mann des Jahrhunderts und Riesen der Geschichte in der Nachfolge von Alexander dem Großen und Napoleon« verehrt, gegen Mengele, der sich aufbäumt und fluchend die Esszimmertür zuknallt, um auf seinen Wachturm zu flüchten, gewinnt Geza alle Runden. Mit Schützenhilfe seiner Söhne und Angestellten, die sich regelmäßig über ihn beschweren, hat Geza ein gewisses Talent entwickelt, um ihn zu quälen. Mal versucht er, ihn sonntags mit seiner neuen Nikon zu fotografieren; am nächsten Sonntag lässt er die Bemerkung fallen, er habe im Dorf eine verdächtige Gruppe israelischer Touristen gesehen; ein andermal, dass er mit seinem riesigen Schnurrbart aussehe wie Groucho Marx. Nie verpasst er eine Gelegenheit, ihm die Zeitungen mitzubringen, wenn sie über seine Verbrechen, über die Verhaftung eines Nazis, einen Kriegsverbrecherprozess in der Bundesrepublik oder über einen Fang Simon Wiesenthals berichten. Fast immer agiert Gitta als Puffer zwischen den beiden Männern, und die Wogen glätten sich wieder. Wenn nicht, wird Gerhard zu Hilfe gerufen, der mit einer Schachtel Pralinen und einem Bündel Dollar herbeieilt und den Hausfrieden wiederherstellt, bevor Geza abermals aufbricht und Mengele erneut zum unseligen Herrscher über die Fazenda wird.

Doch an jenem Ostermontag 1964, ein paar Wochen nachdem Mengele seine akademischen Titel aberkannt worden sind, geraten die beiden Männer heftig aneinander. Im Radio läuft eine Reportage über den Auschwitzprozess, der seit ein paar Monaten in Frankfurt stattfindet. Immer wieder fällt Mengeles Name, Überlebende zeugen von seinen Untaten und seiner Grausamkeit. Geza tönt: »Auch Sie, Doktor Hochbichler, sollten den Mut haben, sich der Justiz zu stellen! Sie haben doch eine so hohe Meinung vom Tod, da haben Sie nichts zu befürchten! Sie haben nur Ihre Pflicht getan, oder nicht, Sie haben sich nichts vorzuwerfen? Dann benehmen Sie sich auch wie ein Soldat und erklären Ihren Landsleuten, dass Sie in Auschwitz gegen ihre Entartung und für die Gesundheit ihrer Rasse gekämpft haben ...«

Mengele hat den Stammers viele Regeln aufgezwungen, von denen eine besonders heilig ist: das ausdrückliche Verbot, über Auschwitz zu sprechen. Schon der Name des Lagers ist tabu. Dementsprechend springt Mengele Geza jetzt an die Gurgel, ist drauf und dran ihn abzumurksen und presst dem Ungarn, der brüllt und um sich tritt, mit aller Kraft den Hals zu. Gitta und die Jungen stürzen dazu, um sie zu trennen. Miklos zieht den Nazi an den Haaren, Gitta tritt ihm ans Schienbein und Roberto rennt, bedrohlich eine Harke schwenkend, aus dem Garten herbei. Endlich lässt Mengele locker. Hochrot und schwankend schreit Geza, jetzt sei das Maß voll, dieses Mal sei Schluss, *raus* Hochbichler, verschwinde, »weg mit Ihnen, hauen Sie sofort ab, sonst rufe ich die Polizei«.

Mit einem verächtlichen Lächeln mustert Mengele die Stammers. Er ist kurz davor, alles zu sagen: Geza, dass seine Frau eine Schlampe ist, und seinen Söhnen, dass sie ein verdorbenes Flittchen zur Mutter haben, aber er besinnt sich und kaut an seinem Schnurrbart. Wenn er im Krieg den Fängen der Roten Armee und seither den Amerikanern und dem Mossad entkommen ist, wird er seine Haut doch nicht für ein paar schnelle Nummern riskieren. Sie sind zu viert, ganz zu schweigen von den Arbeitern, die ihn hassen und den anderen sofort Beistand leisten würden. Ruhig verschränkt Mengele die Arme vor der Brust: Er ist hier zu Hause, die Farm gehört zur Hälfte ihm, wenn er geht, müssen sie auch weg. Man lässt unverzüglich nach Gerhard schicken, um die Bedingungen für eine »einvernehmliche« Trennung auszuhandeln. Sogar Gitta findet sich damit ab, letztlich steht ihre psychische Gesundheit und das Überleben ihrer Familie auf dem Spiel, Peter ist zu weit gegangen.

Mit Sedlmeiers Zustimmung und Rudels Hilfe sucht Gerhard eine Übergangslösung. Den Stammers gegenüber erwähnt er eine arabische Option, einen möglichen Transfer nach Ägypten, nach Syrien, vielleicht nach Marokko, aber es ergibt sich nichts, die bürokratischen Hürden sind zu hoch, niemand will den lästigen Hochbichler, dessen Ruf in den Nazi-Kreisen über die Ozeane gedrungen ist. Seine Familie muss kräftig mit der Faust auf den Tisch schlagen, damit die Stammers ihr schwarzes Schaf behalten. Eine Verhaftung wäre schädlich für das legendäre Ansehen der verlässlichen und robusten Firma Mengele, die ihren rasanten Aufschwung in Deutschland und in der ganzen Welt fortsetzt. Sie stellen Geza ein neues Auto in Aussicht. Der Ungar zaudert, sträubt sich und bekommt eine Limousine mit Chauffeur und einen ansehnlichen Packen Geld, das »für die Pflege unerlässlich« sei, wie er Gerhard versichert.

Ihre unselige ménage à trois ist vorerst gerettet.

57.

Im Februar 1965 wurde in einem Schiffskoffer in Montevideo die Leiche von Herberts Cukurs gefunden. Der als »Henker von Riga« und »lettischer Eichmann« bekannte Flieger hatte Juden in Synagogen zusammengepfercht, ein Feuer gelegt und sie bei lebendigem Leib verbrannt. Er wurde von einem Vergeltungskommando des Mossad ermordet, »von denen, die nie vergessen«. Die Todesvollstrecker pinnten ihren maschinengeschriebenen Schuldspruch an seine Leiche: *Angesichts der schweren Anschuldigungen und besonders seiner persönlichen Verantwortung für die Ermordung von dreißigtausend Männern, Frauen und Kindern und unter Berücksichtigung der besonderen Grausamkeit, die er dabei an den Tag legte, haben wir beschlossen, Herberts Cukurs zum Tode zu verurteilen.*

Als Mengele vom Tod seines Komplizen erfährt, wird er noch wachsamer. Er legt sich weitere Hunde zu, leistet sich ein besseres Fernglas und späht von seinem Wachturm aus noch eingehender in die Landschaft. Eines Abends sieht er von oben einen Lichtkegel. Scheinwerfer, die aus- und wieder angehen, näher kommen. Mengeles Herz macht wilde Sprünge, ein Fahrzeug kriecht bergan, seine Hunde knurren, er lädt seine Waffe und zielt in die Dunkelheit, er will vom Turm herunterklettern, aber seine Beine gehorchen ihm nicht, jetzt, wo das Auto vor dem Tor hält. Er hört die Wagentüren schlagen, leise junge Männerstimmen, sieht Schatten vorbeigleiten, die Hunde bellen und springen hoch, als plötzlich jemand schreit: Ich bin's! Ich bin's! – Roberto, der mit ein paar Freunden ausgegangen ist.

Mengele erhöht auch die Sicherheitsvorkehrungen seines Briefwechsels mit Deutschland, indem er nur noch Initialen benutzt, ein Kinderspiel: P steht für ihn selbst, R für Rolf, Situ Un, Serra Negra ... Seine versiegelten Briefe gehen an ein Schweizer Postfach, gelegentlich auch an einen in Augsburg wohnhaften Freund der Familie, bevor Sedlmeier sie einsammelt und verteilt; die an ihn adressierte Post trifft in Brasilien in einem Postfach auf den Namen Gerhard ein. Mengele, dessen Krähenfüße leicht zu identifizieren sind, sollte bald eine Schreibmaschine benutzen.

Mitte 1964, ein paar Monate vor Cukurs Hinrichtung, wäre er um ein Haar schwer in die Bredouille gekommen: Fast wäre das Kommunikationssystem mit Günzburg aufgeflogen. Der Frankfurter Staatsanwalt Bauer hat einen Durchsuchungsbefehl bei Sedlmeier angeordnet, den er für den Mittelsmann zwischen Mengele und seiner Sippe hält. Doch die Polizei findet bei Sedlmeier weder Briefe noch Spuren, nicht den geringsten kompromittierenden Beweis: Wieder einmal ist Sedlmeier durch den Anruf einer seiner Kontaktpersonen bei der Polizei im letzten Moment vor der bevorstehenden Razzia gewarnt worden.

Seitdem die westdeutschen Justizbehörden ihre Haftbefehle erlassen haben, verfolgen sie Mengeles Fährte ohne sonderliche Überzeugung. Sie brauchten über ein Jahr, um seine Fingerabdrücke an die südamerikanischen Botschaften weiterzuleiten. Als Mengele noch als Handlungsreisender in Paraguay unterwegs war, hatte er in einer deutschen Kolonie eine Sekretärin aus der Botschaft getroffen und sie wegen eines verstauchten Knöchels verarztet. Sie kennt seinen Namen, aber nicht seine Vergangenheit. Bei ihrer Rückkehr nach Asunción hatte sich die junge Frau gewundert, dass der Arzt nicht beim Konsulat registriert war, und diesen Hinweis an die Diplomaten weitergeleitet. Es kam zu einer halbherzigen Untersuchung, die den Geschäftsträger bis zu Krug führte, dessen Lügen er für bare Münze nahm.

Bonn investiert keine besonderen Mittel in die Jagd auf Mengele und schickt weder Agenten noch Spionagekommandos vor Ort. Dabei wäre es für die mit ehemaligen Nazis verseuchten Geheimdienste ein Leichtes gewesen, an Rudel, Sassen, Krug oder von Eckstein heranzukommen, die nie einen Hehl aus ihrer Treue zum Dritten Reich gemacht haben. Die Bundesrepublik ist prozesswütig und begnügt sich damit, auf den Verbrecher gegen die Menschlichkeit ein Kopfgeld auszusetzen; ihre Nachforschungen konzentrieren sich auf Paraguay, nachdem die diplomatischen Dienste die Kopien der Staatsbürgerschaftsnachweise Mengeles erhalten haben. Die Westdeutschen sind überzeugt, dass Mengele in Asunción oder in der Region Alto Paraná lebt. 1962 beantragen sie seine Auslieferung. General Stroessner, der von Rudel über Mengeles Flucht nach Brasilien informiert ist, verweigert die Zusammenarbeit. Er verwischt die Spuren und lacht sich ins Fäustchen: Mengele hat das Land verlassen, aber wenn man ihn auf seinem Staatsgebiet verhaftet, wird Stroessner seine Auslieferung verweigern, Paraguay steht geschlossen hinter seinen Staatsbürgern. Im darauffolgenden Jahr verspricht Bundeskanzler Adenauer zehn Millionen Dollar Entwicklungshilfe, wenn Paraguay den Arzt freigibt. Der Diktator stellt sich taub. Bonn schließt daraus, dass der Flüchtige auf höchster politischer Ebene beschützt wird. 1964, als die ganze Welt nach Frankfurt, den Schauplatz des Auschwitzprozesses blickt, nimmt der Druck auf

Westdeutschland zu. Der Außenminister verkündet öffentlich, dass Mengele paraguayischer Staatsbürger sei, dass er sich in der Drei-Grenzen-Region aufhalte und oft nach Brasilien reise. Der bundesrepublikanische Botschafter in Asunción fordert Stroessner auf, Mengele die Staatsbürgerschaft zu entziehen, die er unehrlich erworben hätte. Der Präsident entgegnet erneut, dass Mengele schon lange außer Landes und die westdeutsche Einmischung unzulässig sei: Wenn seine Exzellenz weitere Schritte verfolge, werde er sie zur *Persona non grata* erklären, denn eine ausländische Macht könne die paraguayische Souveränität nicht verletzen. Ein paar Monate später, etwa zur gleichen Zeit wie die Razzia bei Sedlmeier, appelliert Fritz Bauer an die Medien: Wer Mengele finde, bekomme fünfzigtausend Mark Belohnung. Er bewege sich frei und lebe unter seiner wahren Identität in Paraguay, verfüge dort über viel Geld und einflussreiche Freunde, die ihn beschützten. Der paraguayische Innenminister widerspricht dem Staatsanwalt, Mengele verstecke sich eher in Brasilien oder Peru. Niemand glaubt mehr den Dementis der Stroessner-Regierung, als im folgenden Jahr ein ehemaliger SS-Offizier in Paraguay verhaftet wird, der schwört, Mengele dort mehrfach begegnet zu sein.

Die Westdeutschen beißen sich die Zähne aus. 1965 ernennen sie in Asunción einen neuen Botschafter, der die Beziehungen zwischen beiden Staaten entspannen soll: In Paraguay leben viele Deutsche und Deutschstämmige, und das Land spielt eine wichtige Rolle für das westliche System zur Bekämpfung der marxistischen Guerillabewegungen, die von Moskau und Havanna in Lateinamerika gesteuert werden. Der Druck der Bundesrepublik in Sachen Mengele lässt nach.

Die Israelis haben ihre Jagd eingestellt, mit der wachsenden ägyptisch-syrischen Bedrohung steht ihr Überleben auf dem Spiel. Der Mossad hat – verständlicherweise – seine brasilianischen Informationen nicht an die deutschen Geheimdienste weitergeleitet, aber warum hat er keinen direkten Kontakt zu Bauer aufgenommen, der ihm immerhin Eichmann ausgeliefert hatte?

Ein Rätsel.

58.

Weil die Staaten von den Unwägbarkeiten der *Realpolitik* gebremst werden, treten Journalisten und Nazi-Jäger auf den Plan, denen süßer Ruhm, die Story ihres Lebens und Geld winken. Auch sie durchforsten Paraguay und schmieden an der Legende des abgründigen Bösewichts, ungreifbar wie Goldfinger, eine Popfigur des Bösen, unbesiegbar, steinreich und durchtrieben, die ihre Verfolger abhängt und ohne einen Kratzer den gefährlichsten Situationen entkommt. Mitte der 1960er-Jahre triumphiert James Bond auf der Leinwand, und Doktor Mengele wird zu einer Gestalt, bei deren bloßer Erwähnung einem das Blut in den Adern gefriert und die Auflagen von Büchern und Zeitschriften in die Höhe schnellen: der Prototyp des kalten und sadistischen Nazis, ein Monster.

In einem tschechischen Dokumentarfilm sieht man für ein paar Sekunden Mengele im Sporthemd, von einem Brasilianer gefilmt, der behauptet, dass sich der Gesuchte Doktor Engwald nenne, an der paraguayischen Grenze zu Argentinien lebe und an Bord der *Wiking* auf dem Rio Paraná kreuze. Eine argentinische Journalistin gibt zur Auskunft, dass er sich in Gesellschaft einer hinreißenden Frau – Mengele sei ein unwiderstehlicher Casanova – auf einer Farm in der Nähe der paraguayischen Stadt Altos versteckt halte. Trotz seines Alters in bester Verfassung, gehe er gern tanzen und führe ein angeregtes gesellschaftliches Leben. Ein ehemaliger SS-Angehöriger glaubt zu wissen, dass er sich einer plastischen Operation unterzogen habe, wie sein (1945 in Berlin verstorbener) Freund Martin Bormann, mit dem er regelmäßig in den besten Restaurants von Asunción und La Paz speise. Ein ehemaliger Leibwächter Bormanns enthüllt gegenüber der *Sunday Times*, dass er im Majorsrang in die paraguayische Armee eingetreten und in einer Einheit im Norden des Landes als Arzt tätig sei. Im Mai 1966 gibt die brasilianische Polizei Mengeles Verhaftung bekannt; nach genauer Prüfung handelte es sich um einen deutschen Touristen. Zwei Jahre später schwört ein ehemaliger Gendarm, ihn an Bord eines Schiffes auf dem Rio Paraná erschossen zu haben. Der in Brust und Hals getroffene Todesengel sei über Bord gegangen und ertrunken.

Der Mythos vom ungreifbaren Mörder ist vor allem Simon Wiesenthal zu verdanken. Der ehemalige KZ-Häftling, der zahlreiche Angehörige im Holocaust verloren hatte, begann nach Kriegsende in Linz und später in Wien, wo er ein bescheidenes Dokumentationszentrum gründete, Informationen über die Nazi-Verbrecher zusammenzutragen. Mit der Veröffentlichung seiner Autobiographie, *Ich jagte Eichmann*, in der er sich selbst den Löwenanteil an der Gefangennahme des SS-Offiziers sichert, obwohl er bestenfalls eine untergeordnete Rolle gespielt hatte, wurde Wiesenthal zu einem internationalen Star. Bauers Arbeit blieb vorerst geheim, und die Männer des Mossad unterlagen einer strikten Schweigepflicht. Für eine breite, vornehmlich amerikanische Öffentlichkeit verkörpert der schlitzohrige und charmante Mann mit seinen Tweedjackets, der Englisch und Deutsch mit jiddischem Einschlag spricht, die Figur des einsamen Rächers, dem in seinem Wiener Büro mit einer respektgebietenden Karte aller Konzentrations- und Vernichtungslager regelmäßig der Tod droht. Er ist der letzte Mohikaner der untergegangenen Welt der ost- und mitteleuropäischen Juden. Zwar hat er beim Aufspüren zahlreicher Nazis geholfen und sich für die Verlängerung und schließlich die Aufhebung der Verjährung von Kriegsverbrechen in Deutschland eingesetzt, vor allem aber ist Wiesenthal ein begnadeter Erzähler, der die Medien schon früh um den Finger zu wickeln wusste. Jetzt, wo Eichmann verurteilt und hingerichtet worden ist, verwendet er einen Großteil seiner unerschöpflichen Energie auf die Jagd nach Mengele. Weil er trotz seiner gut vernetzten Informanten nicht weiß, wo er sich versteckt, hält er die Weltöffentlichkeit mit den aberwitzigsten Geschichten in Atem, auf dass niemand die Untaten des weiß behandschuhten Auschwitz-Arztes vergesse und sich der Schuldige nirgends in Sicherheit wähne.

Im Juli 1967 veröffentlicht Wiesenthal *Doch die Mörder leben*. Mengele ist darin das Kapitel »Der Mann, der blaue Augen sammelte« gewidmet.

Er macht sich die Legende zu eigen, der zufolge der Nazi in Bariloche eine Mossad-Agentin umgebracht haben soll, und schmückt sie in den buntesten Farben aus: Die (natürlich) blonde und attraktive Spionin sei einst in Auschwitz von Mengele sterilisiert worden, der sie beim Tanzen in Bariloche an ihrer Tätowierung auf dem Unterarm erkannt habe. Später habe er sie beim Wandern auf einem Bergweg in einen Abgrund gestoßen.

Mengele ist ein Jetsetter mit der Gabe der Ubiquität, den Wiesenthal in Peru und in Chile, in Brasilien und sogar in den entlegensten Lagern der paraguayischen Armee aufspürt. Von Leibwächtern umringt, verkehrt er in den besten Restaurants von Asunción und fährt einen großen schwarzen Mercedes. Nachdem Nasser ihm die Einreise nach Ägypten verweigert hat, mietet er zusammen mit Martha eine Jacht, die sie auf die griechische Insel Kythnos bringt. Darüber informiert, schickt Wiesenthal einen Reporter auf den Weg, um die Flüchtigen zu stellen. Der Direktor des Hotels auf der kykladischen Insel bestätigt ihm, dass ein Deutscher und seine Frau tags zuvor an Bord eines Segelboots mit unbekanntem Ziel aufgebrochen seien. »Wir hatten abermals eine Runde verloren«, schreibt Wiesenthal. Auch die nächste geht an Mengele, als er nur knapp einem Kommando von Auschwitz-Überlebenden, dem »Komitee der Zwölf«, entkommt, das ihn »in einer dunklen, schwülen Nacht« im März 1964 im Hotel Tirol in der paraguayischen Stadt Encarnación kidnappen will. Mengele, der Mann mit dem siebten Sinn, ein Zauberer: »Kurz vor ein Uhr nachts betraten die Männer die Empfangshalle des Hotels Tirol, liefen die Treppe hinauf und brachen die Tür des Appartements Nr. 26 auf. Es war leer.« Telefonisch vom Eintreffen der Rächer gewarnt, sei Mengele zehn Minuten vor dem Überfall im Pyjama in den Dschungel geflohen.

Und noch eine letzte Enthüllung hält Wiesenthal für die Leser parat: die genaue Lokalisierung des Verbrechers in diesem Jahr 1967: »Mengele lebt heute wie ein Gefangener in der gesperrten Militärzone zwischen Puerto San Vicente, an der Straße Asunción – São Paulo, und der Grenzfestung ›Carlos Antonio Lopez‹ am Paraná. Dort bewohnt er eine kleine weiße Baracke auf einer Lichtung, die deutsche Siedler gerodet haben. Nur zwei Straßen führen zu dem abgelegenen Gebäude. Beide werden von Militär- und Polizeistreifen schärfstens überwacht. Sie haben strikten Befehl, sämtliche Autos anzuhalten und auf Eindringlinge sofort zu schießen. Nur für den Fall, dass jemand wider Erwarten durch den Sperrgürtel dringen sollte, hält Mengele sich auf eigene Kosten vier schwerbewaffnete Leibwächter, die ständig miteinander in Sprechfunkverbindung stehen.«

59.

Während man über seine böse Allmacht phantasiert, zermartert sich Mengele in dieser Septembernacht 1967 in seinem Unterschlupf in Serra Negra, den er seit seiner Ankunft vor fünf Jahren nicht verlassen hat, das Hirn. Wieder einmal hat ihn die Angst gepackt. Er hätte den alten *Spiegel*, den Gerhard an einer Tankstelle gefunden hat, besser nicht gelesen. Das Interview mit Albert Speer, der nach zwanzigjähriger Haft im Spandauer Gefängnis kürzlich entlassen worden ist, hat ihn in Rage gebracht. Mengele wäre fast an die Decke gegangen, als er von der Zerknirschung des Hitler-Architekten las, in seinen Augen ein »Verbrecher«. Er, der Führerliebling, soll nichts von der Judenvernichtung gewusst haben, er, der ehemalige Rüstungs- und Kriegsminister, der Arbeitskräfte aus den Konzentrationslagern eingesetzt hatte? Wütend schmeißt Mengele die Zeitschrift weg, wo Speer mit reumütiger Miene vor seiner hochherrschaftlichen Heidelberger Villa posiert. Er wird eh nicht einschlafen können, also steht er auf und klettert auf seinen Wachturm.

Trotz des lieblichen Brummens, dem Hintergrundgeräusch der Tag und Nacht zirpenden Tropen, lauscht er im Dunkeln Schumanns Violinkonzert. Der Wind raschelt in den Blättern, und Mengele sinnt im fauligen Geruch der überreifen Jackfrüchte über den frühen Tod des von akustischen Halluzinationen heimgesuchten Komponisten nach; über Bernhard Förster, der nach dem Scheitern Nueva Germanias, das er zusammen mit seiner Frau Elisabeth Nietzsche gegründet hatte, in einem Hotelzimmer Selbstmord begangen hatte, und über die Zeit, die in dieser Landschaft der unveränderlichen Jahreszeiten verrinnt, sein Heimweh verstärkt und ihn zugrunde richtet: Er vermisst die Herbstnebel und den ersten Novemberschnee, die mit blühenden Blumen übersäten Frühlingswiesen und die argentinischen Seen seiner goldenen Vergangenheit. Mengele weiß, dass man einem Gefängnis unter freiem Himmel nicht entkommt. Wäre es nicht besser, er würde seinem Leben ein Ende setzen, statt die Leere und Qual des Exils zu ertragen, dieses Katz-und-Maus-Spiel, das er zwangsläufig – seine Verbündeten verraten ihn und seine Feinde vermehren sich – verlieren wird?

Franz Stangl, ehemaliger Lagerkommandant in Sobibor und Treblinka, ist im Februar in seinem Haus in São Paulo von den brasilianischen Behörden verhaftet und bald darauf an die Bundesrepublik ausgeliefert worden. Als die Nachricht von seiner Gefangennahme bekannt wurde, eilte der empörte Gerhard nach Serra Negra, um Mengele mitzuteilen, dass er für den SS-Offizier, seinen Landsmann, bürgen wolle, »ein vorbildlicher Mann, der beste Lagerkommandant in Polen«, so Gerhard über den für den Tod von einer Million Menschen Verantwortlichen. Mengele konnte ihn überzeugen, dass er sich besser ruhig verhalten und seine neonazistischen Aktivitäten in der Region von São Paulo einschränken solle, um keinen Verdacht bei der Polizei zu wecken und sie nicht auch auf ihn, Mengele, aufmerksam zu machen. Zu den Sorgen um Stangls Verhaftung kommt im Juni die Enttäuschung über den Sechstagekrieg, den

Mengele im Fernseher, den Geza vor ein paar Wochen seinen Söhnen geschenkt hat, tagtäglich verfolgt. Nasser ist ein krankhafter Lügner, keinen Deut besser als Perón. Seine Armeen und die seiner arabischen Verbündeten vernichtend geschlagen von den kleinen Juden, die Jerusalem, die Golanhöhen, den Sinai, ja das ganze Westjordanland an sich gebracht haben: Mengele ist fassungslos.

Vor Kälte und Ohnmacht schlotternd, starrt er von seinem lächerlichen Wachturm auf den roten Mond hinter den tintenblauen regenschweren Wolken. In jener Septembernacht des Jahres 1967 spürt Mengele, dass er verloren hat. Er versteht nichts mehr von einer Welt, die ihm entgleitet und der er nicht mehr angehört, eine Welt, die ihn, den »Teufelsbündner«, abgestoßen hat. Den ganzen Südwinter über hat er im Fernsehen gesehen, wie die jungen Deutschen gegen die angestammte Ordnung, gegen Disziplin, Hierarchie und Autorität aufbegehren, Rechenschaft von ihren Vätern fordern; wie wilde Langhaarige beim Summer of Love in San Francisco tanzen und nach Kathmandu fahren; wie in Amerika Weiße für Schwarze eintreten. Er verabscheut die zeitgenössischen deutschen Künstler, die ersten Kommunen in Köln, München oder West-Berlin, Beuys mit seiner Sozialen Plastik aus Kohle, Schutt und oxidiertem Stahl, die Künstlergruppe ZERO, Richter, Kiefer, die Wiener Aktionisten, Brus, Muehl und Nitsch, die sich die Haut ritzen und ihre Leinwände mit Blut beschmieren, und die psychedelischen Musiker, deren rebellische Synthesizer, Flöten und überschüssiges Schlagzeug die Wagner'sche Dramatik begraben. Ihre kosmischen Gesänge ergründen die Untiefen der deutschen Seele und brüllen ihre Verzweiflung heraus, während sie die Vergangenheit mit Füßen treten. Vom Krieg traumatisiert, fliehen Bildhauer, Maler und Musiker vor dem

Deutschland des Euphemismus, seiner Heuchelei und seinen Lügen, vor der hassenswerten Geschichte ihrer unersättlichen Eltern, vor Deutschland und seiner ikonoklastischen Wut, Folterkammer, menschlicher Sündenpfuhl, dem Deutschland, das sie mit dem rechten Flügel von Boschs *Garten der Lüste* assoziieren, mit Hölle und Teufel, dem Herd der großen Pestepidemie, die Europa unlängst verwüstet hat, seinen Todesfabriken, Auschwitz, Treblinka: Mengele.

60.

Die Fernsehabende bei den Stammers werden zu einem Ritual. In Pantoffeln, eingemummelt in eine Decke und den schlafenden Cigano auf den Knien, verdaut Mengele das Tagesgeschehen. Er zwingt Gitta und die Jungen, die Nachrichten anzuschauen, zu hören, wie er die »männliche« brasilianische Militärdiktatur und das »entscheidende« Eingreifen der Sowjets in Prag preist, sich schadenfroh über das amerikanische Fiasko in Vietnam äußert, wie er über den Niedergang des Abendlandes klagt, das »vom Materialismus und Individualismus, von all den seit Kriegsende aus Amerika importierten Schweinereien« zersetzt wird, und sich über die Studentenbewegung von 1968 lustig macht, »diese ganzen staatenlosen Idioten, die Freiheit mit Anarchie verwechseln«. Das politische Geschehen in Deutschland bringt ihn auf die Palme, die große Koalition unter »dem Nazi Kiesinger und Brandt, dem Deserteur«, »die Antriebslosigkeit und Nachlässigkeit der Politiker«; die Stammer-Söhne lachen sich ins Fäustchen, wenn Onkel Peter seine Schimpfkanonade loslässt – »Verräter, Ratten, Separatisten, Lügner und Arschlöcher« –, sobald ein Minister oder ein zur Demokratie bekehrter Nazi auf dem Bildschirm auftaucht; oder wenn er vom Sofa aufspringt, mit großen Schritten das Wohnzimmer durchmisst und seinen Hass auf das Alte Testament und das Christentum, »verantwortlich für den Untergang« seiner fernen Heimat, versprüht. Dabei wartet Sedlmeier mit einer erfreulichen Nachricht auf: Sein gefährlichster Gegner, Staatsanwalt Bauer, ist am 1. Juli 1968 unter mysteriösen Umständen zu Tode gekommen.

Seine Beziehung zu Geza ist nach wie vor desaströs. Die beiden Männer provozieren und beschimpfen sich oft. Der Ungar hat die Gunst seiner Frau zurückerobert, seit sie ihm eine Geliebte in São Paulo unterstellt. Mengele rächt sich, indem er ostentativ mit den Landarbeiterinnen schläft. Gitta stöhnt in Gezas Armen und krault ihm in Peters Beisein den Nacken: Gerhard muss regelmäßig eingreifen, um die Gemüter zu beruhigen. Doch die Krise im Oktober 1968 wächst ihm über den Kopf. Die Stammers wollen die Farm in Serra Negra verkaufen, die Landwirtschaft an den Nagel hängen und umziehen. Geza, der befördert worden ist, möchte seinem Arbeitsplatz näher sein, während Doktor Hochbichler nicht im Traum daran denkt, seine Festung zu verlassen. In ihrer Panik wenden sich die Mengeles an Rudel, seit dem überstürzten Aufbruch des Familienparias ihre Kontaktperson in Paraguay.

Einige Wochen später überbringt der ehemalige Pilot Gerhard eine vielversprechende Neuigkeit: Klaus Barbie ist bereit, Mengele aufzunehmen. Der »Schlächter von Lyon« führt mittlerweile in Bolivien ein ertragreiches Leben, nachdem er die amerikanischen Geheimdienste mit Informationen über kommunistische Aktivitäten in der französischen Armee und Besatzungszone in Deutschland gefüttert hat. Vom Militärgericht in Lyon zweimal in Abwesenheit zum

Tode verurteilt, lebt er nun unter dem Namen Klaus Altmann in La Paz, wo er ein Sägewerk betreibt und, von Rudel sekundiert, mit Drogen und Waffen handelt. Mit dem Segen der CIA und des Bundesnachrichtendienstes bildet der einstige Gestapo-Mann seit der Machtübernahme der Militärs 1964 bolivianische Offiziere in beinharten Verhörmethoden aus.

Der kindische Gerhard findet die Bolivienoption attraktiv. Er malt sich aus, wie er, die karierte Schirmmütze auf dem Kopf, in Begleitung des guten Doktors Dschungel und Grenzen überwindet, um Barbie kennenzulernen, dessen Dienstgrade ihn beeindrucken. Mengele will nichts davon wissen. Allein die Vorstellung, in das kleine Auto des Österreichers zu steigen, erfüllt ihn mit Entsetzen – zum x-ten Mal und mit bald sechzig Jahren das Land zu wechseln, kommt schon gar nicht infrage. Er kennt Barbie nicht, aber eines ist sicher: Ihn wird er nicht manipulieren können wie die Stammers. In Serra Negra herrscht er über den Raum, über die Menschen und Tiere. Er wird kein Risiko eingehen, im Übrigen ist Rudel nicht vertrauenswürdig, er hat ihn enttäuscht: Seit er in Brasilien lebt, hat er ihm keinen Besuch abgestattet, geschweige denn zu seinem letzten Geburtstag gratuliert. Von den Mengeles interessieren ihn nur die großzügigen Provisionen, die er erhält, sobald die kleinste Schubkarre in Paraguay verkauft wird. *Nur wer sich selbst aufgibt, ist verloren,* wenigstens seine verfluchte Devise hat er nicht verraten. Zum Teufel mit Rudel, seinen Kaschmirjacken und seinem Bolivienplan! Die Nachricht wird überbracht: Barbie ist verärgert, Rudel erbost. »Mengele ist der schlimmste Quertreiber von allen«, sagt er zu Gerhard. »Soll er sich doch selbst durchschlagen, ich will nichts mehr von ihm hören.«

Mengele weigert sich, zu gehen, will aber auch nicht alleine leben; die Stammers sind auf seinen Anteil am Verkauf von Serra Negra angewiesen, um ihren Traumbesitz zu erwerben, ein imposantes Anwesen auf einem bewaldeten Hügel. Es hat vier Schlafzimmer auf einem über achttausend Quadratmeter großen Grundstück in der Nähe von Caieiras, etwa dreißig Kilometer von São Paulo entfernt.

Mengele muss sich dazu aufraffen, ihnen zu folgen, die Stammers, ihn mitzunehmen. Anfang 1969 ziehen sie dort ein.

61.

Kein Aussichtsturm diesmal, aber ein Zaun: Unverzüglich macht sich Mengele an die Befestigungsarbeiten. Er treibt Pflöcke in den Boden, verbindet sie mit Bindfäden, hebt Löcher aus, in die er zwei Meter hohe Pfähle eingräbt, die Erde leistet Widerstand, also müht er sich mit einer Spitzhacke und einem Erdbohrer ab, unter den hämischen Blicken Gezas, der ihm dabei zuschaut, wie er sich mit dem wochenlangen Bohren den Rücken kaputt macht, mit dem Winkelmaß in der Hand noch mal von vorn anfängt, weil die Pfeiler auf dem abschüssigen Gelände schief stehen, wie er die Löcher mit Kies und Zement, um die Pfähle Wasser und Erde füllt, wie er die Versteifungen festnagelt, endlich die Bretterverkleidung anbringt, ein, zwei, drei Schichten fäulnisbeständiges Holz, das er weiß lackiert und anstreicht. Hinter der robusten Palisade runden Hecken und Zitronenbäume seine Schutzvorrichtung ab.

Mengele langweilt sich, lebt sich nur schwer in der neuen Umgebung ein. Er hat sich von einigen seiner Mischlinge trennen müssen und geht in dieser Gegend, die dichter besiedelt ist als das Land um Serra Negra, nur in der Morgen-

oder Abenddämmerung spazieren. Er werkelt, repariert Türen und Decken, baut sich Bücherregale und geht den Stammers aus dem Weg. Geza ist nur noch zwei oder drei Tage pro Woche unterwegs und Mengele würde Gitta gern wieder zurückhaben, aber sie will ihn nicht mehr, sein Charakter stößt sie ab. Oft isst Mengele in der Küche oder vor dem Fernseher allein zu Abend. Er füllt die Seiten seines Tagebuchs, schreibt wehleidige Gedichte und setzt seine Erforschung der Tier- und Pflanzenwelt fort. Mengele beobachtet Bananenspinnen, Käfer und entdeckt eine Leidenschaft für die *blattodea*, die Stammers nennen sie, wie alle, Küchenschaben. Da sie unmöglich mit bloßen Händen zu fassen sind – die Viecher können fünfundzwanzigmal pro Sekunde die Richtung wechseln, hat er gelesen –, lockt er sie mit einem Stück Zucker oder einem Fetzen Fleisch auf dem Badezimmerboden an, um das weiße Blut zu beobachten, das aus ihrem verletzten Brustkorb tropft, und in seinen Schulheften ihre großen Komplexaugen, ihre mit schillernden Farben und psychedelischen Motiven verzierten Panzer zu skizzieren. Ein ausgerissenes Bein wächst sofort wieder nach. Sie haben sechs Beine, die achtzehn Körperglieder tragen; mit ihren langen Antennen und den flaumigen Flanken können sie den geringsten Lufthauch eines Angreifers spüren. Mengele beneidet diese sorglosen Insekten, die weder die Gesetzestafeln noch das Strafgesetzbuch kennen und angeblich eine Atombombe überleben können. Mit Genugtuung entdeckt er, dass die deutsche Schabe die schädlichste von allen ist: Als Überträgerin von Krankheitserregern löst sie beim Menschen Allergien aus. Ein Schabenpüree wirkt schmerzlindernd auf Wunden. Wenn sich Gitta das nächste Mal beim Salatputzen schneidet, wird er den schmerzenden Finger mit Schabensalbe verarzten. Oder den Knöchel von Roberto, diesem Hitzkopf, der sich regelmäßig beim Fußball verletzt. Die Vorstellung amüsiert ihn, verdammtes Leben.

Verdammtes Leben, Litanei des Alltags. Streitereien mit Geza und Gitta um die Tapete im Flur, den Speiseplan, die Stromrechnungen, die Studienwahl der Söhne, die bald von der Schule abgehen werden; Ängste, schlaflose Nächte: Was machen die Israelis, und was führt Wiesenthal im Schilde? Er posaunt heraus, dass er sich in Paraguay befinde, Mengele hat Zeitungsausschnitte gelesen. Oder ist das ein Ablenkungsmanöver, damit seine Vorsicht nachlässt? Die Medien hatten behauptet, dass Eichmann sich in Kuwait versteckt halte, während der Mossad seine Entführung in Argentinien plante. Wer waren die beiden kräftigen Kerle, die er neulich im Wald gesehen hatte? Und werden Rudel und Barbie ihn verraten? Mengele schickt immer panischere Sendschreiben nach Günzburg: Alois solle den Stammers mehr Geld zukommen lassen. Mengele hat alles durchgerechnet, die Belohnung von fünfzigtausend Mark übersteigt den Wert seines Anteils am neuen Haus. Wenn Geza ihn verpfeift, kann er einen Gewinn einstreichen! Mengele beklagt sich bei Gitta über die mangelnde Großzügigkeit seiner Familie. Im Laufe des Jahres 1969 muss Sedlmeier als Feuerlöscher eingreifen. Er kommt nach Caieiras, um für die Stammers zu blechen und Mengele ruhigzustellen.

62.

Jetzt, wo er in der Nähe von São Paulo lebt, schaut Gerhard öfter vorbei. Eines Nachmittags begleitet ihn ein schlanker, etwa fünfzigjähriger Mann mit starkem österreichischem Akzent. Kurzes Haar, rasierte Schläfen, Wolfram Bossert trägt eine dunkle Krawatte zum blütenweißen Hemd und schwarze Schuhe. Für die Stammers hat er Gebäck dabei und für denjenigen, den Gerhard ihm als Hochbichler vorstellt, einen herzlichen Händedruck und ein gewinnendes Lächeln. Er freut sich außerordentlich, die Bekanntschaft des Schweizer Landwirts zu machen, von dem ihm sein Landsmann so ausgiebig vorgeschwärmt hat.

Die beiden Österreicher haben sich vor ein paar Jahren im deutschen Club in São Paulo kennengelernt. Als ehemaliger Unteroffizier der Wehrmacht hat auch Bossert nach der Niederlage des Reichs das Eldorado in Brasilien gesucht. Für die Instandhaltung bei einem Papierfabrikanten zuständig, hat er zwar keine spektakuläre Karriere hingelegt, aber immerhin besser abgeschnitten als Gerhard. Bossert, ein großer Liebhaber klassischer Musik, daher auch Musikus genannt, teilt seine intellektuellen und künstlerischen Ambitionen gern mit seiner Umgebung. Er könnte Mengeles tristen Alltag aufhellen.

Gerhard hat so nachdrücklich insistiert, dass der Kriegsverbrecher unter der Bedingung, dass man ihm seine wahre Identität verberge, schließlich zu einem Treffen mit Bossert bereit ist. Beim Teetrinken taxiert und testet Mengele den Unbekannten. Seine Herkunft und seine Dienstgrade sind erbärmlich, werden aber offenbar durch eine gewisse Bildung und einwandfreie Überzeugungen aufgewogen: Bossert, Rassist, Antisemit und Reaktionär, rezitiert sein Brevier der Verachtung ohne falsche Töne. Ein fanatischer Nazi, ein verlorener Soldat Hitlers, »der Deutsche schlechthin, der berühmteste aller Zeiten«, wie er gern bekräftigt. In Gerhards Schlepptau kommt er, von dem schweigsamen Schweizer mit seinem Buschhut fasziniert, in den folgenden Wochen mehrfach nach Caieiras. An seiner Sprache, dem schlecht kaschierten bayrischen Tonfall und seinen gelegentlichen Auslassungen zur Geschichte und Biologie merkt er, dass Hochbichler nicht irgendjemand ist.

Musikus' Gesellschaft ist nicht unangenehm, aber Mengele bleibt auf der Hut: Er könnte ein israelischer Maulwurf sein, ein genialer Schauspieler, ein verdächtiger Spitzel. Gerhard hält das für unwahrscheinlich. Er kennt seine »reizende« Frau Liselotte, die »unter uns gesagt, Doktor, einen tollen Arsch« hat, seine beiden kleinen Kinder, Sabine und Andreas: Mengele habe nichts zu befürchten und sollte Bossert sogar seine wahre Identität enthüllen. Gerhard hat darüber schon mit Sedlmeier gesprochen, der ihm sein Einverständnis erteilt hat, nachdem er den Techniker bei seinem letzten Besuch in Brasilien kurz kennengelernt hatte.

Mengele gibt sich nur widerstrebend zu erkennen; Bossert muss vor Gerhard und bei der Seele seiner Kinder schwören, dass er niemandem sein Geheimnis anvertraut.

63.

Zum ersten Mal seit seiner Ankunft in Brasilien wagt sich Mengele in die Außenwelt. Fiebrig frisiert er sich mittwochabends das Haar nach hinten, kleidet sich sorgfältig und steckt seinen Revolver in die Manteltasche, bevor er zum Essen zu den Bosserts fährt. Die ersten Male musste Gerhard ihn begleiten, Mengele fürchtete einen Hinterhalt. Inzwischen holt Musikus ihn um punkt neunzehn Uhr in Caieiras ab, und wenn es keinen Stau gibt, erreichen sie innerhalb von zwanzig Minuten ein banales Häuschen in einem Vorort von São Paulo, die deutsche Enklave der Bosserts: ernste Familienporträts, ein bisschen Alpenkitsch und Gmundner

Keramikvasen rahmen die Ehefrau und die wohldressierten Kinder, die Onkel Peter herzlich begrüßen. Hier steht Mengele im Mittelpunkt des Interesses, er hat seine Oase gefunden; für ein paar Stunden vergisst er sein elendes Leben, die Stammers und seine Angst. Er bringt Sabine und Andreas Monopoly bei, lässt sich ungeniert mehrere Teller Leberklößchensuppe auftun und anschließend vom Schweinebraten, den Musikus flattrig tranchiert. Den Mann zu kennen, der die blauen Augen sammelte, den berühmtesten lebenden Nazi weltweit, ist für das Ehepaar Bossert eine große Ehre. Sofort nach der Mahlzeit verschwindet Liselotte zum Spülen in der Küche, während sich die beiden Männer zum Musikhören im Wohnzimmer einschließen.

Sie diskutieren angeregt. Oder vielmehr: Bossert nippt an einem Schnaps und zieht an seiner Porzellanpfeife, während der Gast sein Leid klagt und Galle versprüht: die nordische Rasse, die Juden als Reptilien, die biologische Überlegenheit, das stolze und heroische deutsche Volk … Mengele spult endlos dieselbe Leier ab, seine fixen Ideen und seine ebenso rabiate wie besorgte Sicht auf den Niedergang Deutschlands und Österreichs unter der Regierung »von Brandt, diesem Deserteur, und Kreisky, dem Juden«. »Die Zwangssterilisierung und die Vernichtung der Unproduktiven sind unerlässlich, um das Bevölkerungswachstum der Primitivsten zu reduzieren und nach Jahrtausenden der jüdisch-christlichen Entfremdung die reine und unschuldige Bewegung der Natur zu schützen«: Der österreichische Unteroffizier nickt zustimmend, will sich die Äußerungen des Ingenieurs der Rasse, dem er unterwürfig schmeichelt, am liebsten notieren, noch nie hatte er Gelegenheit, mit einem so ambitionierten Gelehrten zu verkehren. Mengele hat den Jünger gefunden, den er seit Haases Tod vor zehn Jahren in Buenos Aires sucht – Krug und nun auch Gerhard sind lediglich unbedeutende Adjutanten. Mörike, Novalis, Spengler ... Musikus folgt seinen Leseempfehlungen aufs Wort. Musikus hört die Platten, die er ihm ans Herz legt, befasst sich mit Hellenismus und Botanik. Sogar seine Faszination für die Kakerlaken schluckt er: Musikus bringt dem alten Nazi eine grenzenlose Bewunderung entgegen. Mengele genießt seinen Einfluss auf den gefügigen und pünktlichen Mann, der so anders ist als die Stammers, die sich über seine Marotten lustig machen und nebenbei sein Vermögen abstauben. Was für Barbaren! Jeden Mittwochabend zieht er über die ungarische Familie her. Es ist sinnlos, ihn zu unterbrechen oder Widerspruch zu wagen, Bossert hatte es leidvoll erfahren, als er ihm schüchtern anraten wollte, im eigenen Interesse die Stammerschen Wünsche zu berücksichtigen. Mit einem irren Ausdruck in den Augen hatte Mengele das Gespräch abgewürgt.

Gegen Mitternacht begleitet Musikus ihn zurück. Es frappiert ihn, wie plötzlich der Gesichtsausdruck seines Gastes wechselt, wenn es aufzubrechen gilt. Sichtlich angespannt, verstummt der hochmütige Schwadroneur plötzlich, zieht sich den breitkrempigen Hut tief ins Gesicht und klappt mit zittrigen Fingern den Mantelkragen hoch. Wenn er im Auto einen Polizisten sieht, ist er schweißgebadet; wenn ein anderer Wagen neben ihnen an der Ampel hält, verbirgt er sein Gesicht in den Händen und beugt sich nach unten, um seine Schnürsenkel zu binden. Sobald er die Bosserts verlässt, schlüpft Mengele wieder in sein Kostüm des gehetzten Tieres.

Trotzdem begleitet er seine Freunde für ein Wochenende in den Dschungel und lässt sich, zum ersten Mal seit den späten 1950er-Jahren, von Musikus fotografieren. Bossert versucht ihn zu überzeugen, dass er nicht wiederzuerkennen sei, und animiert ihn, seine Einzelhaft aufzugeben, wenn er nicht übel enden wolle. »Sonst kann er sich auch gleich umbringen«, sagt er zu seiner Frau, nachdem er ihn eines Nachts wieder zu seinem Termitenhügel gebracht hat. Und seine vorspringende Stirn? Und die Lücke zwischen den Schneidezähnen? Bossert besteht darauf, er laufe keinerlei Gefahr, solange er nicht auffällig werde. Eine langsame Umerziehung beginnt. Zusammen mit Gerhard und Musikus gestattet sich Mengele kurze Ausflüge weg von den Stammers; wenn die Temperaturen steigen, sogar ohne Hut und Mantel. Der Geächtete streift inkognito durch die Metropole, die Bossert-Kinder begleiten ihn im Bus, in den Supermarkt und ins Kino. Er schwitzt und zittert aus Angst, von einem Auschwitz-Überlebenden oder einem hartnäckigen Physiognomiker erkannt zu werden, beißt aber die Zähne zusammen, wird (ein bisschen) sicherer und träumt gelegentlich von einem geruhsameren Leben für seine alten Tage. Seine Familie gibt einer x-ten Laune nach und unterstützt ihn beim Erwerb einer Einzimmerwohnung in São Paulo, die eine Miete abwirft. Aber Geschäft ist Geschäft: Die Eigentumsurkunde lautet auf den Namen Miklos Stammer.

64.

Am Tag nach seinem sechzigsten Geburtstag bekommt er Bauchschmerzen, böse Krämpfe, die vielleicht von Liselottes in der Hitze verdorbenem Käsekuchen herrühren, oder vom Stress: Mit versagender Stimme hat Gerhard ihm auf der kleinen Party verkündet, dass er Brasilien in Kürze und für immer verlassen werde. Er komme finanziell nicht mehr über die Runden, seine Frau und sein Sohn hätten womöglich ernsthafte gesundheitliche Probleme und müssten eine Reihe von Untersuchungen über sich ergehen lassen, Blutabnahmen, Röntgenbilder, Knochenmarksproben, für die sie in Österreich besser aufgehoben seien. »Und ich, was wird aus mir?«, fragt Mengele. Bossert wird seine neue Nanny sein, er wird zwischen Günzburg und den Stammers vermitteln, ihm seine Post bringen und seine Einkäufe erledigen. Gerhard schenkt ihm zum Abschied seinen Personalausweis. Er braucht nur das Foto auszuwechseln, ein Kinderspiel, Musikus hilft beim Laminieren, der Ausweis wird ihm bei seinen bürokratischen Schritten zugutekommen, der auf den Namen Hochbichler ausgestellte ist eine recht grobe Fälschung und wird ihm irgendwann Ärger einbrocken.

Ein paar Monate später melden sich die heftigen, ja dramatischen Bauchschmerzen zurück. Mengele leidet an Koliken. Er legt sich einen Eisbeutel auf den Unterleib, bestreicht ihn mit in Wasser verdünnter grüner Tonerde, fastet einen ganzen Tag lang, aber nichts fruchtet: weder der Weißdorntee noch die Medikamente und Antibiotika, die Bossert ihm kauft. Sein Zustand verschlechtert sich, Durchfall, Blähungen, Erbrechen, starke Verstopfung, sein Darm ist blockiert und sein Organismus geschwächt, die Lymphknoten am Hals schwellen an, er fiebert. Als Mengele eines Morgens nach dem Aufwachen seinen Bauch betastet und eine Beule in der Magengegend entdeckt, denkt er sofort an einen Tumor; oder haben die Stammers ihn vergiftet, reißen sie sich bald das Haus, die Einzimmerwohnung, seine für Unsummen an einen Verleger verkäuflichen Hefte unter den Nagel? Er krümmt sich vor Schmerz, weigert sich jedoch, einen Arzt nach Caieiras kommen zu lassen: »Zu gefährlich«, raunt er Bossert zu, der ans Krankenbett geeilt ist. Auch Geza ist dagegen, er fürchtet die möglichen Komplikationen eines Arztbesuchs und glaubt nicht an die Beschwerden, ihr Mitbewohner, dieser alte hypochondrische Fuchs, wird sich schon wieder berappeln, wie immer. Doch dieses Mal ist es ernst. In den nächsten Tagen kann Mengele nichts mehr zu sich nehmen, trinkt nur mühsam und hat den widerwärtigen Geschmack von Scheiße im Mund. Noch bei klarem Verstand ahnt er, dass ihm ein fäkales Erbrechen droht, eine Peritonitis, er wird krepieren. Er muss dringend einen Spezialisten aufsuchen. Bossert fährt ihn in ein Krankenhaus nach São Paulo.

Der Arzt betastet den Bauch des stöhnenden Todkranken, mustert sein marmornes Gesicht, den schneeweißen Schnurrbart, die tiefen Stirnfalten und prüft die Krankenakte, die auf den Unterlagen beruht, die Bossert bei der Patientenaufnahme vorgelegt hat. Bald werden die Röntgenbilder ihr Urteil fällen. In seinem zwanzigjährigen Berufsleben habe er noch nie einen weißen Patienten untersucht, dessen Körper und Organismus mit sechsundvierzig, siebenundvierzig Jahren derart mitgenommen seien: Herr Gerhard müsse kein leichtes Leben gehabt haben. Musikus erinnert sich plötzlich, dass das Geburtsjahr auf Mengeles richtigem falschen Personalausweis 1925 statt 1911 lautet. Er schützt einen Irrtum der Krankenhausverwaltung vor, er werde ihn berichtigen lassen, der Doktor habe absolut recht, der Kranke sei tatsächlich zehn Jahre älter, Hut ab, Doktor! Wie gerufen kommt in diesem Moment eine Krankenschwester mit den Bildern seiner Eingeweide herein: »Das wird schon, Wolfgang, das wird schon wieder«, ermuntert Bossert seinen leichenblassen Guru.

In der Tat: Ihm sitzt ein Ball in der Größe einer Billardkugel im Darm. Krebs? Nein, eher ein Darmverschluss. Hat er einen Fremdkörper verschluckt? Nein, er hat seit Tagen nichts mehr gegessen, die ersten Schmerzen sind schon vor einem Jahr aufgetreten. Was dann? Ein Rätsel, aber er muss operiert werden, und zwar auf der Stelle.

Der Arzt fördert ein eindrucksvolles Haarknäuel aus Mengeles Bauch zutage. Durch das ständige Schnurrbartkauen hat sich ein Pfropfen gebildet, der seinen Verdauungstrakt verstopft. Er hat gerade nochmal Glück gehabt, in jeder Hinsicht. »Wolfgang Gerhard« zahlt seine Krankenhauskosten in bar und verdünnisiert sich.

65.

Mengele ist stark mitgenommen. Seine Narbe verheilt, aber seine Kräfte schwinden, sein ausgebrannter Körper sendet beunruhigende Signale aus. Er klemmt sich beim Anheben eines Holzklotzes einen Wirbel ein, und die hin und wieder auftretenden Migränen sind so heftig, dass er tagelang im Dunkeln das Bett hüten muss. Seine Prostata schwillt an, seine Sehkraft lässt nach und seine Zähne bereiten ihm Höllenqualen. Ende 1972 zieht er sich mit einem Stück Bindfaden und einem Messer einen kariösen Backenzahn, der seinen Unterkiefer zu entzünden droht. Der Schmerz war unerträglich, es hämmerte auf seinen Zahnschmelz und die Pulpa, seine Nerven brüllten. Mengele will keinen Arzt aufsuchen, er hat sich noch nicht von der Bemerkung des Krankenhausarztes über sein Geburtsdatum erholt, ein vergiftetes Geschenk von Gerhard, dieser Personalausweis. Er weiß, dass er für den Stress, die Einsamkeit und die schlaflosen Nächte der zehn letzten Jahre zahlt, für die körperliche Arbeit in der prallen Sonne, die Demütigungen, Streitereien und Trennungen, für die Hitze, die Melancholie und die

Feuchtigkeit, für sein trockenes, verkümmertes Herz. Wieder steigen krankhafte Ideen und existenzielle Ängste in ihm auf, der Schatten des Todes. Die Gleichgültigkeit, mit der die Stammers seinem Kummer begegnen, nimmt ihm den letzten Mut.

Nur auf Musikus, seinen letzten Verbündeten, ist noch Verlass. Aber Bossert ist nicht Gerhard. Er steigt nicht beim kleinsten Wehwehchen in seinen Volkswagen, ist weniger hingebungsvoll und fanatisch als sein Landsmann. Er bewundert die Hartnäckigkeit des Flüchtigen, hält ihn aber auf Abstand und gedenkt keineswegs, ihm seine Karriere oder seine Familie zu opfern. Mengele ist ein egozentrischer Manipulant, Bossert schockiert sein zynisches Verhalten gegenüber Gerhard, dessen Schicksal eine Abfolge von Katastrophen ist: Die ärztlichen Untersuchungen in Österreich haben ergeben, dass seine Frau an Magenkrebs und sein Sohn Adolf an Knochenkrebs erkrankt ist. Die Behandlungen kosten ein Vermögen. Gerhard wendet sich an seinen ehemaligen Schützling, von dem er für seine treuen, zehnjährigen Dienste nicht einen Centavo verlangt hatte. Aber Mengele ist der festen Überzeugung, dass Gerhard ihn ausnimmt und die Arztkosten aufbauscht: Er solle besser das Unausweichliche – den baldigen Tod seiner Frau – akzeptieren, statt anderer Leute Geld zu vergeuden! Wäre Bossert nicht gewesen, hätte Mengele seinen Bruder nicht um Hilfe für Gerhard gebeten, außerdem, denkt Bossert, macht er es nur, weil er Angst hat, dass sein ehemaliges Faktotum in seiner Verzweiflung ein paar Geheimnisse an einen Journalisten oder die Polizei verkauft. Stets sich selbst treu, klagt Mengele anschließend in einem Brief an Gerhard über die Kleinlichkeit seiner Familie.

Der alte Nazi kostet seine Umgebung Nerven. Anfang 1970

vergrault er seine letzten Getreuen, vergeht vor Selbstmitleid, mischt sich in das Privatleben seiner Angehörigen ein, erteilt ihnen gute Ratschläge und verlangt wie ein Kind nach ihrer permanenten Aufmerksamkeit (in Form von Geld und Briefen). Martha schreibt ihm selten. Alois duldet nicht, dass er seine Unternehmensführung kritisiert und die Erziehung seines Sohnes Dieter, den Josef noch nicht einmal kennt; dass er so dreist ist, ihm eine schwarze Liste der in Günzburg nicht genehmen Familien zu schicken, falls Dieter heiraten möchte. Alois bittet ihn gleichfalls, auf seine langen Sendschreiben an ihren Neffen Karl-Heinz zu verzichten, in denen er seinen Frust wiederkäut, ein Loblied auf den Führer und die Eugenik singt und über die gleichwohl so nachsichtige Bundesrepublik herzieht. Die Ordnung der Welt hat sich verändert: Nach dem Tod seines Vaters im Jahr 1974 antwortet Dieter dem Onkel aus Amerika nicht mehr. Sogar der treue Sedlmeier hat das anstrengende Pendeln nach Brasilien, Mengeles Klagen und Sturheit, den ewigen Unfrieden mit den Stammers und seinen Undank satt. Kein Nazi auf der Flucht hat eine solche Unterstützung genossen! Mengele ist ein Klotz am Bein, aber die Günzburger Sippe kann ihn nicht im Stich lassen: Wenn er verhaftet und die unverbrüchliche Verbindung zwischen der Familie und dem Todesengel bekannt würde, hätte das dramatische geschäftliche Folgen für den Konzern, der Millionenumsätze macht und mittlerweile über zweitausend Angestellte beschäftigt. 1971 hat Sedlmeier unter Eid erneut einen Untersuchungsrichter belogen: Mengele unterhalte keine Beziehungen zu seiner Familie; er habe nie für die Firma gearbeitet; er lebe sicher in Paraguay – schließlich lese er, Sedlmeier, die Zeitungen wie jeder andere auch; zum letzten Mal sei er ihm vor über zehn Jahren am Flughafen in Buenos Aires begegnet.

66.

Rolf Mengele ist ein bedrückter junger Mann. Wann immer er sich vorstellt, peinliches Schweigen, verlegene Blicke. Mengele, wie …? Ja, Mengele. Der Sohn des Teufels. Der Fluch des Familiennamens, sein Kreuz, nie wird er die Bestürzung und den Kummer vergessen, als er eines Tages kurz nach der Eichmann-Entführung aus einer Zeitung erfuhr, dass der zum Scherzen aufgelegte Onkel, der ihm damals im Hotel Engel von Gauchos und Indianern erzählt hatte, in Wirklichkeit sein Vater war, der Folterarzt aus Auschwitz. Finstere Familie: Rolf, bei seiner Mutter aufgewachsen und inzwischen Rechtsanwalt in Freiburg, meidet die Günzburger Sippe. Er verachtet das Schweigen der Mengeles über die Verbrechen seines Vaters und ihre Geringschätzung seiner Opfer. Ihre Stammessolidarität, ihre Habgier und Feigheit sind ihm verhasst. Rolf steht politisch links, er ist gegen Kapitalismus und Faschismus, gegen die Mercedes, die Heuchelei und das reine Gewissen der gediegenen bundesdeutschen Gesellschaft. Rolf ist ein Angehöriger der rebellischen Nachkriegsgeneration, den seine Vettern Dieter und Karl-Heinz »den Kommunisten« nennen. Ein Rebell, aber ein verletzlicher, in seine Widersprüche verstrickter Rebell, dem sein lästiger, giftiger Vater schwer zusetzt.

Wenn er in der Pinakothek in München vor den verknäuelten Körpern auf Rubens' *Höllensturz der Verdammten* steht, muss er unweigerlich an ihn denken: der große Ballettmeister des Totentanzes an der Selektionsrampe, ein Dämon in untadeliger Uniform, der die Menschen in die Finsternis stieß. Wäre er doch nur in Russland gestorben, wie es die Familienlegende lange wollte … Hätte er, Rolf, doch nur den Mumm, ihm die kalte Schulter zu zeigen, ihm seine Hochzeit mit einer polnischen Jüdin oder einer Kongolesin statt mit einer Deutschen aus gutem Hause zu verkünden oder sein Leben in einem Kibbuz wie einer seiner besten Freunde; hätte er doch nur den Mumm, ihn der Justiz auszuliefern. Doch Rolf ist dazu außerstande. Das wäre Vatermord, andere Qualen, ein weiteres Drama. Sein Vater ist Josef Mengele. Er ist Josef Mengeles Sohn. Rolf will Bescheid wissen über das Wie und Warum, die Selektionen, die Versuche, über Auschwitz. Empfindet der Alte denn gar keine Reue, hat er keine Gewissensbisse? Ist er wirklich dieses grausame Tier, über das die Zeitungen berichten? So durch und durch böse und verkommen? Kann er ihm helfen, seine Seele zu retten? Und ist er, Rolf, durch sein Verschulden ein schlechter Mensch?

Anfang der 1970er-Jahre intensiviert sich der Briefwechsel zwischen Vater und Sohn. Mengele hatte Rolf lange vernachlässigt, weil er noch an Irenes Rockzipfeln hing. Er hatte ihm Karl-Heinz vorgezogen, seinen geistigen Sohn, den er als Jugendlichen in Buenos Aires nach seinen Vorstellungen hatte formen können. Doch nachdem er so knapp dem Tode entronnen ist, will Mengele unbedingt wieder mit dem biologischen Sohn anknüpfen, den er nur für ein paar Tage vor fünfzehn Jahren in der Schweiz erlebt hatte. Von ihm erwartet er das Mitleid, welches die anderen ihm verweigern; er erspart ihm weder seine Alltagssorgen noch seine gesundheitlichen Probleme, die Nebenhöhlenentzündungen, seine abgenutzten Bandscheiben – »vermutlich eine beginnende Wirbelsäulenarthrose« –, weil er Rolf, den er verletzlicher und empfindsamer weiß als den Rest der Mengele-Sippe, zu erweichen hofft. Schuldgefühle wecken, seinen Stolz kitzeln, intrigieren. Lang und breit rühmt der Vater dem Sohn gegenüber die Vorzüge seines Vetters Karl-Heinz – »ein ehrenhafter Deutscher«, fleißig, bescheiden und anhänglich, der ihm hinter Alois' und Dieters Rücken regelmäßig Geld schickt und dem Rolf doch bitte nacheifern solle. Er will den Grünschnabel dressieren, seinen Sohn, der »durch die verjudeten und an die Geldmächte verkauften Medien« und die lasche Erziehung Irenes und des Freiburger Schuhverkäufers vom richtigen Weg abgekommen ist. »Ohne Autorität ist die Welt disparat und das Dasein unverständlich«, schreibt er ihm. Mengele kritisiert seinen Lebensstil, das Aussehen seiner Frau und macht nicht einmal Anstalten, sich über sein Pech in der Liebe zu wundern – Rolf lässt sich schon nach einem Jahr wieder scheiden. Als der junge Mann seine Dissertation abbricht, bringt er seine Verachtung für diesen Mangel an Ehrgeiz zum Ausdruck: »Heutzutage sind doch alle Rechtsanwalt, wenn Du willst, dass ich stolz auf Dich bin, machst Du Deinen Doktor zu Ende.« Dann wird Mengele milder und will ein bisschen Zuneigung von ihm, ein paar Fotos, Postkarten aus dem Schwarzwald und aus München, so unglücklich und vereinsamt sei er »im Dschungel, ans Ende der Welt verbannt«.

Rolf windet sich, gibt nach, lehnt ab und fragt: Was ist denn nun mit Auschwitz, *Papa*? Mengele weist die Schuld für die ihm angelasteten Verbrechen von sich. Er hat gekämpft, um »unbestrittene traditionelle Werte« zu verteidigen, nie jemanden umgebracht. Im Gegenteil: Indem er bestimmte, wer arbeitsfähig ist, konnte er Leben retten. Er verspürt keinerlei Schuld. Rolf sei schlecht informiert, er müsse lernen, einen Schlussstrich unter gewisse schmerzhafte Ereignisse zu ziehen: Ständig in der Vergangenheit zu wühlen, ist ungesund. Deutschland war in Todesgefahr. Außerdem sollten Vater und Sohn unabhängig von den Umständen einander zugetan sein. Er lädt ihn ein, nach Brasilien zu kommen, »unvoreingenommen und vorurteilslos«.

Rolf geht in sich. Insgeheim weiß er, dass er nur Frieden finden kann, wenn er seinen Erzeuger kennenlernt, den Arzt, der in Auschwitz lachte und an der Selektionsrampe Opernarien pfiff. Von Angesicht zu Angesicht, von Mann zu Mann, Mengele gegen Mengele. Sie beginnen, seine Reise zu planen, als es zum erneuten Streit mit den Stammers kommt.

67.

Mengele ist Gitta gegenüber die Hand ausgerutscht. Ein absurder Streit war eskaliert, es ging um das letzte Stück einer Tafel Schokolade, ein kaputtes Marmeladenglas, eine Berührung am Hintern der ehemaligen Tänzerin, der Casus Belli ist unklar, aber Gitta hat geschrien und Mengele hat sie geohrfeigt. Geza hat den heruntergekommenen Nazi gepackt und auf der Stelle Bossert angerufen. Mengele musste ein paar Tage bei seinen Freunden kampieren, bis Sedlmeier über den Atlantik gekommen war. Diesmal bleiben die Stammers unnachgiebig: Sogar die fünftausend Dollar, mit denen er ihnen vor der Nase herumwedelt, lassen sie kalt, nach dreizehn Jahren des Zusammenlebens ist die Scheidung vollzogen, adieu Peter, adieu Hochbichler: Den wären wir los. Was soll aus Mengele werden? Musikus verfügt nicht über Gerhards Netzwerk, und Rudel hat sich in Luft aufgelöst. Seine einzige Alternative kneift im letzten Moment. Ein Vertrauter – erst einverstanden, dann dagegen – tut nachts kein Auge mehr zu, weil er sich von geheimnisvollen Unbekannten verfolgt fühlt, seit Musikus ihn in seinen Plan eingeweiht hat. Liselotte ist es unangenehm, dass Mengele ihr auf Beine und Hintern starrt, sobald Musikus in die andere Richtung guckt: Bossert hat ihr geschworen, bei ihnen werde er keine Zwietracht säen. Die Zeit drängt, die Stammers haben Caieiras schon verkauft und eine prächtige, tausend Quadratmeter große Villa in São Paulo bezogen; Mengele und Cigano bleiben zwei Monate Zeit, um das Haus zu verlassen, wenn sie nicht Ende 1975 auf der Straße stehen wollen. Ohne weitere Rückzugsmöglichkeiten entschließt sich der Sechzigjährige für das Undenkbare: alleine zu leben, das erste Mal seit seiner Zeit in Buenos Aires. Geza will ihn für die Enthüllung seiner Affäre mit Gitta teuer bezahlen lassen. Er bringt ihm eine letzte Demütigung bei und vermietet ihm den Bungalow, den er mit seinem Anteil aus dem Verkauf von Caieiras erworben hat, eine Stuckhütte in Eldorado, einem ärmlichen Vorort von São Paulo: Mengele wird nicht vor Gericht gehen.

Der Sturz. Ein unbestimmter Schwindel, als Bossert ihn an seinem neuen Zuhause deponiert wie eine Flasche an der Pfandstelle, bevor er sich mit einem verlegenen Lächeln wortlos verdrückt. Die Tür fällt hinter ihm ins Schloss, Cigano kläfft und Mengele schwindelt vor Gram, als er die Falltür in der feuchten Kelleratmosphäre entdeckt, die ihn in den Abgrund hinabzieht. Er spürt es: Als Nächstes führt ihn seine Talfahrt auf den Friedhof oder ins Gefängnis. Der Bungalow in der Alvarenga ist trostlos, die Wände von Grünspan zerfressen, das Badezimmer winzig und in üblem Zustand, ein Butankocher, das Dach undicht. Eldorado! Die Endstation für den Eugeniker aus gutem Hause auf der chaotischen, rassendurchmischten Insel; bald werden ihn die Eingeweide Brasiliens verschlingen.

In den ersten Monaten möchte er die Bude auf Vordermann bringen und absichern, aber die Einsamkeit verschlingt seine ganze Energie. Er beginnt mit den Badezimmerfliesen und dem Ausbessern der Küche, ohne fertig zu werden. Nackt auf dem Betonboden ausgestreckt, die Pistole immer in Reichweite, starrt er stundenlang auf die Flügel des Ventilators statt auf die zum Teil schon befestigten Fenstergitter. Er, von Kindheit an Frühaufsteher, kommt erst spät aus dem Bett. Manchmal legt er sich mit zugeschnürter Kehle sogar wieder hin. Wozu das alles, raunt er Cigano zu, wie viele Keulenschläge denn noch? Alles, was er in Angriff nimmt, scheint wie verhext. Das Wasser, das er mithilfe einer Vorrichtung auf dem Dach filtert, schmeckt immer noch nach Eisen. Sooft er auch das Zimmer lüftet, der Schimmelgeruch verflüchtigt sich nicht, und die Heerscharen von Kakerlaken interessieren ihn nicht mehr. Wenn es dämmert, überwältigt ihn die Traurigkeit, Irene, Martha, eine tröstliche Geste, sogar die Stammers fehlen ihm manchmal, er sieht sie nur für ihre Abrechnungen, Guten Tag, die Miete für den Bungalow abzüglich der Miete seiner Einzimmerwohnung, Danke und Auf Wiedersehen, Gitta wartet im Auto, während Geza das Geld einstreicht. Nur Bossert bietet ihm ein bisschen Abwechslung. Er kommt immer mittwochs zum Abendessen, hört sich Bach und Mengeles Gejammer an, seine ewig gleichen Klagen, Deutschland, Hitler, Familie, Gesundheit. Sein Blutdruck ist zu hoch. Er leidet an Rheuma und Schlaflosigkeit, fürchtet eine Prostataoperation; sein Rücken macht ihm Sorge, seine Wirbel sind so abgenutzt, dass er nur mühsam laufen kann. »Rolf ist antriebsarm, Sedlmeier egoistisch, Rudel ein materialistischer Abtrünniger und Dieter ein Hurensohn, wie sein Vater Alois es war, der elende Hund«: Er schickt ihm nicht genug Geld, zum Glück sorgt Karl-Heinz für eine Aufbesserung seiner mageren Rente, trotzdem, gegen Monatsende geht ihm das Geld aus, er hat lange überlegt, bevor er sich ein Tonbandgerät angeschafft hat. Und Mengele erwähnt sein neues

Schreckgespenst, den zwielichtigen *barrio*, in den die Vorsehung ihn befördert hat, »ein Schlupfloch für Schwarze und unzüchtige Mulatten, für Banditen und Drogensüchtige«, wo »es von Müll und Ratten wimmelt«. »Neulich haben ein paar Schlitzohren mitten in der Nacht bei mir geklingelt und ich konnte nicht mehr einschlafen.« »Ein Alptraum«, beschwert sich Woche für Woche das Kind aus Günzburg bei Musikus: wahnwitziger Verkehr, Stromausfälle, Geknatter, Dreck, zusammengezimmerte Hütten, Unsicherheit, Chaos. Das sinnlose Trinken am Wochenende und die kollektiven Trancezustände, wenn abends ein Spiel stattfindet oder ein Macumba-Kult ... »Was für ein Abstieg ... Ich kann nicht fassen, dass ich so tief gefallen bin.«

Für die Nachbarschaft ist Mengele Pedro, ein griesgrämiger, wunderlicher Alter. Seit ihn neulich ein Ehepaar in der Metro angestarrt hat – oder vielmehr, seitdem er denkt, dass ein Mann, der einer Frau ins Ohr flüsterte, ihn dabei fixierte –, tut er keinen Schritt mehr aus dem Viertel. Mengele verfällt erneut in Verfolgungswahn, seine vorspringende Stirn wird zur fixen Idee, seine Zahnlücke macht ihn mürbe, jedes Mal, wenn er sich mit gesenktem Kopf, den Mischling Cigano an die Fersen geheftet, bis zum Lebensmittelgeschäft wagt, bangt er, entlarvt, angesprochen, gefasst, zusammengeschlagen zu werden. Die Zeitungen, die er täglich kauft, berichten noch immer über ihn, man lässt nicht locker, und er ist sprachlos, ja völlig konsterniert über die Märchen, die ihn als Allmächtigen im paraguayischen Dschungel, in Pedro Juan Caballero oder als Krösus in Peru schildern; über den verfluchten Wiesenthal, der ihn um ein Haar in Spanien verpasst haben will, über die Zehntausende von Dollars, die auf ihn ausgesetzt sind; ganz zu schweigen von dem gerade gedrehten Hollywoodfilm, *Marathon Man*, in dem Laurence Olivier den weißen Engel spielt, einen Nazi-Zahnarzt, »frei nach dem furchtbaren Doktor Mengele, dem noch immer auf der Flucht befindlichen Todesengel von Auschwitz«, liest er, der nur noch ein Wrack ist, außerstande, sich an die Gesichtszüge der einst geliebten Frauen zu erinnern, dazu verdammt, im stillen Kämmerlein Trübsal zu blasen und beim Maunzen einer Katze zusammenzuzucken. Er, der vor sich hin vegetiert und am liebsten der Welt ins Gesicht schreien würde, wie einsam und hundselend er sich fühlt, der bald mutterseelenallein in den Trümmern der Favela krepieren wird. Man meidet ihn. Alle gehen ihm aus dem Weg, sogar der kleine sechzehnjährige Luis, der in seinem Viertel als Gärtner arbeitet. Eine Zeit lang hatten sie sich zusammen um die Blumen gekümmert und über Botanik gesprochen, während sie unter den Kanonenkugelbäumen der städtischen Grünanlage hinter dem Bungalow Eis aßen. Pedro dachte, dass Luis ihn mochte: Er hat ihm die Tür zu seiner Höhle geöffnet, ihn mit Bonbons, Schokolade und klassischer Musik versorgt. Er hat einen Fernseher gekauft, um ihm eine Freude zu machen.

Aber der Junge bekam es mit der Angst zu tun, als der alte Schnauzbärtige anfing, ganz alleine Walzer zu tanzen, und ihm anbot, bei ihm zu übernachten: Sie könnten doch gemeinsam eine Serie schauen und am nächsten Tag eine Gartenhütte bauen.

Luis ist nie wiedergekommen.

68.

Im Herbst 1975 warnt Bossert Sedlmeier, Brasilien wolle das Format seiner Personalausweise ändern. Gerhard möge nach São Paulo kommen, nur er könne einen Ausweis gemäß den gültigen Rechtsvorschriften beantragen, Mengele könne ja nicht bei den Behörden vorstellig werden. Sedlmeier muss den Österreicher zu einem letzten Gefallen für seinen alten Freund bewegen. Eine heikle Aufgabe, denn Gerhard ist äußerst schlecht auf die Mengeles zu sprechen, die sich geweigert hatten, die Behandlungskosten für seine Frau und seinen Sohn zu übernehmen, geschweige denn das Geschäft für Fotomaterial zu finanzieren, das er in Österreich aufmachen wollte. Er hatte sie um dreißigtausend Mark gebeten, nach erbitterten Verhandlungen aber nur tausend bekommen. Unterdessen ist seine Frau gestorben, sein Sohn Adolf ist noch immer nicht über den Berg.

Gerhard braucht also Geld, aber auch Wertschätzung. Sedlmeier hat begriffen, dass es mit einem einfachen Schmiergeld nicht getan wäre, und holt ihn mit seinem Mercedes ab, um ihn zum Mittagessen ins beste Restaurant in Braunau am Inn auszuführen, wo alles begonnen hat. In der Salzburger Vorstadt steht Hitlers Geburtshaus, das sie nach einer üppigen Mahlzeit und ein paar dicken Zigarren besichtigen. Der Fanatiker ist zu Tränen gerührt, und Sedlmeier nutzt die Gelegenheit, ihm seinen Plan zu unterbreiten: Im Gedenken an den Führer wird er nach Brasilien fliegen, seinen Personalausweis erneuern lassen und den SS-Hauptsturmführer Mengele retten.

Anfang 1976 landet Gerhard in São Paulo.

Die Papiere zu wechseln, ist eine bloße Formalität, sie zurechtzufrisieren ebenfalls, allerdings wirken sie noch unglaubwürdiger als vorher, derartig faltig ist Mengele in letzter Zeit geworden. Abgezehrt und unrasiert weckt er Gerhards Mitleid. Der Österreicher hilft ihm, sein Wohnzimmer neu zu streichen und einen ausgestopften Wildschweinkopf in seinem Zimmer anzubringen, aber sein kranker Sohn erfordert seine Anwesenheit in Europa. Gerhard bittet Bossert, ihrem Freund mehr Zeit zu widmen oder eine Familie zu finden, die ihn gelegentlich auf andere Gedanken bringt. Musikus denkt an einen argentinischen Textilingenieur deutscher Herkunft, Ernesto Glawe, den er von Gerhard begutachten lässt. »Der Mann ist in Ordnung«, befinden die beiden, er dürfe aber unter keinen Umständen die wahre Identität Pedro Gerhards – ehemaliger Militärarzt an der Ostfront und entfernt mit Wolfgang Gerhard verwandt – erfahren. Vor seiner Abreise präsentiert er Glawe dem Alten und entledigt sich diskret der letzten Aufgabe, die Sedlmeier ihm übertragen hat und von der auch Bossert weiß: Er möge eine Grabstelle neben dem Grab seiner Mutter auf dem Friedhof in Embu reservieren. Gerhard sollte Mengele nicht mehr wiedersehen: Er kam 1978 mit dreiundfünfzig Jahren bei einem Autounfall ums Leben.

69.

Den 16. Mai 1976, einen Sonntag, verbringt Mengele in Glawes Gesellschaft. Zum ersten Mal ist er beim *asado*, der großen argentinischen Grillmahlzeit, dabei. Normalerweise besuchen Ernesto und sein Sohn Norberto ihn mit einem Korb voller Kekse und Vorgekochtem – Bossert hat ihnen gesagt, dass Onkel Pedro keinen Appetit habe und nicht kochen könne. Trotz der Gartenlaube erstickt Mengele an diesem heißen Sonntag und bittet Norberto, ihn vor dem Kaffee nach Hause zu bringen, er bittet um Entschuldigung, aber einer seiner schrecklichen Migräneanfälle melde sich gerade, nein, er wolle sich nicht hinlegen, nur möglichst schnell nach Hause, »Danke, Kleiner«. Es gelingt ihm nicht, die Haustür zu öffnen, merkwürdig, er hat nicht die Kraft, den Schlüssel im Schloss zu drehen, sein steifer rechter Arm folgt den Befehlen des Gehirns nicht mehr, das ihm plötzlich entsetzlich wehtut, als hätte sich ein Ventil geöffnet, wird sein Kopf überspült, Leitungen platzen und hindern ihn, nach Hilfe zu rufen, zu artikulieren und sogar klar zu sehen, er humpelt zum Auto des entgeisterten Norbertos: Der Alte kotzt auf die Tür; seine Unterlippe hängt auf der rechten Seite.

Während seines zweiwöchigen Krankenhausaufenthalts erholt Mengele sich langsam von seinem Schlaganfall. Bosserts und Glawes wechseln sich an seinem Bett ab, und nach seiner Rückkehr aus der Klinik zieht Norberto bei ihm ein: Selbst wenn er nach Meinung der Ärzte großes Glück gehabt und kaum mit Folgeschäden zu rechnen habe, ist Onkel Pedro vorerst nicht in der Lage, alleine zurechtzukommen.

Das Zusammenleben zwischen dem jungen Südamerikaner und dem ausgelaugten Nazi entpuppt sich rasch als unerquicklich. Norberto hat weder die Geduld noch die Fähigkeiten einer Krankenschwester, um Pedros verzehrende Angst in den Griff zu bekommen. Dieser wiederum tobt vor Wut, wenn ihn sein Gedächtnis im Stich lässt, schmeißt den Schraubenschlüssel oder das Buch, die seiner zitternden rechten Hand entgleiten, durch die Gegend oder mäkelt an der Garzeit der Spaghetti. Nachdem der Alte eines Nachts auf Deutsch geträumt und gebrüllt hat, beschließt Norberto zu gehen. Die Glawes wollen nichts mehr mit ihm zu tun haben.

»Suche für einen alten Verwandten: Putzfrau, gute Köchin, geduldig und hingebungsvoll. Zeugnisse verlangt. Unzuverlässige Personen unerwünscht …« Auf das Inserat der Bosserts antwortet eine etwa dreißigjährige kantige Frau. Ende 1976 tritt Elsa Gulpian de Oliveira ihre Stelle bei Don Pedro an.

70.

Elsa ist pünktlich und lächelt, sie lüftet und geht gründlich mit Wischlappen oder Staubwedel durch die ganze Bude. Der Alte tut ihr leid, immer ist er alleine, meckert vor sich hin, kaut nervös an den Nägeln oder rezitiert deutsche Gedichte, um sein Gedächtnis zu trainieren. »Sie sollten sich nicht so gehen lassen, Don Pedro«: Sie ermuntert ihn, mit ihr einkaufen und spazieren zu gehen, Mengele willigt ein und greift nach dem Arm des kleinen energischen Dienstmädchens, das außerdem keine schlechte Köchin ist. Er führt sie zum Abendessen und ins Kino aus: Außer Bossert hat er nur sie. Als Cigano gestorben ist, hat sie ihn spontan und warmherzig in den Arm genommen, so wie ihn seit Martha niemand mehr umarmt hatte. Elsas Gegenwart beruhigt ihn, es kommt wieder Leben in ihn, und er hofft, das Versprechen wahr machen zu können, das er sich vor Jahren selbst gegeben hat: seinen Sohn nach Brasilien zu bewegen.

Rolfs neuerliches Zaudern quittiert er mit pathetischen Briefen, in denen sich Drohungen und Klagen abwechseln. Er sei so vereinsamt und verstoßen, dass er sich umbringen werde, wenn Rolf nicht käme. Er baue gesundheitlich stark ab, zweimal schon wäre er fast gestorben: »Rolf, ich brauche Dich, wir müssen uns so schnell wie möglich sehen.«

Endlich fasst der gequälte junge Rechtsanwalt einen Entschluss. Sein Vater plant die Reise wie ein General die entscheidende Schlacht. Nichts wird dem Zufall überlassen, Rolf soll auf seinem Weg zu ihm alle Anweisungen befolgen, falsche Fährten legen, mehrere Hotelzimmer reservieren, er soll lernen, wie man in der Menge untertaucht und sich tarnt – »Du brauchst unbedingt eine Sonnenbrille und einen Hut« –, wie man einen Beschatter entlarvt und seine Verfolger abhängt, »Rolf, ich hoffe, Du bist in guter Verfassung, sonst solltest Du als Vorbereitung auf diese Unternehmung Sport treiben«. Wenn er möchte, wird Bossert ihm bei seiner Ankunft in São Paulo eine Waffe aushändigen. Vor allem aber braucht er einen falschen Pass. Mengele junior kann nicht einfach unter seinem richtigen Namen nach Südamerika reisen. Alles unnötige Vorsichtsmaßnahmen: Mitte der 1970er-Jahre sucht niemand mehr ernsthaft nach Mengele. Die Westdeutschen vermuten ihn nach wie vor in Paraguay. Die Israelis haben keine frischen Informationen und verzichten fortan auf Entführungspläne. Seit dem Sechstagekrieg zählen alle Stimmen im Sicherheitsrat der UNO, die der lateinamerikanischen Länder ebenso wie die anderen; dementsprechend möchte man sie wegen eines womöglich schon toten alten Nazis nicht unter Druck setzen und *erst recht nicht* ihre Souveränität verletzen.

Sedlmeier soll die Vorbereitungen überwachen. Und wehe Rolf, wenn er Einwände hat. Mengele bedrängt und bombardiert ihn mit Sendschreiben. Rolf will einen Freund mitnehmen, aber Mengele ist argwöhnisch, er möge lieber allein kommen, »Du kennst doch niemanden von meinen Freunden« etc. Dutzende von Briefen überqueren den Atlantik, die Zeit vergeht, Rolf verliebt sich in Deutschland und schiebt seine Reise auf, Mengele macht sich Sorgen und grollt Sedlmeier, der sich die Haare rauft. Endlich ist das

Flugticket reserviert: Rolf wird am 10. Oktober 1977 abreisen. Er soll den Bosserts »schöne Geschenke« mitbringen, insistiert Mengele, der festen Überzeugung, dass die Habgier seiner Familie zur Trennung mit den Stammers geführt hat, außerdem Ersatzteile für seinen Rasierapparat, Spreewald-Gurken und Spitzendeckchen für Elsa, der er vom baldigen Eintreffen seines Neffen erzählt. Vor der Abreise treffen sich Karl-Heinz und Rolf in Sedlmeiers Garten, und Karl-Heinz vertraut seinem Vetter mehrere Tausend Dollar an, die er Mengele, dem Ehemann seiner Mutter, ihrem lieben »Onkel Fritz«, überbringen soll.

Rolf und sein Reisegefährte erreichen problemlos Rio de Janeiro. Rolf zeigt beim Zoll den Pass eines Freundes vor, während sein Komplize für alle Fälle den richtigen Pass bei sich trägt, aber der Beamte lächelt ihn an: Willkommen in Brasilien, junger Mann. Nach einer Nacht in Rio fliegt Rolf alleine nach São Paulo weiter. Wie vereinbart, bringt ihn ein erstes Taxi zu Punkt A, ein zweites zu Punkt B und ein drittes zu Bossert. Ohne ein Wort zu wechseln, fahren die beiden Männer unverzüglich nach Eldorado. Sie stehen in der Alvarenga. Die Straße riecht nach verkohltem Fleisch, von den Strommasten baumeln Kabel, in den Mülltonnen wühlen Hunde. Rolf mustert die Hütten, die schlampigen Männer, die drallen schwarzen Frauen im Unterhemd. Sein Herz klopft zum Zerspringen. Holpernd kommt das Auto vor der Nummer 5555 zum Stehen. Ein schnauzbärtiger Greis im Sporthemd wartet auf der Schwelle, die Hände in die Hüften gestemmt.

Sein Vater, Josef Mengele.

71.

Als Erstes frappieren ihn der muffige Geruch des Bungalows und die zittrige Stimme seines Vaters. Früher war sie männlich und herrisch gewesen, sie hatte ihn als Kind während ihrer Ferien in den Bergen beeindruckt. Aber Rolf lässt sich nicht erweichen, weder von den Tränen, die der Alte bei seiner Begrüßung vergossen hat, noch von seiner verformten rechten Hand und seinem gehetzten Blick. Sedlmeier hat ihn gewarnt: »Josef ist ein grandioser Schauspieler.« Rolf nötigt ihn auf einen Stuhl und kommt sofort zum Thema. Nach so vielen Jahren ausweichender Briefe und schlafloser Nächte schuldet ihm sein Vater endlich die Wahrheit. Warum war er in Auschwitz? Was hat er dort gemacht? Ist er für die ihm vorgeworfenen Verbrechen verantwortlich?

Zum ersten Mal wird Mengele mit seinen unfassbaren Untaten konfrontiert. Er hustet und schaut seinen Sohn an, der seiner Mutter wie aus dem Gesicht geschnitten ist, er findet ihn fescher als auf den Fotos, wenn nur nicht seine langen amerikanischen Schauspielerhaare wären, die er sich in Brasilien schneiden lassen sollte, und diese abscheulichen Schlaghosen. Er will nur Wasser trinken? Mengele hat ihm zu Ehren Bier und Wein gekauft. Und essen möchte er nichts? »Nun erzähl schon, Papa, danach sehen wir weiter.« »Diese alten Geschichten?«, seufzt Mengele.

»Ja, diese alten Geschichten.«

»Die Menschheit ist eine Morphologie, die nicht mehr Sinn und Zweck hat als die Orchidee oder der Schmetterling. Auch Völker und Sprachen wachsen und altern, so wie es junge oder alte Eichen, Kiefern und Blumen gibt. Alle Kulturen kennen neue Ausdrucksmöglichkeiten, die keimen, reifen, welken und unwiederbringlich absterben«, sagt der Vater, der sich auf das Verhör des Sohnes vorbereitet hat. Nach dem Ersten Weltkrieg hatte das Abendland einen kritischen Punkt erreicht und Deutschland ein unerbittliches Entwicklungsstadium seiner Zivilisation, die von der technischen und kapitalistischen Moderne, von den Massen, von Individualismus und Kosmopolitismus unterminiert worden sei. Es gab nur zwei Alternativen: sterben oder handeln. »Wir, die Deutschen, mussten als überlegene Rasse handeln. Wir mussten eine neue Lebensenergie einimpfen, um die natürliche Gemeinschaft zu verteidigen und das Überdauern der nordischen Rasse zu sichern«, sagt Mengele. Hitler schwebten hundert Millionen Germanen vor, mittelfristig zweihundertfünfzig, und im Jahr 2200 eine Milliarde. »Eine Milliarde, Rolf! Er war unser Cäsar, und wir, seine Ingenieure, sollten darüber wachen, dass ihm immer eine wachsende Anzahl gesunder und rassisch einwandfreier Familien zur Verfügung stand …«

Rolf trommelt mit den Fingern auf den Tisch. Er kennt Spenglers Theorien über den Untergang des Abendlandes und ist nicht nach Brasilien gekommen, um zu hören, wie sein Vater den Neusprech des Nazi-Katechismus herunterspult: »Papa, was hast Du in Auschwitz gemacht?«

Unwirsch hält Mengele inne, man unterbricht ihn selten. »Meine Pflicht«, sagt er rundheraus, »meine Pflicht als Soldat der deutschen Wissenschaft: die biologisch-organische Gemeinschaft schützen, das Blut reinigen und von seinen Fremdkörpern befreien«. Er musste die Arbeitsunfähigen, die täglich zu Tausenden ins Lager kamen, einteilen, selektieren und beseitigen. »Ich habe versucht, möglichst viele Arbeitsfähige zusammenzubekommen, um Leben zu schützen, wo immer es ging. Auch die Zwillinge, mit denen ich die Wissenschaft vorangetrieben habe, verdanken mir ihr

Leben«, sagt er. Rolf sieht ihn ungläubig an. Mengele versucht, sein Selektionsprinzip zu erklären: In einem Lazarett können nicht alle Verwundeten operiert werden. Manche müssen sterben, so ist der Krieg, und so sind die Gesetze des Lebens, nur die Stärksten setzen sich durch. Beim Eintreffen der Züge gab es zahllose lebendige Tote. Was tun? Auschwitz war ja kein Siechenhaus, sondern ein Arbeitslager, sagt Mengele: Es war besser, ihnen unnötiges Leid zu ersparen, indem man sie auf der Stelle beseitigte. »Glaub mir, das war nicht immer einfach. Verstehst Du?« Nein, Rolf versteht nicht, überhaupt nicht, aber er widerspricht seinem Vater auch nicht. Wenn er ihn reden lässt, wird Mengele vielleicht endlich so etwas wie ein Geständnis oder Reue entschlüpfen. »Ich habe den Befehlen gehorcht, aus Liebe zu Deutschland und weil die Politik des Führers, unseres Führers, es verlangte: In gesetzlicher und moralischer Hinsicht musste ich meine Aufgabe erfüllen. Ich hatte keine Wahl. Ich habe weder Auschwitz noch die Gaskammern noch die Krematorien erfunden. Ich war nur ein Rädchen im Getriebe. *Wenn* es gelegentlich Exzesse gegeben hat, bin ich nicht dafür verantwortlich, ich …« Rolf steht auf und kehrt seinem Vater den Rücken zu, er hört nicht mehr hin. Er massiert sich den Kopf und schaut am Fenster ein paar ballspielenden Kindern zu.

72.

»Und die Juden, was haben sie Dir getan, die Juden?«, fragt er, nachdem er sich seinem Vater erneut gegenübergesetzt hat. Mengele redet wieder über Biologie, über auszurottende Bazillen, Mikroben und Larven. Er deutet auf eine große Mücke, die über die Wand läuft: »Die werden wir gleich töten, weil sie unsere Umgebung bedroht und Krankheiten übertragen kann. Genauso ist es mit den Juden.« Rolf schließt die Augen. Am liebsten würde er davonlaufen, aber er befiehlt seinem Vater, sich nicht zu rühren; noch sind sie nicht fertig, das Insekt muss warten. »Hast Du denn für die Kinder, Frauen und Greise, die Du in die Gaskammer geschickt hast, nie Mitleid empfunden? Hast Du überhaupt keine Gewissensbisse?« Mengele straft seinen Sohn, der wirklich gar nichts begreift, mit einem verachtenden Blick. »Mitleid ist keine gültige Kategorie, weil die Juden nicht der Menschheit angehören«, sagt er. »Sie haben uns den Krieg erklärt, seit Jahrtausenden wollen sie das Verderben der nordischen Rasse. Sie mussten ausnahmslos ausgerottet werden. Aus den Söhnen und Töchtern wären später habgierige und rachsüchtige Männer und Frauen geworden. So vergiften die Überlebenden heutzutage Deutschland, und Israel bedroht den Weltfrieden. Und lass es Dir gesagt sein, Rolf, das Gewissen ist eine widernatürliche, von kranken Menschen erfundene Instanz, um die Tatkraft zu unterbinden und die Tatkräftigen zu lähmen«, sagt Mengele. Er habe sich der Justiz nicht stellen wollen, die Richter seien durchweg vergeltungssüchtige Rächer.

Es ist Nacht geworden in Eldorado. Die Mengeles essen schweigend zu Abend. Der Sohn beobachtet den Vater, jenen Fremden, der das Eigelb zum Bersten bringt und genüsslich sein Brot hineintunkt. Im Schnurrbart hängen ein paar Spinatkrümel. »Hast Du gemordet, Papa? Hast du Neugeborene gefoltert und ins Feuer geworfen?«, fragt Rolf unvermittelt. Mengele richtet sich auf und wirft ihm einen vernichtenden Blick zu. Er schwört, nie jemandem etwas zuleide getan zu haben, nur seine Pflicht als Soldat und Wissenschaftler. Wenn ein Pilot seine Bomben über einer Stadt im gegnerischen Gebiet abwerfe, beschuldige ihn die Gemeinschaft ja auch nicht, im Gegenteil, sie feiere ihn als Helden. Warum versteift man sich so auf ihn? Die Deutschen hätten im Übrigen nie protestiert, der Papst auch nicht. Das ist ungerecht und schändlich!, entrüstet sich Mengele. Als Chirurg des Volkes habe er für das ewige Bestehen der arischen Rasse und das Glück der Gemeinschaft gekämpft. Das Individuum zählte nicht.

Abrupt erhebt sich der Greis und brüllt mit hochrotem Kopf: »Du, mein einziger Sohn, Du glaubst all die Schweinereien, die über mich geschrieben werden! Du bist doch bloß ein Spießer, diese Flausen haben Dir Dein idiotischer Stiefvater, Dein Jurastudium und die Medien in den Kopf gesetzt, wie überhaupt Deiner ganzen Scheißgeneration. Diese Geschichte ist zu kompliziert für Euch, lasst Eure Eltern endlich in Ruhe und respektiert sie. Ich habe nichts Schlimmes getan, Rolf, hörst Du?«

Es ist vorbei. Nach zwei Tagen und Nächten ununterbrochener Diskussionen gibt Rolf auf. Sein Vater ist verstockt, unheilbar und böse, ein Kriegsverbrecher, ein Verbrecher gegen die Menschlichkeit; unbelehrbar. Ja, das war's, denkt Rolf, sein weiterer Aufenthalt hat keinen Sinn mehr, die Ausflüge, die Fotos mit den Bosserts und das Picknick am Strand von Bertioga – alles nur falscher Schein. Er reist vorzeitig ab. Am Flughafen äußert sein Vater die Hoffnung, ihn wiederzusehen.

Rolf geht Richtung Abflugbereich.

73.

Mengele hat den Besuch seines Sohnes als Sieg empfunden, seine Milde der letzten Tage wie einen Freispruch nach den stürmischen Anfängen. Rolf hat ihm ein bisschen Auftrieb gegeben, aber vier, fünf, sechs Tage nach seiner Abreise weiß er immer noch nicht, ob er gut wieder angekommen ist. Hat man ihn in Rio verhaftet? Bei seiner Rückkehr nach Deutschland? Dabei hatte Mengele ihn davon abzuhalten versucht, für den Rückflug nach Europa seinen richtigen Pass zu benutzen. Er schreibt ihm panische Briefe, verschlingt die Zeitungen, verfolgt bange die Nachrichten, womöglich ist der Sohn des Todesengels bei seiner Rückkehr aus Brasilien gefasst worden. Mengele quält und zerfleischt sich, bis Sedlmeier ihn nach einem Monat endlich beruhigt. Rolfs Besuch war also für die Katz. Der kleine Bastard. Mengele ist erbittert; erneut überwältigen ihn Leere und Schwermut. Bossert schlägt ihm vor, in ein freundlicheres Viertel zu ziehen, aber er möchte nicht weg aus Eldorado, wo nie jemand nach dem weltweit meistgesuchten Verbrecher suchen wird. Im Übrigen kann und will er sich nicht in eine neue Umgebung einleben.

Außerdem ist Elsa in Eldorado. Elsa, die ihn tagtäglich verwöhnt und bemuttert, Elsa, die Mengele in klassische Musik, in Latein und Griechisch einweiht, Elsa, die er dank Karl-Heinz' Geld und durch den Verkauf der Einzimmerwohnung in São Paulo mit Schals, einem goldenen Armreif und anderen großzügigen Geschenken beglückt. Er leidet, wenn seine Putzfrau ihn abends verlässt, nachdem sie sich im Bad auf Zehenspitzen die Lippen geschminkt hat, um mit anderen Männern auszugehen. Wenn Elsa morgens den Kaffee zubereitet, glaubt er, Irene vor sich zu sehen, von hinten ähneln sich die beiden Frauen mit ihren schmalen Hüften und dem rotblonden hochgesteckten Haar. Elsa mag Don Pedro, der sie an den seit ihrem fünfzehnten Lebensjahr verschwundenen Vater erinnert, er ist gut zu ihr, und vornehm, ganz anders als die besoffenen Kerle, die im Viertel um sie herumscharwenzeln.

Don Pedro begleitet sie auf die Hochzeit ihrer Schwester. Er weigert sich, auf den Familienfotos zu posieren, tanzt aber gern mit der jungen Frau und schmiegt sich so eng an ihren grazilen Körper, dass er ihren nach Limette und Cachaça duftenden Atem spürt. Der Greis begehrt sie: Gegen Mitternacht schützt Mengele ein Unwohlsein vor, plötzliche Rückenschmerzen und ein Ziehen im Bein, damit sie ihn nach Hause bringt.

Sie massiert Don Pedros vertrockneten Körper. Sein rechter Oberschenkel schmerzt. Als die Treuherzige ihn verlegen streift, führt Mengele ihre Hand zu seinem Geschlecht. Elsa schimpft – »aus Prinzip«, denkt er und greift fest nach ihrem Handgelenk –, Elsa, stets auf Don Pedros Wohl bedacht, gehorcht und beginnt, seinen Kolben zu berühren, sanft zu streicheln und energisch zu bearbeiten, doch er schwillt nicht an, im Gegenteil, er schrumpft zusammen wie eine Schnecke, Mengele insistiert, »langsam«, »schneller«, aber er wird nicht steif. Ein Fiasko. Die Putzfrau streicht ihm übers Haar und wiegt ihn in ihren Armen wie den Sohn, den sie nicht hat: Ja, heute Nacht will sie gern in Don Pedros Bett schlafen.

Am nächsten Morgen schlägt er Elsa vor, bei ihm einzuziehen. Sie lehnt ab. »Das gehört sich nicht, Don Pedro, was werden denn die Nachbarn sagen, und meine Mutter? Wir sind arme, aber ehrbare Leute.« Oder aber unter einer Bedingung: Er soll sie heiraten.

74.

»Nein, unmöglich, unmöglich«, stammelt Mengele hilflos und bricht in Tränen aus. Wie schön, wie wunderbar wäre es, diese sanfte und fürsorgliche Frau zu heiraten und mit ihr seinen Lebensabend zu verbringen, aber er kann ihr doch nicht erklären, dass er vor Angst umkommt bei dem Gedanken, dem Standesbeamten in Eldorado Gerhards echte falsche Papiere zu zeigen. Auch Elsa weint, bekreuzigt sich dreimal und verbirgt ihr Gesicht in den Händen. Wenn er nichts hinzuzufügen habe und nicht mal zu einer Erklärung in der Lage sei, gehe sie, schließlich sei sie kein leichtes Mädchen. Don Pedro ist ein ehrbarer Mann, aber er wird eine neue Haushilfe einstellen müssen.

Der alte Nazi will seine letzte Verbündete nicht davonlaufen lassen. Er sucht ihre Mutter auf, schwört, Elsas Lohn zu erhöhen und ihr das bestmögliche Leben zu bieten, sinkt auf die Knie und faltet die Hände vor der erstickenden Brust: Er fleht sie an, ihre Tochter zu überreden, wieder bei ihm zu arbeiten. »Dann heiraten Sie sie doch.« Verfluchte Konventionen! Verdammter Katholizismus! Mengele ist verzweifelt. Er belagert sie, streunt um ihre Hütte herum, schickt ihnen Blumen, schluchzt, bettelt und barmt. In der Tat: Don Pedro ist ein sonderbarer alter Mann. Die Mutter sagt zur Tochter, er habe den Verstand verloren, sie solle sich tunlichst fernhalten. Im Oktober 1978 eröffnet Elsa Mengele, dass sie heiraten werde und er sie in Ruhe lassen möge. Er bricht zusammen, beschwört sie, ihre Meinung zu ändern, kein Mann werde sich so gut um sie kümmern wie er – aber sie stellt sich taub. »Dann geht es mit mir bald zu Ende«, murmelt Don Pedro.

Elsas Weggang versetzt ihm den Todesstoß.

Trotz des Eintreffens einer neuen Hilfe, Inez, die eine

Hütte hinten im Garten bezieht, verschlechtert sich Mengeles angegriffene Gesundheit rapide. Nesselfieber, Gürtelrose und Leberprobleme, sein Körper lässt ihn im Stich. Er hat keinen Appetit mehr und magert zusehends ab, sein Leben ist ohne Sinn, seine Einsamkeit eine Qual, er hat seine Kämpfe verloren, schreibt er an Sedlmeier, und da ihn alle verlassen, ist er zum Selbstmord bereit. Seine Nächte sind grauenvoll, von Ängsten verzehrt, die seinen Brustkorb sprengen, stechende Schmerzen, als müsse er ersticken. Auf Knien und mit geschlossenen Augen spricht er vor dem Zubettgehen das lateinische Gebet, mit dem sein Vater ihn als Kind besänftigt hatte: *procul recedant somnia, et noctium phantasmata*, fern mögen weichen die Traumgebilde trügerischer Vorstellungen der Nacht. Aber nichts vermag seine Seele zu retten und seine Beschwerden zu mildern. Mengele schläft nicht mehr. Wie ein Kind bittet er Inez, das Licht im Wohnzimmer anzulassen, und kommt ihr in ihrer Hütte Gute Nacht sagen; wenn sie doch nur einwilligen würde, bei ihm zu schlafen, käme er endlich einmal für ein paar Stunden zur Ruhe. Manchmal hört er Stimmen und irrt wie ein Schlafwandler auf der Suche nach seinen Gespenstern nachts durch den Bungalow. Die Demenz lauert. Tagsüber stößt er sich an den Möbeln und redet mit sich selbst: Rolf, Irene, Papa. Er hat nicht einmal die Kraft, Heiligabend bei den Bosserts zu feiern. Als Musikus am 25. morgens vorbeischaut und ihm Reste vom Fleisch und ein Stück Kuchen bringt, findet er ihn totenblass in einer Lache aus Urin und Exkrementen schlafend. Auf dem Nachttisch eine Schachtel mit Zäpfchen, abgekaute Nagelsplitter, eine Grußkarte. Sedlmeier wünscht ihm ein gutes Jahr 1979 und vermeldet, dass er seit ein paar Monaten Großvater ist. Rolf hat ihm die Geburtsanzeige seines Sohnes nicht geschickt.

Im Januar wütet eine Hitzewelle im Bundesstaat São Paulo. Bossert animiert Mengele dazu, seine Schwitzkammer zu verlassen und sich in seinem Ferienhaus in Bertioga an der Küste zu erfrischen: Die Kinder würden sich freuen, ihren Onkel wiederzusehen. Am 7. Februar 1979 steigt Mengele im Morgengrauen in einen Bus zum Hafen von Santos. Musikus holt ihn am Busbahnhof ab: eingefallen, übellaunig, so müde, dass er nicht zu Mittag essen will und sich sofort zur Siesta in sein Zimmer zurückzieht.

Mengele träumt. Zum ersten Mal seit Tagen und Monaten träumt Mengele.

75.

Ein im Nebel versunkener Wald, obskure Landschaften, Weinen und Seufzen, verschiedene Sprachen, ein entsetzliches Kauderwelsch. Zahllose, von Fliegen und Wespen geplagte nackte Kinder, Frauen und Männer werden von schwarzen Teufeln eskortiert. Unter den Gefangenen: Eichmann, Rudel, Gitta und Geza Stammer, von Verschuer, der skrupellose Genetiker, und die Günzburger Sippe, die vollzählige heilige Familie, Vater, Mutter, Brüder, Schwägerinnen, Söhne und Neffen wälzen einen Granitfelsen vor sich her und beschimpfen einander. Man bereitet ein riesiges Feuer vor. Ziegenböcke und Affen ziehen mit Holz beladene Karren, ein Orchester stimmt die Instrumente. Von einem Podium aus, die Arme zu den Sternen und schneeerfüllten Wolken emporgereckt, richtet eine zerzauste Hexe das Wort an den Umzug. Morgen ist Karneval und die Göttin Germania soll hingerichtet werden.

»Mengele!«, brüllen zwei heisere Stimmen, »Mengele!«. Er dreht sich um: zwei in Lumpen gehüllte Männer legen auf ihn an. Sofort erkennt er Vater und Sohn, die er in Auschwitz hat sezieren und kochen lassen, den Buckligen und den Lahmen, die beiden einfachen Juden aus Łódź. Sie kommen näher und drücken dem alten Arzt im blütenweißen Kittel die Pistole an die Schläfe. Mengele schaudert, fällt auf die Knie, fleht um Erbarmen. Der Bucklige lacht auf und der Lahme pfeift eine Arie aus *Tosca*.

76.

Er erwacht erschöpft und schweißgebadet, sein Herz rast, er zittert am ganzen Körper, spürt, dass seine makabre Reise an jenem 7. Februar 1979 enden wird. Trotz seiner Rückenschmerzen kommt er aus dem Bett hoch, schlüpft in eine Badehose, zieht sich an und geht hinaus, ohne zu trinken oder zu essen. Er erreicht den Strand unterhalb des Ferienhauses. Bossert winkt ihn heran. Ob er sich unter den Sonnenschirm legen will? Ein Glas Limonade, ein Kabeljaukrapfen? Mengele schlägt vor, lieber am Ufer spazieren zu gehen. Benommen stapft er ohne Hut und mit nacktem Oberkörper durch das gleißende Licht, ohne auf Bosserts Geschwätz zu achten. Er bekommt keine Luft mehr, ihm ist schwindlig; er muss sich auf einen Felsen setzen. Stille. Im Hintergrund Kindergeschrei, ein Vogelflug, die Brandung und die glühende salzige Seebrise, die den brennenden hellen Sand hochpeitscht. Und plötzlich beginnt Mengele, während er auf den Horizont starrt, wirres Zeug zu reden: Trümmer, seine Eltern, Günzburg. Er träume davon, dort seinen Lebensabend zu beschließen, sagt er zu Bossert. Er komme um vor Hitze und Durst.

Und dann stirbt er, einfach so. Von einer dunklen Kraft

angezogen, taucht er allein, mit gesenktem Kopf, in das türkisfarbene Wasser und lässt sich treiben, spürt weder seinen schmerzenden Körper noch seine erschlafften Organe, lässt sich von der Strömung zum offenen Meer und in die große Tiefe ziehen, als plötzlich sein magerer Nacken steif wird, sich die Kiefer aufeinanderpressen, seine Gliedmaßen und sein Leben erstarren. Mengele röchelt, die Möwen schlagen mit den Flügeln und kreisen freudekreischend über ihm, Mengele ertrinkt. Er atmet noch, während Bossert gegen die Wellen ankämpft, um ihn an den Strand zurückzubringen, doch aus dem Meer fördert er nur seine Leiche zutage.

»Onkel Pedro ist tot!«, rufen Liselotte und die Kinder. Onkel Pedro ist in der Weite des Ozeans unter der brasilianischen Sonne gestorben; flüchtig, ohne für seine unsäglichen Verbrechen mit der menschlichen Gerechtigkeit oder seinen Opfern konfrontiert worden zu sein.

Am nächsten Tag wird Mengele unter seiner falschen Identität in Embu bestattet. Bossert ist im Krankenhaus und verpasst die Beisetzung. Nur seine Frau, der Friedhofsdirektor und ein Angestellter sind bei »Wolfgang Gerhards« Beerdigung dabei.

EPILOG

Das Phantom

77.

Am 27. Januar 1985 schneit es in Auschwitz. Unter den Überlebenden, die sich anlässlich des vierzigsten Jahrestages der Befreiung eingefunden haben, ist eine Gruppe verwachsener Fünfzig- und Sechzigjähriger, Zwillinge, Kleinwüchsige, Krüppel. Überbleibsel aus Mengeles Menschenzoo, die vor den Kameras der ganzen Welt Gerechtigkeit fordern und die Regierungen aufrufen, ihren Peiniger endlich zu fassen. »Wir wissen, dass er noch am Leben ist. Er muss bezahlen.«

Von Polen aus fliegen die meisten von ihnen nach Israel weiter. Am 4. Februar beginnt in der Holocaust-Gedenkstätte Yad Vashem in Jerusalem der Scheinprozess gegen den Verbrecher gegen die Menschlichkeit. Dem Mengele-Tribunal sitzt der Generalstaatsanwalt des Eichmann-Prozesses vor. Drei Abende in Folge legen Mengeles Versuchspersonen von ihrem Martyrium Zeugnis ab. Eine ehemalige Aufseherin im Block der Zigeunerzwillinge erinnert sich. Mengele hatte einem Zwillingsmädchen das Sperma eines Zwillings injiziert, in der Hoffnung, die junge Frau werde zwei Säuglinge gebären; als er feststellen musste, dass sie nur ein Kind trug, riss er es ihr aus der Gebärmutter und warf es ins Feuer. Wie betäubt berichtet eine andere Frau, sie habe ihre einwöchige Tochter umbringen müssen. Mengele hatte befohlen, ihr die Brust zu verbinden, um das Kind auszuhungern:

Er wollte überprüfen, wie lange ein Säugling bei Nahrungsentzug überleben kann. Die Mutter hörte ihr Kind ununterbrochen schreien und spritzte ihm schließlich Morphium, das ihr ein jüdischer Arzt besorgt hatte. Mehrere Frauen erzählen, dass SS-Männer lebenden Säuglingen mit ihren Gewehrkolben die Schädel zertrümmert hätten, und beschreiben die wie Schmetterlinge angepinnten Augen an der Wand in Mengeles Arbeitszimmer. Die Aussagen werden weltweit im Fernsehen ausgestrahlt, das Echo ist überwältigend: Noch vor Ende des Tribunals verlangt der amerikanische Justizminister die neuerliche vollständige Prüfung des Falles und die Verhaftung des Verbrechers unter dem Druck des Simon Wiesenthal Centers in Los Angeles, das ein soeben freigegebenes Memorandum der Gegenspionage veröffentlicht hat, demzufolge Mengele 1947 in amerikanischen Händen gewesen sei. Eine Fehlinformation, die dennoch für großes Aufsehen sorgt: Ist der Todesengel den Amerikanern durch die Lappen gegangen? Haben sie womöglich seine Dienste in Anspruch genommen, wie die so vieler anderer Nazis nach dem Krieg? Das von der Carter-Regierung gegründete Office of Special Investigations, das gegen NS-Kriegsverbrecher in den Vereinigten Staaten ermittelt, leitet die Untersuchung. Unterstützt von der CIA, der NSA, dem Außen- und Verteidigungsministerium – den unbegrenzten Ressourcen der amerikanischen Supermacht. Zwei Tage später, am 8. Februar, verkünden die Israelis, dass sie die Jagd wiederaufnehmen wollen, und setzen eine Million Dollar auf Mengele aus. Die Prämien für seine Gefangennahme erreichen phänomenale Summen: Das Simon Wiesenthal Center und die *Washington Times* werfen jeweils eine Million Dollar in den Topf, die BRD eine Million D-Mark ... Vierzig Jahre nach Kriegsende beläuft sich das Kopfgeld für

Mengele auf mittlerweile drei Millionen vierhunderttausend Dollar. Amerikaner, Israelis und Westdeutsche verpflichten sich, ihre Nachforschungen zu koordinieren und Informationen auszutauschen. Journalisten und Abenteurer überrollen Günzburg und Südamerika; die Medien servieren häppchenweise die größte Menschenjagd des späten zwanzigsten Jahrhunderts. Eine Phantomjagd – aber das weiß noch niemand.

Gerade ist die *Holocaust*-Welle über die westliche Welt geschwappt. Ende der 1970er-Jahre hat die Fernsehserie mit Stars wie Meryl Streep und James Woods Millionen von Menschen in Bezug auf die Vernichtung der europäischen Juden wachgerüttelt. Der Schock ist immens, die Anteilnahme groß, der Begriff geht in die Alltagssprache ein, endlich brechen die Überlebenden ihr Schweigen. In Deutschland hat die Generation der NS-Führungskräfte und willigen Helfer ihren Ruhestand angetreten, die schmerzliche offizielle Erinnerungsarbeit kann beginnen. In den Vereinigten Staaten wird der Holocaust zu einem moralischen Bezugspunkt. Der Kongress verabschiedet das Projekt für ein Museum in Washington; landesweit sollten ihm zweiundzwanzig weitere Bauten folgen. Claude Lanzmann beendet gerade die Dreharbeiten zu *Shoah*.

Dieses Mal muss das Monster gefasst und vor Gericht gebracht werden: »das Symbol für die Grausamkeit der Nazis«, hatte der Vorsitzende des Mengele-Tribunals und Generalstaatsanwalt des Eichmann-Prozesses gesagt. In den vergangenen Jahren sind nach wie vor die skurrilsten Informationen in Umlauf gewesen, der Mythos wird weiter aufgebläht – und »Herr Doktor« bleibt unauffindbar. Obwohl Paraguay ihm im Sommer 1979 endlich seine Staatsbürgerschaft aberkannt hat, vermuten ihn viele noch dort, im Schutz der

Schergen von Staatspräsident Stroessner. Im Mai 1985 protestiert Beate Klarsfeld unter den Fenstern des Präsidentenpalasts in Asunción. Simon Wiesenthal geht davon aus, dass sich Mengele zwischen Chile, Bolivien und Paraguay bewegt; Israel, dass er sich in Uruguay versteckt halte. Die *New York Post* will ihn unweit von New York in der Grafschaft Westchester neben einer orthodoxen Jeschiwa aufgespürt haben. Unter dem Decknamen Henrique Wollman soll er als Drogenbaron zwischen Südamerika und den Vereinigten Staaten agieren und in Miami beinahe festgenommen worden sein. Im Zuge der Erfolgswelle des Films *The Boys from Brazil*, in dem Gregory Peck einen mit der Legende konformen Josef Mengele verkörpert – als Anführer einer neonazistischen Verschwörung hat er vierundneunzig kleine Adolf Hitlers geklont, um ein Viertes Reich zu gründen –, erklärt ihn ein weiteres Märchen für die Vermehrung blonder Zwillinge im südbrasilianischen Cândido Godói verantwortlich.

78.

In Günzburg sorgen sich die Vettern Karl-Heinz und Dieter. Der Aufruhr von Medien und Justiz bedroht die Firma, Journalisten kampieren vor der Fabrik und ihrem Haus, die in Aussicht gestellten Belohnungen könnten die Zungen der habgierigen südamerikanischen Kumpane lösen. Ihr Pakt des Schweigens währt nun sechs Jahre. Nach dem Tod seines Vaters hat Rolf in Brasilien seine Sachen, die Briefe und Notizhefte abgeholt. Er hat den Bosserts ihre treuen Dienste großzügig vergolten und ihnen die Hälfte des Bungalows in Eldorado geschenkt. Die andere Hälfte ging an die Stammers, die sie unverzüglich den Bosserts abgetreten haben.

Beide Familien mussten schwören, das Geheimnis von Onkel Pedros Tod nicht zu lüften. Die Günzburger Sippe hielt zusammen und sagte ebenfalls nichts, die Meldung hätte nur unangenehme Fragen nach sich gezogen und ihre unverbrüchliche Unterstützung für den Flüchtigen offenbart; eine grauenvolle Werbung für den Konzern. Die Mengeles verfolgten mit Genugtuung, wie Überlebende, Regierungen und Nazi-Jäger vergeblich den Ausreißer einzufangen versuchten. Rolf, seinen Widersprüchen treu, schwieg aus Rücksichtnahme auf die Verbündeten seines Vaters. Obwohl er seine Vettern hasst, hoffte er mit ihnen, dass die sterblichen Überreste niemals entdeckt würden und die Zeit Mengele verschlingen möge. Die kompromittierenden Zeugen sterben nach und nach weg, auf Gerhard folgen später, 1982, auch Rudel und Krug.

Doch im ausgehenden Winter 1985 müssen die Mengeles ihre Taktik ändern. Der Druck ist zu groß, Zeitungsartikel verdächtigen die Firma, das Schweizer Konto des flüchtigen Verbrechers zu füllen. Im März gibt Dieter einem wichtigen amerikanischen Fernsehsender ein Interview. Er leugnet jeden Kontakt zu seinem Onkel seit dessen Flucht nach Argentinien, beschönigt seine Verbrechen und vermutet, dass er gestorben sei – »in unserer Familie sterben die Männer jung« –, Mengele sei nun vierundsiebzig. Man möge ihn nicht missverstehen, er selbst habe keinerlei Informationen. Sein Auftritt gibt vor allem Anlass zu weiteren Spekulationen: Natürlich lebt Mengele noch, sein Neffe intrigiert, während ihm sämtliche Geheimdienste und Polizeiaufgebote auf den Fersen sind, die Suche muss intensiviert werden. Rolf ist wütend auf Dieter, der ihn nicht über seinen Fernsehauftritt informiert hat. Ende März treffen sich die drei Vettern in Günzburg. Dieter schlägt vor, die Gebeine auf dem Friedhof in Embu auszugraben, nach Deutschland zurückzubringen und sie mit einem anonymen Zettel – »Die Überreste Josef Mengeles« – vor der Tür des für die Verfolgung zuständigen Staatsanwalts zu deponieren. Rolf lehnt ab. Er rät zu absolutem Schweigen. Mit ein bisschen Glück werde das Skelett nie gefunden.

Doch das Glück hat sich gewendet. Im Herbst 1984 hat sich der treue Sedlmeier bei einem Abendessen im Schwarzwald, der frischgebackene Rentner weilt gerade mit seiner Frau im Urlaub, zu ein paar vertraulichen Äußerungen hinreißen lassen. Ein netter, feuchtfröhlicher Abend – und des Teufels Knecht wird schwach: Er hat einem Freund erzählt, dass er Mengele kontinuierlich Geld geschickt habe. Der Mann ist zur Polizei gegangen, die inzwischen über ein Mandat verfügt: Am 10. Mai 1985 setzt der deutsche Staatsanwalt in Frankfurt seine amerikanischen und israelischen Partner von der unmittelbar bevorstehenden Hausdurchsuchung bei Sedlmeier in Kenntnis. Dieses Mal bleibt die Günzburger Polizei außen vor, sie wird den Betreffenden nicht warnen.

Ende des Monats stürmen die Polizisten Sedlmeiers luxuriöse Villa. In der Garderobe seiner Frau beschlagnahmen sie ein Adressbuch und verschlüsselte Telefonnummern sowie fotokopierte Briefe von Mengele, den Bosserts und den Stammers. In einem von Bosserts Briefen ist vom Tod des Onkels die Rede. Sedlmeier verweigert die Zusammenarbeit, er wird unter Hausarrest gestellt, bis die Polizei das Adressbuch entschlüsselt hat. Es führt nach Brasilien; die Polizei in São Paulo wird informiert und überwacht die Bosserts und Stammers vier Tage lang rund um die Uhr. Keine Spur von Mengele. Am 5. Juni stehen die Polizisten frühmorgens bei den Bosserts im Haus.

In einer Kommode bestätigen ein paar Abfälle, Kleinigkeiten und kürzlich entstandene Bilder des alten Schnauzbärtigen die Verbindungen der Familie zu Mengele. Die Bosserts packen bereitwillig aus: Mengele sei tot und auf dem Friedhof in Embu in einer Gruft auf den Namen Wolfgang Gerhard beigesetzt. Gitta Stammer erweist sich am nächsten Tag als zäher: Ja, sie erkenne den Mann auf dem Foto, das sei Peter Hochbichler, der Schweizer, der lange ihre Farmen verwaltet habe, er sei ihnen von Gerhard vermittelt worden. Einen Josef Mengele kenne sie nicht. Geza wird nicht vernommen, er ist auf Kreuzfahrt in Asien.

Am selben Tag sickert die Sensation am anderen Ende der Welt durch die Presse: In einem fünfspaltigen Aufmacher meldet *Die Welt*, Mengeles Leiche sei in Brasilien gefunden worden. Am 6. Juni umringt ein Wald aus Kameras, Fotografen und Mikros die Polizisten und die Bosserts, die gekommen sind, um die Leiche aus Gerhards Grab auf dem Friedhof in Embu zu exhumieren. Die Erde wird aufgegraben, der Sarg hochgezogen, der Deckel aufgebrochen, das Skelett endlich freigelegt. Der Direktor des gerichtsmedizinischen Labors in São Paulo hält triumphierend den Schädel hoch, das seit Jahrhunderten begehrte Fossil eines sagenumwobenen Reptils: das wahre Gesicht des Monsters, schlammfarbenes Würmergewimmel, ein Vanitasbild, der Triumph des Todes.

Die besten Gerichtsmediziner eilen nach Brasilien, um das Gerippe zu identifizieren. Die Israelis und die Klarsfelds sind skeptisch. Warum hat die Familie sechs Jahre lang geschwiegen? Weshalb hat sie es sich derart schwergemacht? Und warum ausgerechnet jetzt? Sicher handelt es sich um eine weitere Nebelkerze, damit Mengele in aller Seelenruhe seinen Lebensabend genießen kann. Auch Wiesenthal glaubt nicht daran, der Verbrecher stirbt bereits zum siebten Mal, ist einmal an der russischen Front gefallen, zweimal in Paraguay umgekommen, einmal in Brasilien, ein weiteres Mal in Bolivien, und sogar in Portugal, wo er unlängst Selbstmord begangen haben soll.

Unterdessen bestimmen die Experten die Blutgruppe des Skeletts, entnehmen ein Kopfhaar, ein paar Schnurrbarthaare, machen Fingerabdrücke, vermessen die Knochen, die Lücke zwischen den oberen Schneidezähnen, prüfen Rückenwirbel und Schienbeinknochen, das kleine Loch im Wangenknochen, die vorspringende Stirn, vergleichen Fotos des jungen und alten Mengele und studieren seine SS-Akte, wo von einem Beckenbruch infolge eines Motorradunfalls in Auschwitz die Rede ist. Rolf beschließt, das Schweigen zu brechen. Er trägt sich zunächst mit dem Gedanken, dem *Stern* ein paar Briefe, Hefte und während seines Brasilienaufenthalts entstandene Fotos des Vaters zu verkaufen, überlässt sie dann aber gratis der auflagenstarken *Bunten*. Der Profit soll einer Vereinigung KZ-Überlebender zugutekommen. Auf der Titelseite der Ausgabe vom 18. Juni entdecken die Westdeutschen einen zerfurchten Mengele, der ein Hemd mit Dackelohrkragen und einen Strohhut trägt. Ein Spezialdossier offenbart, dass seine Familie wusste, wo er sich versteckt hielt, und ihn bis zum Ende finanziell unterstützt hat. Rolf bestätigt in einer kurzen Pressemitteilung, dass sein Vater 1979 in Brasilien gestorben ist, und drückt Opfern wie Angehörigen sein tief empfundenes Mitleid aus. Er habe aus Rücksicht auf die Menschen, die seinem Vater geholfen hatten, den Tod verschwiegen. Kein Wort zu seinen Gewalttaten; Dieter, Karl-Heinz und Sedlmeier hüllen sich in Schweigen.

Am 21. Juni bestellt die Polizei die Presse in ihr Hauptquartier in São Paulo. Mit angemessener wissenschaftlicher

Sicherheit haben die Gerichtsmediziner das in Embu aufgefundene Skelett als Josef Mengele zugehörig identifiziert.

79.

1992 konnte eine DNA-Untersuchung die Expertenmeinung bestätigen.

Im selben Jahr schließen Deutschland, Israel und die Vereinigten Staaten definitiv die Akte Mengele.

Seine Überreste werden in einem Schrank des gerichtsmedizinischen Instituts in São Paulo gelagert. Die Familie wollte sie nicht. Mengele wird keine Grabstätte haben.

Dieter, Karl-Heinz und Sedlmeier sind nie strafrechtlich belangt worden, auch Rolf nicht. Der Vorwurf der Strafvereitelung ist in Deutschland nach fünf Jahren verjährt.

Mit der Firma Mengele Agrartechnik ging es nach den Enthüllungen vom Juni 1985 bergab. Innerhalb von sechs Jahren hatte sich die Zahl der Mitarbeiter auf sechshundertfünfzig halbiert. 1991 wurde die Firma verkauft. 2011 war auch der Markenname endgültig verschwunden.

Dieter und Karl-Heinz Mengele gründeten 2009 eine Stiftung für Notleidende in Stadt und Landkreis Günzburg, um einem Namen, der in den letzten Jahren, so Dieter in der *Augsburger Allgemeinen*, »vorzugsweise negativ vermittelt worden« sei, wieder ein bisschen Glanz zu verleihen.

Die Hefte und Exiltagebücher Josef Mengeles wurden in den Vereinigten Staaten 2011 für zweihundertfünfundvierzigtausend Dollar versteigert. Verkäufer und Käufer blieben anonym.

Rolf Mengele lebt und arbeitet als Rechtsanwalt in München. Er hat den Namen seiner Frau angenommen.

In einem Interview mit einer israelischen Zeitung 2008 hat er das jüdische Volk gebeten, ihn wegen der Taten seines Vaters nicht zu hassen.

80.

Im März 2016 wurden Mengeles Knochen der brasilianischen Forensik zur Verfügung gestellt.

81.

Seine Überreste als Lehrinstrumente für angehende Mediziner an der Universität in São Paulo – so endet Josef Mengeles Flucht über siebzig Jahre nach dem Ende eines Krieges, der den kosmopolitischen und kultivierten Kontinent Europa vernichtet hat. Mengele oder die Geschichte eines skrupellosen Mannes mit verschlossener Seele, der auf eine unheilvolle, mörderische Ideologie in einer vom Ausbruch der Moderne verstörten Gesellschaft stößt. Es ist ihr ein Leichtes, den ehrgeizigen jungen Arzt zu verführen, seine Charakterschwächen – Eitelkeit, Neid, Habgier – auszunutzen, ihn zu abscheulichen Verbrechen und deren Rechtfertigung zu verleiten. Immer nach zwei oder drei Generationen, wenn das Gedächtnis verkümmert und die letzten Zeugen der vorherigen Massaker sterben, erlöscht die Vernunft, und Menschen säen wieder das Böse.

Fern mögen weichen die Traumgebilde trügerischer Vorstellungen der Nacht.

Nehmen wir uns in Acht, der Mensch ist ein formbares Geschöpf, nehmen wir uns vor den Menschen in Acht.

QUELLEN UND BIBLIOGRAPHIE

Dieses Buch zeichnet Josef Mengeles Geschichte in Südamerika nach. Manche Schattenzonen werden vermutlich nie ganz ausgeleuchtet werden. Nur mit der Form des Romans konnte ich dem makabren Leben des Nazi-Arztes möglichst nahekommen.

Die Vorarbeiten zu diesem Buch haben mich nach Günzburg, nach Argentinien und Brasilien geführt, wo ich die Fazenda Santa Luzia in der Nähe von Serra Negra ausfindig gemacht habe.

Unter der ausgiebig studierten Literatur zum Thema haben sich manche Bücher als besonders wesentlich erwiesen. In erster Linie wäre hier Miklós Nyiszli, *Im Jenseits der Menschlichkeit. Ein Gerichtsmediziner in Auschwitz*, zu nennen (Karl Dietz Verlag, 1992). Ferner die Arbeiten von Ulrich Völklein, *Josef Mengele, der Arzt von Auschwitz,* (Steidl, 2003), Gerald Astor, *The Last Nazi* (Sphere Books, 1986), und Sven Keller, *Günzburg und der Fall Josef Mengele* (Oldenbourg, 2003). *Mengele: The Complete Story* von Gerald L. Posner und John Ware bietet eine unvergleichliche Fülle von Informationen und ist meiner Meinung nach die bisher beste Biographie über Mengele. Posner und Ware konnten in den 1980er-Jahren die Tagebücher des Flüchtigen einsehen. In Bezug auf Peróns Argentinien und seine Aufnahmepolitik für NS-Kriegsverbrecher sind die Bücher von Uki Goñi, *Odessa: Die wahre Geschichte. Fluchthilfe für Kriegsverbrecher* (Assoziation A, 2006), und Bettina Stangneth, *Eichmann Before Jerusalem* (The Bodley Head, 2014), unverzichtbar. Abschließend sei *Das Gesetz des Blutes. Von der NS-Weltanschauung zum Vernichtungskrieg* von Johann Chapoutot erwähnt (Philipp von Zabern, 2016), das mir wichtige Einblicke in die nationalsozialistische Weltanschauung geben konnte.

Weitere verwendete Literatur

Dante Alighieri, *Die göttliche Komödie: Inferno/Hölle*, Reclam, 2010.

Hannah Arendt, *Responsibility and judgment*, Schocken, 2005.

Gerald Astor, *The Last Nazi*, Sphere Books, 1986.

Michel Bar-Zohar, *Les Vengeurs*, Fayard, 1968.

Neal Bascomb, *La Traque d'Eichmann*, Perrin, 2010.

Carmen Bernand, *Histoire de Buenos Aires*, Fayard, 1997.

Carmen Bernand, *Buenos Aires 1880–1936, Un mythe des confins*, Autrement, 2001.

Laurence Bertrand Dorléac, *Contre-déclin*, Gallimard, 2012.

Laurent Binet, *HHhH: Himmlers Hirn heißt Heydrich*, Rowohlt, 2011.

Esteban Buch, *El pintor de la Suiza argentina*, Editorial Sudamericana, 1991.

Jorge Camarasa, *Le Mystère Mengele*, Robert Laffont, 2009.

Johann Chapoutot, *Das Gesetz des Blutes. Von der NS-Welt-*

anschauung zum Vernichtungskrieg, Philipp von Zabern, 2016.
Bruce Chatwin, *In Patagonien*, Rowohlt, 1981.
Jean Clair, *La Barbarie ordinaire. Music à Dachau*, Gallimard, 2001.
Jean Clair, *Hubris*, Gallimard, 2012.
Joseph Conrad, *Herz der Finsternis*, Suhrkamp, 1992.
Eckart Conze, Norbert Frei, Peter Hayes, Moshe Zimmermann, *Das Amt und die Vergangenheit*, Blessing, 2010.
Tania Crasnianski, *Enfants de nazis*, Grasset, 2016.
Michel Cymes, *Hippokrates in der Hölle. Die Verbrechen der KZ-Ärzte*, Theiss, 2016.

Erri De Luca, *Le Tort du soldat*, Gallimard, 2014.
Éric Deshayes, *Au-delà du rock. La vague planante, électronique et expérimentale allemande des années 70,* Le Mot et le Reste, 2007.
Éric Deshayes, *Kraftwerk*, Le Mot et le Reste, 2014.
Otto Dix, *Der Krieg*, Deutsche Akademie der Künste, 1963.

Tomás Eloy Martínez, *Le Roman de Perón*, Robert Laffont, 2014.
Tomás Eloy Martínez, *Santa Evita*, Robert Laffont, 2014.
Reiner Engelmann, *Der Fotograf von Auschwitz*, Random House, 2015.

Federico Finchelstein, *Transatlantic Fascism*, Duke University Press, 2010.
László F. Földényi, *Melancholie*, Matthes & Seitz, 2004.
Élise Fontenaille-N'Diaye, *Blue Book*, Calmann-Lévy, 2015.
Norbert Frei, *Adenauer's Germany and the Nazi Past*, Columbia University Press, 2002.

Witold Gombrowicz, *Trans-Atlantik*, Fischer, 2004.
Witold Gombrowicz, *Argentinische Streifzüge,* Hanser, 1991.
Uki Goñi, *Odessa: Die wahre Geschichte. Fluchthilfe für Kriegsverbrecher*, Assoziation A, 2006.
Graham Greene, *Die Reisen mit meiner Tante*, dtv, 2013.
Vassili Grossman, *Années de guerre*, Autrement, 1993.
Olivier Guez, *Heimkehr der Unerwünschten: Eine Geschichte der Juden in Deutschland nach 1945*, Piper, 2011.

Lise Haddad, Jean-Marc Dreyfus, *Une médecine de mort*, Vendémiaire, 2014.
Rolf Hochhuth, *Der Stellvertreter*, Rowohlt, 1963.
Donald C. Hodges, *Argentina's »Dirty War«*, University of Texas, 1991.

Christian Ingrao, *La Promesse de l'Est*, Le Seuil, 2016.

Franz Kafka, *Die Verwandlung*, Suhrkamp, 1999.
Jean-Paul Kauffmann, *Die dunkle Kammer von Longwood*, Zsolnay, 1999.
Sven Keller, *Günzburg und der Fall Josef Mengele*, Oldenbourg, 2003.
Philip Kerr, *Das letzte Experiment*, Rowohlt, 2009.
Ian Kershaw, *Höllensturz: Europa 1914–1949*, DVA, 2016.
Imre Kertész, *Kaddisch für ein nicht geborenes Kind*, Rowohlt, 1992.
Beate und Serge Klarsfeld, *Erinnerungen*, Piper, 2015.

Alexandra Laignel-Lavastine, *Esprits d'Europe*, Calmann-Lévy, 2005.
Hermann Langbein, *Hommes et femmes à Auschwitz*, Tallandier, 2011.

Alan Levy, *Nazi Hunter, The Wiesenthal File*, Constable & Robinson Ltd, 2002.

Herbert Liebermann, *La Traque*, Seuil, 1979.

Albert Londres, *Der Weg nach Buenos Aires*, Otto Uhlmann Verlag, 1928.

Ben Macintyre, *Forgotten Fatherland*, Macmillan, 1992.

Gabriel Miremont, *La Estética del Perónismo 1945–1955*, Ediciones del Instituto Nacional de Investigaciones Historicas Eva Perón, 2013.

Miklós Molnar, *Geschichte Ungarns*, Krämer, 1999.

Paul Morand, »*Argentine Air Indien*«, La Revue des Deux Mondes, 1932.

Peter Novick, *Nach dem Holocaust. Der Umgang mit dem Massenmord*, dtv, 2003.

Miklós Nyiszli, *Im Jenseits der Menschlichkeit. Ein Gerichtsmediziner in Auschwitz*, Karl Dietz Verlag, 1992.

Alan Pauls, *Le Facteur Borges*, Christian Bourgois, 2006.

Gerald L. Posner, John Ware, *Mengele: The Complete Story*, Cooper Square Press, 2000.

Mario Praz, *La chair, la mort et le diable dans la littérature du XIXe siècle*, Denoël, 1977.

David Rock, *Argentina 1516–1987*, I. B. Tauris & Co Ltd, 1988.

Alain Rouquié, *Amérique latine*, Seuil, 1998.

Ernesto Sábato, *Der Tunnel*, Wagenbach, 2010.

W. G. Sebald, *Austerlitz*, Hanser, 2001.

Tom Segev, *Simon Wiesenthal*, Liana Levi, 2010.

Gitta Sereny, *Am Abgrund. Eine Gewissenserforschung*, Ullstein, 1974.
Thomas E. Skidmore, Peter H. Smith, *Modern Latin America*, Oxford University Press, 1997.
Timothy Snyder, *Bloodlands. Europa zwischen Hitler und Stalin*, C. H. Beck, 2011.
Oswald Spengler, *Der Untergang des Abendlandes*, C. H. Beck, 1923.
Daniel Stahl, *Nazi-Jagd*, Wallstein, 2013.
Bettina Stangneth, *Eichmann Before Jerusalem*, The Bodley Head, 2014.
Gerald Steinacher, *Nazis auf der Flucht*, Fischer, 2010.
Ronen Steinke, *Fritz Bauer oder Auschwitz vor Gericht*, Piper, 2013.
William Styron, *Sturz in die Nacht. Die Geschichte einer Depression*, Ullstein, 2010.
Abram de Swaan, *Diviser pour tuer*, Seuil, 2016.

Gordon Thomas, *Die Mossad-Akte*, Lichtenberg, 1999.

Ulrich Völklein, *Josef Mengele, der Arzt von Auschwitz*, Steidl, 2003.

Rodolfo Walsh, *Opération massacre*, Christian Bourgois, 2010.
Guy Walters, *La Traque du mal*, Flammarion, 2010.
Peter Watson, *The German Genius*, Simon & Schuster, 2010.
Paul Weindling, *L'Hygiène de la race*, La Découverte, 1998.
Simon Wiesenthal, *Doch die Mörder leben*, Droemer/Knaur, 1967.
Simon Wiesenthal, *Recht, nicht Rache*, Ullstein, 1991.

Die Zitate auf den Seiten 104 bis 108 stammen aus Miklós Nyiszlis Buch *Im Jenseits der Menschlichkeit. Ein Gerichtsmediziner in Auschwitz*, Karl Dietz Verlag, 1992, übersetzt von Angelika Bihari.

DANK

An Juliette Joste, Christophe Bataille und Olivier Nora, Marion Naccache, Juan Alberto Schulz, Uki Goñi, Sébastien Le Fol, Lars Kraume, Léa Salamé, Sylvie und Gilles Guez, Danièle Hirsch.

An Annabelle Hirsch. Annabelle.